W'

万榕

传播新知 优美表达

微 澜 文库

落日晚照，为谁温柔

铁凝 冯骥才 池莉 等 著

杨晓升 主编

春风文艺出版社

·沈阳·

图书在版编目（CIP）数据

落日晚照，为谁温柔 / 铁凝等著 . -- 沈阳 : 春风
文艺出版社 , 2025. 2. -- (微澜文库 / 杨晓升主编).
ISBN 978-7-5313-6909-7

Ⅰ . I267

中国国家版本馆 CIP 数据核字第 2025V0A319 号

春风文艺出版社出版发行

沈阳市和平区十一纬路 25 号　邮编：110003

天津鸿景印刷有限公司印刷

选题策划：王会鹏		**特约策划**：李文彧　郭　亮	
特约编辑：李　明		**责任编辑**：韩　喆	
助理编辑：史云龙		**封面设计**：任展志	
责任校对：张雨菲		**幅面尺寸**：145mm × 210mm	
字　　数：238 千字		印　　张：11	
版　　次：2025 年 2 月第 1 版		印　　次：2025 年 2 月第 1 次	
书　　号：ISBN 978-7-5313-6909-7			
定　　价：58.00 元			

图书邮购热线：024-23224481

目 录

信使

铁凝

　　四月的这个下午，空气清透，雾霾不在。街边的樱花、榆叶梅忽然就盛开了，白丁香、紫丁香也这里那里喷放着苦而甜的团团香气。陆婧坐在车里，车窗关着，也能感受到樱花的烟云带给她的眩晕，丁香的苦甜有点呛人。她落下车窗，像有意咂摸这春天的"呛"，享用这扑面而至的"呛"带来的鲜亮欢喜。

　　在一个嘈杂的路口，车遇红灯。陆婧偏头看着窗外，眼光落在临街一间门脸不大的体育用品商店。一辆人力三轮车停在门前，两个年轻人正从车上卸货。一位腿有残疾的女人从店里出来，身体歪向一边。她趿着脚走到三轮车前，弯腰从地上拎起两摞半人高的捆绑在一起的鞋盒，板鞋？跑鞋？当她抬起头无意间扫一眼路口停滞的车队时，陆婧的眼光刚好对上了她的扫视。这是一位已不年轻的妇女，一头染成灰咖色的整齐的直短发，颧骨的颜色偏酡红。同样已不年轻的陆婧早就是戴花镜读报的视力，可瞬间还是认出了这张脸：李花开！

李花开是陆婧三十多年未见的故人，虽然这故人如今拖了一条残腿，但陆婧还是很肯定，她就是李花开。拎着鞋盒的李花开没有认出坐在车里的陆婧，她扫视的是车的洪流，临街店铺的门前，哪天没有车流呢？很快，她两手各拎着一摞鞋盒，斜着身子进店去了。

绿灯亮了，车子倏地驶过路口，陆婧甚至没有看清那间商店的名字。她不打算叫车停下，开车的是她丈夫。副驾驶座上的女儿，正掏出气垫粉饼补妆。陆婧盯着女儿的后脖颈，女儿的丸子头使后脖颈落下一些散发，故意落下的吧，看似不经意的慵懒和风情。她们母女并不交流这方面的内容，但在这个下午，陆婧从女儿的后脑勺上明确地看见了三十多年前的自己：克制地追逐时尚，貌似叛逆，有点虚荣。三十多年前，陆婧和李花开同在一个城市，一个名叫虽城的北方城市。

那还是一个人人需要单位的时代，没有单位的人总显得可疑。幸运的是她们都有稳定的单位，陆婧在一个地方戏研究所当编辑，李花开在市属的印刷厂做文秘。一个时代有一个时代的词汇，20 世纪 80 年代，陆婧和李花开是大学同学，是朋友。套用时下的说法，她们是"闺密"。这"密"后来又通俗成了腻乎乎的"蜜"。当年的她们漠视一些老词，不像今天，人们把老词翻腾出来再做揉捏变作另一种时尚。传统意义上的闺中密友大多连带着两家通好，陆婧和李花开的两家长辈却互不相识。

从西客站回家时，陆婧在副驾驶就座，女儿已下车，乘高铁去了外地出差。陆婧的方向感很差，这时却发现车子是循着原路返回，再遇那个路口，她那混乱的方向感突然明晰起来，她觑着眼朝马路对面一溜商铺望去，看见了那个小店："时代体育"。

她认出这是东单，同仁医院附近。医院附近的车多人乱又给她的方向辨别带来了困难。她是急切地想要记住"时代体育"的准确位置么，还是对跛脚的李花开怀有好奇？想不到三十多年后李花开也来了北京，她丈夫，那个叫起子的也来了吧。陆婧心里加重着"也"字的分量，好像北京是她的地盘，李花开的现身让她有种不适感——曾经的闺密往往最方便成为仇敌。什么时候她的脚给跛了？敢情她也受过伤啊。"也"，她心里玩味着这个字，刚刚迎接着她的这个美得眩晕的春天，那呛人的丁香、樱花们不也慷慨迎接着从"时代体育"里走出来的李花开么。

1

那是她们共同的激情时代。先是李花开突然告诉陆婧她要结婚了，对方是虽城的远房表哥。李花开说，表哥在街道办的一个镜框社画出口彩蛋。陆婧嗤之以鼻地抢白道，那也叫单位呀。李花开说就算不是单位吧，可他有房，私房，独院儿。硬道理在这儿呢，陆婧想。

李花开是当年系里的美人，有男生为她那长而柔韧的脖颈献过诗。她的脖子洁净、细润如骨瓷，女孩子拥有这般脖颈，会显得傲然，且十分方便左顾右盼。可她并不自知自己有条好脖子，不会搔首，亦不懂弄姿，还常常爱犯轴脾气。轴，在北方语系里通常形容性格而非品德，和一根筋、死心眼相近。李花开穿家做布鞋，常年背一只紫红两色方格交织的土布书包，好比特意拿自己的乡村出身背景示众。她家在离虽城百里外的山区，穷。大二时，一次李花开的下铺丢了几张饭票，认定偷窃者是上铺的李花开。李花开激愤地绝食两天以示清白。第三天，同宿舍的陆婧强行背着李花开到校医务室去输生理盐水、葡萄糖。过了一个星期，下铺的饭票找到了，在她送回家去洗的一包脏衣服里。和李花开不同，陆婧家就在虽城，工作之后仍然和父母同住。李花开住印刷厂的集体宿舍，周末经常被陆婧拉着去家里吃饭。陆婧记得母亲第一次见到李花开时还感叹了一句：真是高山出俊鸟呢。

冬日的一个周末，陆婧随李花开去了她将要嫁进去的私房、独院。推开吱嘎作响的单扇榆木院门，眼前的院子只是一条狭窄的夹道。夹道一侧仅两间西屋，另一侧是院墙，院墙即是前院人家的后山墙。若从西屋推门出来，仿佛走几步就能撞墙。虽不能比喻成开门见山，却可以说是出门见墙。西屋窗下整齐地码着蜂窝煤，挨着蜂窝煤的，是被旧提花线毯盖着的同样码放整齐的大白菜和鸡腿葱，叫人嗅出过日子的烟火气。当年的陆婧们不屑于这类烟火气，眼前的蜂窝煤、大白菜只让她相信，李花开真的要结婚了。李花开说这是表哥的爷爷留下的一点房产，爷爷从前是个经营南方竹货的小业主。想必，经过了那场"革命"，这院子是被挤占去了大部的剩余吧，陆婧思忖。

那天陆婧见到了李花开的表哥，一个微胖的长发青年，李花开叫他起子。起子热情地和陆婧握手，三人进屋后他还伸手从李花开肩上择下一根头发，或者不是头发，是线头，或者什么都没有，他只是愿意让人看见他在她肩上择。这个表示关切或男女关系不一般的动作让陆婧觉得多余，但那感觉仅仅一闪，因为房间正中一只铸铁蜂窝煤炉子引起陆婧格外的好奇。那本是一只普通的青黑色铸铁炉，圆柱形炉身、正方形炉盘。在暖气并不普及的时代，北方城市大多人家都有这类炉子，取暖、做饭、烧水，间或也充当烤盘：烤馒头、烤窝头、烤包子、烤枣儿。起子家这只炉子所以引人注目，是因为它那锃光瓦亮的炉盘，陆婧还没见过谁家的铁炉子能有这样一尘不染，这样光明可鉴，这样泛着蓝幽幽光泽的镜子般的炉盘。他们围炉而坐，受着这炉子的吸引，又好像这神气活现的炉子才是这家的主人，乃至屋内所有家具的主人。炉子上坐着一把熟铝壶，壶中水已烧开，壶盖噗噗响着，壶嘴冒出缕缕水蒸气。起子拎起壶去给客人沏茉莉花茶，他把热茶端给两位女客，顺手抄起铁炉钩，从炉前铁畚箕里钩起同样锃光瓦亮的炉盖，半遮半掩盖住炉口，复又将水壶错开炉口坐上炉子。这样水能保温，炉口减弱的火力也不至于把壶烧干。陆婧喝着热茶，问起这炉盘如何能这般明亮。起子说用猪皮擦的。他母亲在世的时候每天必擦几遍，即使在肉类凭票供应的年代，也总能想法子省出指头长的一块猪皮供炉盘去"吃"。擦了二十几年，生是把一块粗糙的铁炉盘擦成了镜面。母亲去世后，他接过这活儿，有空儿就擦，才保持了这炉盘的成色。

陆婧喝着热茶，想着一个大小伙子除了画彩蛋，就是手持一块猪皮在炉盘上擦呀擦的，她好像还闻见了猪皮蹭上热炉盘那嗞嗞的响声和轻微的油烟，不臭，也不香。看看李花开，李花开显然对猪皮擦炉盘不感兴趣。煤是金贵的，她家烧柴火灶，上大学之前她就没见过铁炉子，也很少见过真的煤。结婚以后起子会让她擦炉盘吗？她可不情愿。这需要耐心，更多的是一种情趣。就陆婧对李花开的了解，她不具备这方面的情趣。出了那院子，李花开只问了一句："你说值吗？"陆婧没有回答，眼前只闪过一个模模糊糊的影子，李花开对她讲过的一个中学同学名叫锁成的，和她同村，后来她考上大学了，他没考上。

几天后，一个坏消息震惊了她们：当年那个下铺的母亲，因为厂里分房不公平，吞了过量的安眠药。李花开说："房比命大吗？"陆婧说："房是命的一部分吧。"李花开又问："你说值吗？"她没有听见应答。很快，她嫁给了表哥。很快，陆婧也恋爱了。

2

陆婧的恋爱像是一场无药可救的疟疾。民间对疟疾的归纳有间日疟、三日疟等等，意指隔日发作一次或三日发作一次，高热、高寒乃至抽搐。陆婧的爱之疟疾却持续了近两年。对方名叫肖恩，是她父亲的同学，且有家室。陆婧刚读初中时，肖恩随着他的单位——北京一个大部的文工团来到虽城做集体改造锻炼，他们被安置在当地驻军大院，过着半军事化、半农场农工的生活，军队有自己的农场。平时不准离院，每周休息半天。肖恩在这座举目无亲的城市联系到了他的大学同学、陆婧的父亲。当"革命"和"运动"使熟人、朋友都断了消息的时刻，陆家为肖恩在虽城的出现尤为高兴。那段时间，陆婧的家是肖恩吃饭解馋、放松身心之地。每周的半天休息，他差不多都是在陆家度过。那时陆婧叫肖恩叔叔，逢肖恩感冒生病，或者为部队演出突击排练不能前来时，陆婧会自告奋勇地骑上自行车，为肖叔叔送去母亲烹制的鸡汤、榨菜炒肉丝。满满一罐榨菜肉丝够肖恩吃一个星期，也要用掉陆家半个月的肉票。那个推着自行车站在部队大院门口、冒着寒风等待他出来的陆婧，那个围着大红围巾、戴着厚厚的棉巴掌手套、晶莹的鼻头冻得通红的孩子，给肖恩留下了美而干净的印象。他送给陆婧一双淡绿色斜纹卡其布芭蕾鞋，足尖嵌有软木的真正的芭蕾舞鞋，正热衷于校文艺宣传队各种活动的陆婧，连续一个星期每晚睡觉都把这双鞋供在枕边。后来陆婧并没有在舞蹈方面有所长进，以她当时的年龄，腿已经太硬，开胯也不再容易。当年那些小女孩对文艺的热爱，充其量相当于今天的时尚女生对奢侈品的追逐。

十年之后，肖恩已是北京那个大部文工团的业务团长，陆婧的父亲也做了虽城文教局长。肖恩的文工团有时来虽城演出，他带着演出赠票和茅台，到陆家和老同学畅饮。肖团长和陆局长一改从前的落魄，精神、气色俱佳，就像换了个人。陆婧从旁看着想着，人没换啊，换的是人间。

换了人间。肖恩再见十年后的陆婧，他惊喜地打量着她，喃喃自语着小姑娘已经出落得、出落得……他始终没有完成那后半句话：她出落得怎样？但半句话对陆婧足矣，她尤其喜欢"出落"这个词，一个带有弹性的神奇蜕变的好词。陆婧突然不叫肖恩叔叔了，她叫他肖老师。每逢文工团来虽城演出，陆婧便也忙了起来。她为同学、朋友、同事、近邻向肖恩讨要招待票，她替当地媒体联系采访肖恩以及团里的男女演员，她不是名人，但她已是个认识名人的名人，她为此得意、满足，她和肖恩的关系也就落入了那个时代可能的套路。肖恩开始邀请她去北京看戏、看电影——一些尚未公开、只供圈内人优先欣赏的外国电影，陆婧自己也频频寻找去北京的理由。一个地方戏研究所原本没有更多出差北京的机会，多数时间她利用周末自费前往。那些日子她轮流住遍了亲戚家：姑姑、叔叔、舅舅、姨妈。她庆幸他们的家都在北京，就像从前她的父母一样。在北京疯跑的时光里，她作为一个曾经的北京孩子，常常生出些情不自禁的得意和略带焦灼的期盼。

秘密恋爱固然秘密，却仿佛必得选出一个可靠的人分享才更能够秘密。几个月之后，陆婧把李花开约到一家卤煮火烧小馆。她脸色潮红、嘴唇颤抖，十指交叠着扭绞着，忽又神经质地把双手搓来搓去。她的讲述琐碎累赘而又宏大激昂，她自顾自笑着，眼里有泪光，她已经为自己这高级的恋爱所倾倒，她的闺密李花开也必将为她这不凡的倾诉所倾倒。

李花开的嘴里却只是偶尔进出一句："我娘！"逢关键时刻，李花开的山村口头语还是会冒出来，比如"我娘！"听着生硬，但干脆、有劲。这是一个本身不含褒贬的感叹词，但在此刻，李花开喊出它来表达的是绝不同意。两人争吵起来，昏天黑地。陆婧急赤白脸，碗中的卤煮火烧一口没动。李花开连吃带喝，一海碗卤煮火烧下肚，也没能堵住她那张压着嗓音、连呼反对的嘴。直到碗空了，她才发现了陆婧的一脸憔悴，她闭嘴了。或许恋爱中的憔悴才能唤起人的怜悯，而绝对平等的友谊也并不存在，似乎总有一方在紧要关头非服从另一方不可，比如让卤煮火烧和争吵弄得满头是汗的李花开。陆婧判断李花开有缓和的迹象，再添些央告加耍赖的言辞，李花开到底让了步。她答应保密，还答应了陆婧的提议：肖恩写给陆婧的信从此寄往李家。在一场无法光明正大的恋爱里，情书寄往当事人的单位是危险的，李花开的家，那私房、独院在陆婧看来最是安全。

北京寄往虽城的平信隔天可到，陆婧一个星期至少两次去李花开家取信。那个当初在她看来有点陈旧、俗气的小院，如今在她生命中已变得如此要紧，如此友善而温暖。她多是在晚上下班后赶往李家，弓着身子把自行车骑得飞快。不能用奔向或跑向来形容她的姿态，那是扑向，扑向一团情话或者简直就是一场约会。她进了门，敷衍地和李花开或者李花开的丈夫——那位叫起子的寒暄几句，接过李花开递上的有点压手的厚厚的信封，便逃也似的夺门而去。她不急着回家，此刻家也危险。她急不可待地找一根电线杆把自行车和自己都靠上去，就着昏暗的路灯开始捧读肖恩写给她的大段的文字。她的心大声跳着、酥着、醉着。在夏日，那些粗糙的松木电线杆上爆裂的木刺有时会扎进她的衬衫。当她回家之后脱下衬衫小心择着上面的细刺时，她会偷着笑。她被扎疼过吗？这样的时刻，疼也是幸福。

有时李花开在厂里加班回家晚，陆婧奔到李家推门进屋后，永远在家的起子会代替李花开把信送至陆婧手中。他并不留她坐一会儿，像通常主人对客人那样。他知道她不需要，就像陆婧也明白起子已经知道了她的恋爱，他和这幢私房、独院共同知道了她这场恋爱，再坐下假装等李花开回家反倒虚伪了。第一次从起子手里接过肖恩的来信，她只是稍显尴尬，也仅是稍显，对肖恩来信的渴望压倒了一切，一切都不在话下。

3

又是冬天了，起子画了一会儿彩蛋，外贸公司的订单，复活节前要发货的。画彩蛋是个手艺活儿，类似简单的重复性劳动，起子得心应手，或者说熟能生巧。初中没毕业他就跟着邻居一个师傅学画彩蛋，多少年画下来，有时他也感到腻烦，看着纸箱中被瓦楞纸板隔开的那一排排花里胡哨的蛋们，常常觉得自己就是个卖鸡蛋的。李花开没有嫌弃他这份活计，他不用出去上班正好在家做饭。可那个陆婧从一开始就对他怀有轻蔑。

那轻蔑是暗含的不易觉察的，起子还是莫名地感受到那轻蔑的蛛丝马迹。他是个小心而敏感的人，又是一个随着惯性生活的人，每当自卑心翻腾上来，他便会拿他的私房、独院将其打压下去。是啊，在计划经济时代、福利分房时代、有人会为分不到住房吞一把安眠药的时代，他起子能够坐拥一个院子一套私房，你们还要怎么样？"你们"是指他的对立面，有时指李花开和陆婧吧，多数时间是泛指。这时他的情绪又昂扬起来，他尤其喜欢"坐拥"这个词，这是个主动、气派、敞亮的词，他不仅坐拥房子、院子，还坐拥单纯貌美之妻子。生活对他不薄。

想想这些，起子放下手中的彩蛋，揉揉眼——画彩蛋费眼。他花三分钟做了一套自编的用力眨眼的眼保健操，接着他要犒劳一下自己。他把沾着颜料的手仔细洗干净，行至那炉盘锃亮的著名炉子跟前，拎起那把铝壶，壶中水开着，顶得壶盖噗噗响着。他沏上一杯茉莉花茶，搬把椅子坐在炉前，喝两口热茶，放下茶杯，起身把房门锁好，然后才从他的彩蛋工作案的小抽屉里拿出一封信，邮递员刚刚送到的北京来信。他举着信复又坐回炉前，将信封一端凑着炉盘上铝壶壶嘴里冒出的徐徐水蒸气来来回回扫那么几次，信封一端便软塌下来。他就势拿根牙签轻轻挑开信封封口一角，封口轻易就打开了，如同吃酥皮点心时用手揭去那层层酥皮，绵软、无声、可心。起子从大张着嘴的信封里抽出不薄的情书，从容不迫地欣赏起来。一些段落仍然让他耳热心跳，但情绪已不像初读第一封信时那般亢奋了。他始终腻歪的是肖恩在信中把陆婧称作"我的小软木塞"。他常常半是艳羡、半是鄙夷地把过目后的信推送进信封，再小心翼翼地用胶水封好，以手掌外侧轻按均匀，宛若终于为肖团长放行的秘密检察官。

第一次把北京来信送到陆婧手上，他就已经生出一种身在暗处的优越感。这时期的陆婧，却仿佛处于下风头了。陆婧不时会给他们夫妻带些礼物，给李花开买过马海毛的毛衣，还送过起子一件当年正时髦的沙色皮夹克。这本是朋友间的心照不宣，却渐渐让起子愈加不满足了。优越感是什么呢？那就像是人生的一种主动，起子就在一次次优先阅读那些北京情书的亢奋中获得了既朦胧又主动的渴盼：难道他当真要画一辈子彩蛋吗？

这天上午，陆婧在办公室接到起子的电话，只电报式的两个字：有信。这是个善解人意的电话，起子的积极热情使她连矜持一下的表演也用不着了，她决不打算等到晚上下班后再去取信，甚至中饭也不吃，骑车直奔那"有信"之地。

他和她对坐在炉前，炉膛里淡橘色的火光恰到好处地映着两人的脸。她本不想坐下，打算拿了信就走的，但起子邀请她坐下。她发现他手里没有信。他当然看出了她的疑惑，随即从裤兜里抽出一个他们都已熟悉的信封：红蓝两色斜线圈边的航空信封。"在这儿呢。"他说。他微微前倾着身子从炉口上方把信封递向对面的陆婧，在陆婧看来这很危险，好像那信是要蹚过炉火才能抵达它的目的地，又好像起子原是要把那信封丢进炉中的。陆婧伸出双手在炉口上方托住那信封，手背让炉火炙烤得一阵干疼。当她终于将那沉甸甸的信封"引渡"到自己胸前时，仍然双手托着它，就像托着一个刚从火海里得救的人。接着，她觉得这姿势有点失态，便把信封平放在腿上，这又仿佛肖恩正把嘴吻在她腿上，说着绵绵絮语。她的腿一阵阵酥麻，腿暗示了她拿起信封，掖进棉大衣口袋。这时起子说出了他的想法。

"陆局长肯定能办到，群众艺术馆啊，艺术学院啊，画院啊，都行。"他说。

"你和李花开商量过吗？"她问。

"这不重要，我的事还是我直接说更好。"他说。

"可人的调动需要多种条件，特别是艺术类的单位，不是普通人就能去的啊。"她像是在提醒他。

"但我觉得我不是普通人。"他坦然地看着她，也像是对她的提醒。

她听出了话中的厉害，也领会到这位起子的"不普通"。想到李花开随厂领导去南方几家印刷厂参观学习，两个星期才能回来，起子是特意选了这个时间的空当来和她谈如此要事吧？

她从炉边站起来，眼睛并不看他，只答应回家试着跟陆局长去说。

陆婧选了一个晚饭时间对陆局长提及起子的事，晚饭时间家里的气氛是轻松的。陆局长却立刻拒绝了女儿的请求："异想天开，异想天开！"他手很重地把筷子拍在饭桌上，一迭声地重复着这四个字，不知是讥讽起子，还是斥责女儿，也许二者皆有。基于对父亲的了解，她知道结果会是这样的，曾经闪过的一点侥幸之念确凿地破灭了。

这天，她又在办公室接到了起子的电话，还是两个字：有信。

4

她和他对坐在炉边，这次他没有空着手，给她开门便及时送上捏在手中的信封，仿佛以此迎接她将带给他的好消息。她迅速把信揣进大衣兜里，就像生怕这信会遭遇不测。

开口是艰难的，但她必须开口。她向起子道了对不起，说再等等看还有没有其他办法。这明显的官腔让起子十分不悦，他举了某某熟人因为有关系而进入了似乎不可能的单位。

她打断他说："在我们家真的不行。"

他直视着她，放慢语速说："要是不行也得行呢？"

她这才有点警惕地向后捎着身子问道："你这是什么意思？"

他说："我不是在央求你，是在要求你。"

她觉出了他的无礼和过分，但大衣口袋里那沉甸甸的信封可是经由他的手抵达她手中的，她努力使自己克制并且客气。她站起来说："等李花开回来咱们再一起商量也许更合适。"

起子也站起来，果决地告诉陆婧不用商量，他就是要去陆局长所管辖的那些单位。

陆婧到底没能把持住自己，她扫了一眼对面的起子，第一次发现他那一头打绺儿的"艺术范儿"长发滋着过多的油脂，好像每每以猪皮擦完炉盘都会捎带着再往头上蹭去。她恼火起来，边向门口走边提高嗓音说："你有什么权力命令我啊？你以为你是谁！"

在她背后传来起子的声音："我知道我是谁，更知道你是谁！你不就是肖大团长的小软木塞吗？"

她那刚伸向门把手的手缩了回来，后脑勺仿佛遭遇了棒击，似有一个黄豆大的小气球在颅内的某个位置炸了，一个瞬间，"嗡"的一声，她脑海里一片白色。她还是顶着一颗白色的头颅转过了身，并努力站稳，身体却已有点瑟缩，像曾经有过的梦境：她裸体着站在街上，到处找不到要穿的衣服，而街上面目不清的人们正肆无忌惮地看着她，比如此刻的起子。

起子就像听见了她那无声的感受，加码似的继续抖搂："是啊，不怕你笑话，我全看过，77封信，包括现在你大衣兜里这封。"

她一边下意识地将手伸进大衣口袋，死命握住那信封，好比攥住了肖恩的手，一边咕哝着："你怎么能、你怎么能……"

"我怎么不能？"起子复又在炉边坐下，"凭什么你们里里外外、明的暗的都是体面，又体面又浪漫，我就非得窝在这儿画一辈子彩蛋不可呢？我，我们全家还得替你收着、守着这些个不体面的信。说到不体面，我的要求不过是要通过这些不体面的信得到一份体面的工作，为了我们全家、我们未来的孩子，这有什么过分吗？"

她不动地方地站着，拼力捕捉着他话里的信息，她想到了李花开，不敢去想这是他们夫妻的合谋，可难道他们不是夫妻吗？还有孩子，李花开是不是怀孕了？陆婧的恋爱袭来之后，目中已无他人，所有的时间更不情愿分配给他人，识趣的李花开也久已不主动和她联系了。她不甘心地还是喃喃着："李花开知道你……"

他不等她说完，截住她的话说："知道怎样？不知道又怎样？用不着假装清高，也别想对我使用什么不好听的词儿。我就这么一件事，陆局长动动小手指头的事，有什么办不了的呀？"

清高，陆婧想到了父亲。本来她有些抱怨父亲那绝不通融的清高的，但在这时，她忽然感叹世间毕竟还存在着这么点清高。为了这点清高，她决不打算接受这蛮横而阴暗的命令。她不接受，还得显出不示弱，她一字一顿地对炉边的男人说："还——就——是——办——不——了！"

起子站起来，遭受了冤屈似的，走到摞在地上的彩蛋箱子跟前，从最下面的箱子里拽出一只白得刺眼的纸袋，举起来冲陆婧晃着，叹了口气说："都在这儿呢，67封。我用微距拍好，借朋友暗房冲印出来的，后来的10封没来得及冲洗，不过已经足够了。"说着从中抽出一张印满小字的黑白放大照片，送至陆婧眼前。

陆婧只瞄一眼便认出了肖恩的笔迹。起子这层层递进的胁迫宣告着陆婧的节节败退，她平生第一次感受到巨大的惊恐和侮辱。她的小腹突然开始酸胀下坠，伴随着酸胀下坠的是两条腿的绵软。于是她知道，腿软并不是从腿开始的，是小腹里酸胀下坠的物质游移到耻骨再无情地沉降至大腿、小腿、脚底、脚趾，迅速侵蚀着那里所有的骨骼、韧带、肌肉、血液……接着无腿感袭来，她的小腹好像直接落在了地面，人也顿时矮了下去。她拼命用意念寻觅着腿脚，顽强地动了动灯芯绒棉鞋里仿佛已经虚无的脚趾，脚趾总算有了些微的痉挛。那么，她是有腿的，她还在站着。她迈前几步，本能地伸手要夺下那刺眼的白纸袋把它投进炉火。起子将纸袋背到身后说："胶卷还在我这儿，烧有什么用呢？如果陆局长帮了我，我肯定当着你的面连胶卷一股脑儿烧了它。不然，你能猜到后面会发生什么。"

她腿软着，绝望地站在他面前，望着这个在炉子边上踱着小步的男人，就像望见了一个非人类的物种。比如鳄鱼，不！鳄鱼甚至也要好于眼前这个物种。她把涌到嘴边的所有形容词都压了回去，她的绝望使所有的词语都已失效，这绝望却也迫使她从溃败的谷底捞起了她久已失散的自尊。她被亮在眼前的撒手锏打蒙的同时，仿佛也被打醒了。当她确信自己的两条腿能够带她迈出这间屋子时，她把大衣扣子一个一个扣好，接着，她以自己也未曾料到的动作，突然奔向那炉子，拎起坐在炉盘上那把沉甸甸的铝壶，高高提起，壶嘴向下，向着那炉火正旺的炉膛猛地浇灌起来。霎时间水火交战的炉膛发出"吱吱嘎嘎"的怪响，一股股灰白色气体伴着浓烈呛人的臭屁味儿冲上屋顶，弥漫着房间，也吞噬了炉边的男人。烟雾中她把空壶"哐当"丢在地上，拼力拉开屋门，又狠劲把门摔上，就像将一切的担惊受怕，一切的提心吊胆，一切的错愕、愤怒乃至一切的恶心，全都摔在了身后。她听见门玻璃碎了，那起子没有追上来。

她想找个没人的地方大哭一场，但急切地要给李花开打电话声讨的愿望压制了她的大哭。她没能和李花开通话，她的青春年代，和远在南方几个省出差的人长途电话联系尚不那么便捷。她又跑到邮电局给肖恩打电话，在排队等待接线员叫号的时候，她在长途电话间的门玻璃上看见了自己的脸。一夜时间她的脸怎么会变成这样？腮帮子嗫着，太阳穴瘪着，鼻翅儿扇着，耳朵片儿干着……这是刘宝瑞先生一段相声里的句子，形容的是一个受不孝儿子虐待、饭都不给吃饱的老太太的凄惨面相。她不是那位倒霉的老太太，以她的年龄，也还不具备自嘲的能力，她的脸让她突然想到相声里那老太太的脸，只激起了她更加强烈的愤懑，更加确切的无助。她和肖恩通了电话，当她语无伦次地讲了这边的事，对方始终沉默着。

第二天，陆婧单位的领导收到了起子制作的黑白照片，本市的平信当日可到。陆局长也收到了。两天后，肖恩团长的上级领导也收到了。

李花开出差回来，陆婧立刻把电话打到了印刷厂，那是一个悲愤加绝交的电话，一个鄙视的不容分说的电话，一个曾经的"闺密"必须洗耳恭听的电话。陆婧那一波又一波语言的风暴如耳光噼啪，痛打在电话那头的李花开脸上。陆婧只听见李花开一迭声叫着："我娘！我娘啊！"又听见她"呕呕"了两声，像在呕吐。陆婧摔了电话。

肖团长受到了处分。

陆婧受到了处分，被陆局长轰出家门。

5

四月的又一个下午，太阳很好，雾霾不在。陆婧打车来到"时代体育"。朋友送了她两张老时光博物馆的门票，她看看地址，发现就在东单，离那间"时代体育"小店不远。这正好是个自然的理由：可以先到"时代体育"看看，再去博物馆参观，这样，走进商店便显得更像顺路。

"时代体育"有年轻的顾客出入，咄咄逼人的青春扑面而来。陆婧掺在其中，自觉有点碍眼。她在跑鞋柜台驻步，但她从不跑步；她在泳具柜台驻足，她也不打算游泳。她在等一个合适的时机，和坐在收银台的李花开打一声招呼。其实她一进门就看见了这位故人，三十多年未见的故人，即便是仇敌，难道不也能生出几分亲切吗？就算谈不上亲切，她至少怀有那么点不愿承认的屈尊的好奇。

时间是毒药，也是偏方。她记起哪个作家的句子。

店堂里人少的时候，她来到收银台前，将胳膊肘架上齐胸高的台面，明确地招呼了一声："嗨，李花开。"

李花开抬起头，她认出了陆婧，随着一声："我娘！"陆婧看见了她脸上的惊奇和真切的欣喜。

她们对坐在一间粥铺喝粥。李花开说她常到这儿来，离店面近。陆婧要了蔬菜鱼片粥，李花开要了皮蛋瘦肉粥，又点了拍黄瓜和两个芝麻烧饼。

"这几十年我常常想着要是看见你，第一句话到底怎么讲，千头万绪的。"李花开说。

"是我摔了电话。"陆婧说。

"我放下电话就去单位找你，哪儿都找不到你。后来，单位说你报了一个什么进修班，去北京了，和谁都不联系。过了几个月，又听说你出国了。"

"是出国了，陪读。算是闪婚吧。年前刚退休，业务荒疏大半，职称副高。女儿自立，丈夫厚道。"陆婧以短信似的句子讲述了自己的三十多年。

"你呢?"

"离了。"李花开端起粥碗又放下，这粥碗挺大，小西瓜似的。陆婧恍惚又坐在了当年那个卤煮小馆。

"就为我?"陆婧心有不安地问。

"我最怕的就是你这么想。不是为你，是非离不可。"李花开的讲述也很简明。开始他不离，让她替肚子里的孩子想想。她上了房，站在房顶逼他同意，不然她就跳下去。他跪在院子里求她，不松口，不信她会真的跳。刹那间她迈前两步，眼一闭就跳了下去。

陆婧的心像遭到突然坠落的重物的击打，一阵沉闷的钝痛。她下意识地望着李花开的脖子，岁月给这优美的脖子增添了几纹皱褶，但依旧柔韧、光润，且不松垮。从房上跳下万一戳中了脖子……她不敢想了，后脖颈被冷汗浸湿着。她不愿用自惭形秽来形容此刻的自己，只朝桌子对面伸出手，却不好意思去握李花开的手。三十多年的隔绝，让人无法产生轻易的肢体接触，即便是曾经的"闺密"。她收回了手，机械地问着："后来呢？"

后来就离了。李花开淡淡一笑，告诉陆婧，她原是要把孩子"跳掉"的，这孩子却结实。她残了一条腿，回老家生下儿子，在县中学当了老师直到退休。儿子从小就善跑，初中选进省体工队，再后来又进国家队，亚运会拿过名次。就好像，她拿自己的残腿，换来了儿子日后超速的奔跑。

"你这是，轴得不要命啊。"陆婧用了一个"轴"字，觉得不恰切，又找不出更合适的词。

李花开把身子靠上椅背说："谁愿意不要命呢，可当时我已经站在房上了。我站在房上往下看，索性想着跳下去无非就是两条，要么死得更快，要么活得更好。"

陆婧竭力眨着眼往回憋着泪说："你是活得更好的。"

李花开说："那也先得敢往下跳哇，况且，还得有信使给鼓着劲。"

"信使"两个字是陆婧的忌讳，那是旧年的伤口，尽管那伤口已经疲惫得睁不开眼，可她们的会面又无论如何绕不过这两个字。李花开说："其实你也是我的信使。我第一次把信送到你手上的时候，你就已经是了。到最后，没有那些事，没有你摔电话，我也下不了决心去奔真心想要的日子。记得我跟你提过我那个中学同学吧？"

陆婧猜到了什么。但他的名字她早已记不得了。

"他在老家当导游，我们那儿穷，山水可好看。从前北京人不知道，玩到十渡就不往里走了，其实越往深里走越奇绝，大峡谷，风动石，空中草原。后来他自己建了旅行社，和县旅游局一块儿开发。我回老家后，他一直照顾我，生孩子都是他守在身边。这么多年，我们过得挺好。"李花开猛地扬了扬下巴，郑重地介绍说："他叫锁成，姓赵。"

"这间店呢，'时代体育'。"

"是儿子的。儿子退役后盘下这个小店，有时间我就过来帮他照应几天。往后他该忙了，区体校聘他当教练，准备国庆游行呢，其中一个方阵有他们参与。"

她们共同意识到，这是 2019 年的春天了。陆婧仿佛又闻到了白丁香、紫丁香那一团团苦而甜的香气。

两人出了粥铺，天已经黑透，李花开要回"时代体育"，和陆婧在此道别。陆婧望着眼前车的河流、人的河流，意犹未尽地说："那年我一气之下逃到北京，才知道偌大个北京不会安慰你的委屈。"

"可偌大个北京能够包容你的委屈。"李花开接上陆婧的话。晚风吹拂着她略微倾斜的身体，吹拂着她的短发，那样子实在很飒。

几天后，陆婧去了老时光博物馆。她从家里走路去的，有点远，大约十公里。她换了运动鞋，打开手机的百度导航，调至"步行"模式，方向感再差便也不会迷路。她很久没有这样专注地、长时间地在北京街上走路了，她要用尚是健康的腿脚而不是车轮，把北京仔细走一走。她走得挺好，近三个小时，顺利到达目的地。那是一间展览旧器物的民间博物馆。在众多旧物件里，她意外地发现了那只曾经那么神气活现的炉子。如今它的炉盘已不再锃光瓦亮，但炉膛里却闪着橘色的火光。她走近前，把脸探向炉口，发现炉膛里填充着仿不规则煤块的 LED 盐灯。LED 是冷光源，炉子并不发热，只让参观者感受着一种亦真亦幻的安全的温度。

【作者简介】

铁凝，女，1957 年生于北京，作家。河北赵县人，现任中共二十届中央委员，第十四届全国人大常委会副委员长，中国文学艺术界联合会主席、中国作家协会主席。主要著作有长篇小说《玫瑰门》《大浴女》《笨花》等 4 部，中、短篇小说《哦，香雪》《第十二夜》《没有钮扣的红衬衫》《对面》《永远有多远》《伊琳娜的礼帽》等 100 余篇、部，以及散文、随笔等共 400 余万字，结集出版小说、散文集 50 余种。

跛脚猫

冯骥才

一

今天一醒来就觉得不对劲，我竟然感觉到我无所不能。这感觉并非虚妄，还有点自我的神奇感，分明就在我的身上。我不知道这感觉从何而来，也不知道我忽然有了何种特异的能力。我现在还躺在床上没做任何事情呢！没有一点具体的事实可以证明我这个感觉并非虚妄——我凭什么觉得自己无所不能了？我是不是哪儿出了毛病？我神经出问题了吗？

我坐起身来。从里屋走到外屋。我觉得身体有一种飘飘然的感觉。我好像驾驭着一阵风瞬间到了我的外屋，我好像不是"走"到外屋的。我对面是两个放着许多书和一些艺术品的柜子，还有一张堆满稿纸与文案的书桌。迎面墙上挂着一幅我的书法，上边写的是我自己的一句格言：弃物存神。此言何意，我后边再说。反正我从来不书写古人或名人的诗文，我瞧不上那些只会抄录别人名言名句的写字匠们。那些人舞笔弄墨，却不通诗文，只会按照古人的碑帖照猫画虎写几笔字——还不是"写字匠"？

我天天早晨起来，到了外屋，都会面对着这面墙。不知为什么，今天这面墙却似乎有点异样，好像可以穿越过去。我居然觉得自己可以像崂山道士那样一下穿过墙去。不想便罢，这么一想，我身上那种无所不能的奇特的感觉便突然变得"真实"起来。我开始有点害怕，我怕我身上发生了什么可怕的变异。外星人在我身上附体了吗？

未知总是难以拒绝的诱惑。我不由自主地向对面的墙走去，这时已分明感到自己身体无比轻盈，好似神仙一般飘然而至墙前。我的墙那一边是一户人家。但我住的是连体的公寓房，和隔壁的人家不走一个楼门，完全不知墙那边的住户是谁。我伸出手，隔着书桌去触摸墙壁，我想试一试墙壁是不是一个实体，证实一下自己脑袋里的"穿墙而过"是不是一个莫名其妙的荒唐的臆想？但是，极其神奇又可怕的事出现了。当我的手指一触到墙壁时，好像进入一个虚无的空间里，好似什么也没碰到，同时却惊奇地看到我的手指居然毫无感觉地进入墙中，我再往前一伸，我的手连同胳膊竟然也伸进去，进而我的身体也完全没有任何阻碍地穿过书柜；在骤然而至的惊慌中，我完全失去重心，身子向前一跌，一瞬间我闯进一个黑乎乎、无依无靠的空间里。我差点一头栽倒，慌忙平衡住自己。这时，我闻到一种沉闷的、温暖的、混着一种很浓的香水味儿的空气，渐渐我发现一间拉着厚厚窗帘而十分幽暗的房间，一点点在我眼前呈现出来。我已经站在一个完全陌生的房间里——我邻居的家里。我惊讶，我奇异，我恐慌，不管这到底是怎么回事，反正我真的"穿墙而过"了！这是怎么回事？一种童话和魔幻故事里才有的奇迹，竟然在我身上发生了？

我努力使自己镇静下来。这时，我发现这邻居家的屋内只有一人，这人还在熟睡。我穿墙过来时竟然没有发出声音把这人吵醒，我是在梦游吧，还是死了？难道我现在是一个游魂野鬼？

突然，我发现熟睡这人是个女子。她趴在床上睡。一头黑黑的鬈发，头发下边一段粉颈，一条雪白的胳膊连带着光溜溜的肩膀从被窝里伸出来。我是一个还没有找到老婆的男人，头一次看到在床上裸睡的女人，也有一点心旷神怡。我忽然想到——她是不是那个在电视台做主持的极其著名的女人——蓝影？我只知道她不久前刚搬进我这个高档小区玫瑰园，没想到她就住在我的隔壁！她非常漂亮，真像天仙一样。她名气很大，但她十分傲慢，我只在小区门口碰到过她一次。她走路时从额前垂下的头发挡住了上半张脸，使人无法看清楚她的面孔。她走路时哪儿也不看，明显谁都不想搭理。漂亮的女人全都傲慢。可是现在她却赤裸裸躺在我面前——虽然下半身裹着一条薄被。

我心魂荡漾起来。我想，反正我现在没什么可怕的了，即便有了麻烦，转身一步还可以再穿过墙壁跑回自己的屋去。这想法居然使我"色胆包天"！我居然过去刺溜一下没有任何障碍就钻进她的被窝。她的被窝里一股浓浓的、暖烘烘的肉体的香味，弄得我有点疯狂。可就在这时，我忽然发现眼前一对很亮的亮点，金黄色，像灯珠。这是什么？被窝里怎么会有这种怪东西？这对灯珠好似紧紧直对着我，同时我还听到一种呼哧呼哧的声音，好似动物在发怒，忽然这东西猛地一蹿把被子揭开。我一慌跳下床，扭头再看时，这女子只穿一条内裤、光着身子趴在那里，旁边一团硕大的黑乎乎的东西，原来是只非常肥大的黑猫——她的宠物！刚才那对金黄色的亮点，原来是黑猫的眼睛。黑猫正对我怒目相视。我看傻了，呆呆立在屋子中央。

就在我不知所措时，蓝影忽然翻身坐起来，我马上会被她发现，跟着她会惊叫和呼救。我的麻烦降临！可是，事情完全出乎我的意料，她居然没有看到我。只见她半睡半醒、迷迷糊糊地对着床上的黑猫说："你又把我闹醒了，我下午还得录节目呢！"说着她一边揉着眼，一边下了床朝我走来。

她马上要与我撞个满怀！这时，她揉眼的手已经放了下来，而且离我只有一步之遥。我正转身要跑，可是这一瞬间我惊奇地发现，她那双带着睡意的眼睛竟然没有看到我——我就站在她面前，她怎么没有看见我？她是一个盲人？我好像神经错乱了。

接下去发生的情况，更叫人惊奇。当她光溜溜地翘着乳房的身子挨到我时，我也没有任何感觉，她居然穿过我的身子，一无所碍地走到我的身后，径直去到卫生间。此时我已经知道，现在的我已不是一个实体，不再是一个实有的人！而且我与那个英国作家威尔斯写的"隐身人"不一样，威尔斯的隐身人只是别人看不见他，他却是一个实体，别人可以摸到他。我不同，我不再是一个生命实体，我只是一团空气那样，我是虚无的。我看得见一切，别人却看不见我。我虽然可以闻到气味，听得见声音，但我对任何东西没有"触觉"，所以当我与任何物体相碰时都不会发出声音。我忽然焦急和恐慌起来，因为我与这世界已经没有任何关系了。

我对于别人来说已经是不存在的吗？我说话别人听不见；我看得见所有东西，却摸不到任何东西，更挪动不了任何东西。我还是一个生命吗？我还有人的什么需求吗？我还会饿吗？还会感受到冷热吗？还需要睡觉吗？还用去卫生间吗？我除去能随便进入任何空间，还有什么更特异的"本领"？我是不是突然死了，现在只是一个人间传说中的那种无处可归的游魂？难道人死之后就像现在我与蓝影这样——阴阳相隔？尽管人间的事我全能看到却丝毫奈何不得；哪怕你活着时能主宰一切，颐指气使，到头来却照样一无所能？当我想到我无法再与任何人说话、交谈，我认识的人全可以看见，他们却看不见我时，我便感到了一种极大的恐怖。我感觉自己进入了一种绝对的无边孤独中。这种"死亡的孤独"可跟活着的人的孤独完全不一样了。

蓝影从卫生间走出来。

当我再次看到她赤裸的身子时，已与刚才的感觉完全不同了。我对她已没有刚才那种感觉。她穿上一件很薄、光溜溜、浅紫色的睡衣回到床上，没有再睡，而是抓起手机，开始一通忙。查看微信，写回信，只有一次用语音回复时说了一句话："你这烂话还是说给'91'去听吧！"完全不知道她这话是说给谁的，"91"是什么意思？只见她说完话把手机调到静音扔在一边，身子一歪，扑在床上接着呼呼大睡。

　　我还是不甘心自己已经"离开人间"，想再试一试自己是否真的不再是一个"人"了。当我用手去摸她的肌肤时，我的手指竟然魔幻般伸进她的身体，没有触觉，好像伸进一片虚空里。我想游戏般再做一点荒唐的事，但我不能。那只蹲在床上的又黑又壮的肥猫似乎对我充满警惕。它面对着我嗷嗷叫，想要咬我，可是它扑上来时，却像在咬一团空气，原来它也奈何不到我！这样一来，我就有了安全感。于是，我、蓝影、黑猫不可思议地搅成一团，彼此不能产生任何关系，这情景真是奇妙至极！我却已经明白，我和现实的世界已经阴阳两界，彼此无关。可能这黑猫身上有某种灵异，对我这个"游魂"有一点特殊的敏感。古埃及人不是说猫有九条命吗？但我不必担心它，它丝毫不能伤害我。它在阳界，我在阴界，我们阴阳相隔。它在真实的物质的世界里，我在诡异的虚幻的世界里。我本身就是一种虚幻。

　　现在，我已经确信，自己不再是一个人，不再是一个知名的作家，我连笔都拿不了。人间的一切从此与我没有关系。那么我现在该干什么？不知道。我已经没有任何欲望与需求了。眼前只有这女人叫我发生了兴趣，并不是因为她是一个非常著名和美丽的女人，而是她与我原先对她的印象有某些脱节。

<h1 style="text-align:center">二</h1>

首先，我发现原来蓝影并不那么漂亮！她体型还算标致，当然这也离不开紧身衣和特制的胸罩的帮衬。至于面孔，那就需要在化妆台前下一番苦功夫了。每个女人都是最会打扮自己的，她们知道用什么妙法高招为自己遮掩天生的瑕疵与缺陷。如果没有亲眼看到她卸妆后的面容，真不会想到她原本竟然如此这般平淡无奇。虽然不丑，但离着屏幕上那个美若天仙、令人倾倒的蓝影却判若两人。

由此，我更加相信一款流行的化妆品的广告用语：女人的美丽是打扮出来的。这是女人的真理。

我不懂得女人的那些名牌化妆品，不识"女人香"，更不懂得使用眼影、眼线、描眉、香粉、唇膏、唇线、胭脂、香水那些诀窍，所以我写作时一碰到女人这些东西时就捉襟见肘，不知怎么下笔。现在，我开了眼，惊讶地看到她用化妆台上这一大堆东西，怎样一点点把自己"装修"得如同一朵娇艳的花儿。她居然还有一个碗儿形状的假发！她这么年轻就谢顶了吗？可是当她把这假发往头顶上一扣时，就更加漂亮、精神、年轻，至少年轻八岁以上。

在她着装时，我领略到这女人品位的不凡。她身上每件东西都不华丽，也不夸张；一条干干净净、洗得发白发旧的牛仔裤，一件淡淡的土红色的圆领衫，外边一件松松的白色的麻布褂子，让她一下子从房间的背景中脱颖而出。她这些衣服看似普通，细瞧质地都很考究。我相信她的衣服不一定都是名牌，名牌只是为了向人炫耀，美的气质才真正表达个人的修养。她不戴任何首饰，挎包只是一个由一块土布裁制成的简简单单的袋子。但这一切都协调一体，正好优雅地衬托她那张楚楚动人的脸。

她走出屋前，将一碟子猫食和一小盆水放在屋角。那只一直守在我附近的黑猫跑了过去。这时，我发现这猫左前腿竟然有残，好像短了一截，哦，是一只跛脚猫！它跑起来一瘸一拐很难看。她这样一位名女人，住在这讲究的公寓里，应该养一只雪白、蓬松、蓝眼睛的波斯猫才是，为什么要养这样一只又大又蠢又瘸又丑又凶的黑猫？

她出去，关门锁门，但锁不住我。我一伸腿就神奇地穿过屋门，紧跟在她后边。她走进电梯，我也穿过电梯门，站在电梯里。电梯上只有我和她两个人，面对面地站着。我看得见她，她却丝毫看不见我，这感觉异常奇妙。这使我不再觉得阴阳相隔多么可怕，因为我能够去到我任何想去的地方，看到我想看到的一切！我变得神通广大了！世界原先给我看到的更多是它的正面和表面，但出于作家的本质，更要看它的里面和背面，因为事物的正面常常不是它的真相。

我跟着她出了电梯，穿过走廊，走出楼门穿过小区到了街上。一到街上，她那神气陡然变得十分高傲，谁也不看，好像别人都在看她。前边不远停着一辆很漂亮的黑色的奔驰车。她过去一拉车门就钻进去，好像是她的专车，开车的人并没下车迎她。她钻进汽车顺手把门带上，车子就发动了。我不能被撇下，赶紧跑上去一拉车门，我忘了我的手根本抓不了车门的把手，可是我的手却伸进车子。我马上意识到我现在所拥有的神力，身体向前一跃，整个人飞进已经开动起来的车子，正好坐在她身边。我朝她笑笑，她根本不知道我的存在，掏出手机来看，并且对着前边开车的人说："你车上的香奈儿的味儿是谁的?"

前边开车的人说："你诈我。我车上只有你的香味儿。我身上也只有你的香味儿。"说着回头一笑。我看到一张中年男子清俊潇洒的脸，不过他那带着笑的神气可有点像狐狸。这张脸我好像在哪儿见过，一时想不起来。

蓝影说："我从来不用香奈儿，你不用糊弄我，我也不管你的那些烂事。我只想知道，你给我选的车到底是哪个牌子? 我不能总坐你的车。叫狗仔队发现了，放在网上，你不怕你那黄脸婆叫你罚跪?"

开车那人说："你总得叫我先把这房子贷款缴上。到了年底就没问题了。你只管放心。"

蓝影："你说话这口气我可不爱听，好像我是债主。"

开车那人笑道："我是在还我的情债还不行? 谁叫我是个情种呢。"跟着他换一种柔和的口气说，"即便将来你有了自己的车，我还是心甘情愿来接你，只想和你待这么一会儿。我这点心思你怎么就是不懂？"

蓝影居然被这人几句话改变了心态。她忽然笑了，红唇中露出雪白的牙齿，她向前欠着身子说："你不是说要带我去黄港一家农家乐去吃海鲜？哎，你怎么不说话呀，滑头？"说话的口气变得和蔼可亲。

开车这人在蓝影的嘴里叫滑头。这大概是她对他专用的一个外号。

滑头说："我哪儿都想带你去，可哪儿也不敢去。你那张脸谁不认得？"

"这么说我的脸有罪？"蓝影装作生气。

"脸有什么罪，我是说你的脸太漂亮了，谁看了一眼就忘不了！"

滑头真是太会说话了。一句话又把蓝影说高兴了。其实滑头就是滑舌。

蓝影说："那咱们就约好了，还去慕尼黑吧。我总怀念阿尔卑斯山上那小木屋，就咱们两个人，再赶上那天外边下着大雨，多好。"蓝影说得很有兴致，但滑头没有接过她的话，她忽而转口又说，"不说那个了，你早不再是那时那个'白马王子'了，哼！"她好像一下子又回到气哼哼的现实里。蓝影这人的心理和情绪原来这么不稳定。

滑头说："这些事咱们回头商量，你也不是能够说走就走。现在你马上就到电视台了。先问你，今晚你几点回家，我去看你好吗？"

蓝影说："今天不行，我今天要接连录两个节目。哎，你还是把车子停在我们台的楼后边吧。"

滑头说："遵命，小姐。晚上我可是有宝贝叫你开眼——开心。"

蓝影眼前登时一亮，她说："骗我，你只是借口想见我！告我什么宝贝。"

滑头说："这么轻易地说出来还是什么宝贝。集团这两天正忙着改制，不停地开会。我今天晚上散会也早不了，不过我完事保证把宝贝送去，交给你就走，决不会——性骚扰。"他向后偏过脸，又露出狐狸那样的神气。

蓝影媚气地一笑："好，晚上见，手机定时间。咱有约在先，只准你那破宝贝进屋，人不能进来。"说完推开车门下车。

我也跟着穿越过车门来到街上。

在穿过街道时，蓝影好像心不在焉，不远一辆轿车飞驰而来。我看她有危险，赶紧上去抓她，想把她拉住。但我只是本能地去抓，忘了自己什么也抓不到。蓝影被对方车子紧急的喇叭的尖叫声惊醒，机警地往后一退躲过了车子，我却栽出去，正被飞驰的车子撞上，我心想完了，但是我忘了，人间的一切惊险灾难已经都与我无关。我像一团透明的空气那样，眼瞧着飞来的车子从我身上穿过，唰地飞驰而去，任何感觉也没有。我被自己的神奇惊呆。

于是，我开始享受自己拥有的这种无比的神奇，我勇敢地站在大街中央，任由往来疾驰的车子在我身上驰过；我狂喜于一辆辆车子迎面奔来时，好似它们故意要撞死我，结果却从我身上流光一般一闪而过。还有一只挺大的飞鸟眼看撞在我的脸上，却也毫无感觉地在我的脸上消失了，回头一看那鸟，那感觉好似一架飞机急速地穿过一团白云。我最后干脆躺在街上，任由各种车子在我身上碾来碾去。当一辆重型吊车轧过我的身体时，我感觉我已是街面的一部分。这种感觉让我狂喜异常。

这时，我忽然想起蓝影，起身一看，蓝影早不见了。

三

我去到电视台找她，她肯定已经到了台里。这个重要的新闻单位向来守卫得很严。由于各种在社会轰动的电视节目与响当当的人物都在这里诞生，这样一幢方方正正、乏味呆板的大楼反而让人觉得高深莫测。当初，我的那部二十万字的长篇小说《没有翅膀的天使》一炮打响时，电视台曾把我请到这里做过直播访谈，我那次的经历和感受却不美好。第一次面对摄像机的镜头说话，强烈的镁光灯又把我照得头昏目眩。当我想到千千万万的人正在电视机前听我说话，我生怕话说得不好叫人低看了我，更怕同行耻笑，原本想好的一些精彩的话竟然全忘了，脑袋里一片空白，你知道这"一片空白"是什么感觉吗？脑袋死机了，我像一个白痴，那种感觉非常恐怖。自从那次，我发誓再也不上电视。作家用笔说话，本来就不该靠一张嘴巴。

但是我今天来电视台，当然不是为了上电视，而是这位大名鼎鼎的女主持人把我吸引来的。我可不是盲目的追星族，我也说不好她身上的什么东西在引起我的好奇。

电视台大门森严的守卫对我形同虚设。我大摇大摆地径直穿门而入，守卫们全然不知。我真像好莱坞大片里的超人了。

电视大楼一分为二，两边各有一个门。一边进去是行政区，一边是制作区。蓝影肯定在制作区这边，我上次被采访也是在这边。这边的人多，但与我无干，我直冲冲向里走，迎面而来的很多很杂的人全都一无所碍从我身上流水般地穿过，就像时间从我身上穿过。

这大楼的首层很高，中间一条又长又宽的大走廊，横着摆了一排排椅子，乱哄哄坐着不少人，都是被请来做演播现场的观众。这些人等在那里不大耐烦了，有的说话，有的在吃东西，有的打瞌睡。走廊的另一边有许多门，门上边用挺大挺醒目的阿拉伯数字标着号码，门里边都是演播厅。我上次做直播访谈在第6号。我不知蓝影会在哪个演播厅里录节目，只能从第1号依次找下去。第1号演播厅正在录戏曲，第2号播送新闻，第3号没有工作，没有灯火通明，只有几个人在修机器……我随心所欲穿墙越壁。在穿过新闻演播厅后台一个小屋时，撞见了一个胖胖的中年男子正挤在门后边紧紧拥抱着一个娇小的女子狂吻。我吓一跳，跟着我明白对于他们我是不存在的。于是我站在那儿看了一会儿。那男子原本是戴眼镜的，此刻眼镜碍事，他手里拿着摘下来的眼镜，只顾贪婪地亲吻。他狂撕疯咬般的吻姿真像一只饥饿的动物。我是小说家，对人性的方方面面都不缺乏想象，可是一旦与这样的现实面对面，还是不免惊讶。这不是一个一本正经面对公众的工作场所吗？不是夜总会啊。他们的一本正经全是装出来的吗？这女子是谁，她是主播吗？这位手拿眼镜、发疯一般的胖子又是谁？

我没心思关心他们，我要找蓝影，我穿墙回到演播厅外边的大走廊。这时，大走廊前边好像出现了什么情况，乱哄哄挤着许多人，有人大声呼喝，我奔过去挤进人群。现在我挤进人群中是毫不费力的，因为我不占有空间。我突然看到被围堵和夹峙在人群中间的是一个夺目的女人，正是蓝影！她左右都有一两个身体结实、留平头的男人为她排难解纷，这些人大概就是人们常说的保镖了。她好像已经很习惯这种场面，丝毫不紧张，很从容。脸上的神情中混合着两种对立的东西，一是亲近的微笑，一是淡漠的疏离，我不知她是怎么把这两种彼此相反的东西混在一起的。反正此刻的她需要这两种东西。作为公众人物的形象她要表现出一种亲和；在过分热情的粉丝面前她又要拉开距离。这时一个人大声询问她：

"你和曹友东还有联系吗？今年情人节他送你什么礼物了？"

曹友东是谁？不知道。我只知道这种问题一定来自一个娱乐媒体。跟着一个女子尖声问她：

"听说你搬家了，你是搬到'清溪畔'别墅里去了吗？谁帮你买的房子？"

这答案我知道。当然，不是清溪畔。我和她住的那个小区叫作玫瑰园，是个高档公寓。显然这个小编还都是捕风捉影，没有摸清她的底细。

这时，她一扭头正好面对我，她朝我看了一眼，我一怔，她怎么会看到我了，难道我还阳了？很快我明白了——我回过头去，只见我身后不远的地方站着一个男人，原来她是透过我，看一眼我身后这男人。我还发现，这人就是刚刚在新闻演播厅那个狂吻小女子的戴眼镜的胖男人。

她只看这人一眼，掉头就拐进8号门，8号演播厅外有几间房子，她推门走进一间，是一个化妆间。里边设施很简单，左右是化妆用的长桌、几把椅子，两面墙全是镜子。镜子相互映照，屋子显得挺大。我发现一个很奇怪的现象，镜子里没有我，我跑到镜子前使劲看，还是空空如也，没有自己。现在我没有任何恐慌了，有没有都无所谓了，反正我自己还能够感觉到自己。

我从人群中出来，站到了屋角。其实我站在屋子中间也不碍任何人的事。我选择屋角，只是出于一种想要好好旁观一下的心理。

蓝影坐在那里派头挺足，看她的举止和神气，她似乎很享受自己这种派头。她不时面对镜子看一看自己，好像她挺欣赏自己。有人给她斟茶倒水，还有人来给她按摩肩背和颈椎；她不叫闲人进来，也不和人说话，不准任何人打扰她。当然，在登场演播之前她有理由需要平静。只是过了一会儿，一个络腮胡子、长得很结实的人拿着一卷纸跑进来，与她研究节目一些关键的细节怎么处理。我从他们的交谈中，听到她今天主持的是一个竞猜节目，内容与文学有关，这叫我分外感兴趣。但是我有一点怀疑——这样一个花瓶式的女人有足够的修养能撑起这个文学节目吗?

随后就进来一位化妆师给她上妆。这位化妆师看上去很时髦,头发染成棕红色,脑袋后边梳成一个马尾,耳朵上戴着奶白色的听音乐的耳麦,这使他一边走一边随着耳朵里的音乐晃肩扭腰。他脸上皮肤粗得像牛皮,穿一件文化衫,手里提着一个花花绿绿的化妆箱。别看他外表花里胡哨,化妆技术却超高明。在极短的时间里一通忙活,便叫蓝影加倍放出光彩。照在镜子里的蓝影露出满意的笑容。这化妆师说:"其实你的双手也很美。哪天你做一档靠手说话的节目,你叫摄制组多架一台摄像机,专拍你手的特写,我给你的两只手好好捯饬一下,保证出彩。"

蓝影笑道:"看来我得跟着刘谦表演变魔术了。"

化妆师说:"我教你一手魔术。"说着居然把手从蓝影胸前的领口伸进去。这人胆子竟如此之大!

可是蓝影并没有发怒,只一打他的手说:"你不怕人看见!"

化妆师笑嘻嘻说:"我不怕,你怕。"说完把手抽出来,提起化妆箱又说一句,"节目完了早卸妆,你脸上的色斑可见多了。"说完便走了。

原来电视后边,远比电视上的节目叫人惊奇得多。

化妆室只剩下蓝影一人。虽然还有我,但我是不存在的。

化妆后的她依旧坐在那里,在等待节目开始吗?这当儿,她忽然显得很疲惫,垂下头来,似乎在想什么。再抬起头来面对镜子时，她的眼神特别。我跑过去，与她面对面，反正我不存在，我可以近在咫尺地瞧她。我惊讶地发现她眼睛好似秋天的旷野一片空茫、荒芜、冷漠。我从没看过这种眼神。这眼神与她外表的光鲜和高傲可不一样。我想到了我写过的一句话：

眼神的深处一直通着灵魂。

四

当蓝影穿着她标志性的蓝色长裙从幕后信步走到强光通彻的舞台上时，真是太美、太动人、太夺目了，优雅从容，仪态万方。美的自信使她更美。她的魅力带着压倒一切的气势。尽管演播厅的观众席最多不过二百人，但瞬间爆发出的欢叫与惊呼声有如排山倒海，蓝影站在舞台中央，面含微笑、落落大方地接受人们对她忘我的喜爱。只有真正的大明星才有这种气质。这种气质是既叫你感到亲切，她又高高在上，与你拉开距离，叫你觉得她高不可攀。

她这条蓝色的长裙做工考究，材质柔中有韧，光泽撩人，然而这裙子上几乎没有一点装饰，它一定来自一位顶级的崇尚简约的服装师之手，把一切高深的功力都用在剪裁上。这剪裁是一种造型，刚好把她体型优美的线条勾勒出来，高贵之中还含着隐隐的性感。其余便只有一条天青色的薄纱，绕过她挺直的后背，再穿过她双臂的臂弯，长长又缥缈地垂下来。这就足够了。不应该再用什么华丽的饰品出来炫耀，打扰人们去关注她那张美艳绝伦的脸。

同时，我还领略到刚才那位带点流气的化妆师技术的高超。我在蓝影的家里看过她素颜时本来的面目，也看过她化妆后如何焕然一新。刚刚在化妆室里，那位化妆师只是给她再做一点提升而已，可是不知那个化妆师用了什么绝妙的手段或材料，使她这张脸给舞台的强光一照，加倍地焕发光彩，透明、纯净、明媚，却不失含蓄和内在。她似乎告诉你，真正女人的美不是向外夸张，而是向内蕴含。此刻她这张脸，便分明是那位化妆师的"作品"了。他提升甚至再创造了她的形象。她当然知道他的必不可少，所以才忍受他的鄙俗与狎邪。难道这都是她必须付出的一种代价吗？也是一个大明星必须付出的成本吗？

忽然，我发现自己现在竟然站在舞台上。我这样一个与节目完全无关的人，竟然碍手碍脚地站在主持人身前，怎么没有人感到奇怪，没有电视台的工作人员拉我下去？跟着，我又笑自己，怎么又忘记自己是一个根本"不存在"的人了。这时，我已经注意到舞台的灯光打在我身上，竟然没有任何光亮；我还发现——自己没有影子！我试着在舞台上又跑又跳，胡跑乱跳，都不会与任何东西相撞，也没有声响。于是我便大模大样地在舞台中央盘腿一坐，嘿，谁也不可能像我这样看录制节目！从一早起来，我没吃早餐，折腾到现在，居然不渴也不饿，我是一个活人吗？我还是一个活人吗？这样活着有什么不好？

我来不及往下想，她的节目把我吸引过去。

蓝影问一个竞答的年轻人："你能说出三个被唐诗中描写过

的著名的古建筑吗？你听好了。回答我这个问题还有两个附加条件。一是你必须说出这首唐诗的作者，背诵出其中的一两句诗；二是你所说的这座古建筑必须今天还在，不能是已经损毁和消失的。明白了吗？好，现在回答——"

她说得流畅又清晰。显然她上台前做足了功课。

竞答的年轻人虽然看上去只有十四五岁，胖头胖脑傻乎乎的，却挺厉害，开口便说："一是黄鹤楼，作者李白，'故人西辞黄鹤楼，烟花三月下扬州'。二是滕王阁，作者王勃，'滕王高阁临江渚，佩玉鸣鸾罢歌舞'。这是一首七言律诗，我就不全背了。"

蓝影笑了，对这年轻人说："王勃这首诗是他写在文章《滕王阁序》结尾的诗，不大好背诵，你能背出这两句就很不错了。"

这年轻人竟然说："《滕王阁序》全文我都能背。"他说得挺认真，又十分单纯。

演播厅里一片笑声，蓝影大笑，笑得很亲切，她表现出对这年轻人的喜爱，她说："你真棒！但今天你先别背，你留一手，下次我们有古文竞猜竞答节目时一定请你来。你别忘了，你现在只答出黄鹤楼和滕王阁两个，还差一个与唐诗相关的古建筑没回答呢。"

这年轻人下边的回答好像一直在嘴里，他张开嘴就出来了："寒山寺，作者张继，诗名《枫桥夜泊》，'姑苏城外寒山寺，夜半钟声到客船'。"

观众席一片掌声。

蓝影露出惊讶，叫道："你这么有学问，我都快成你的粉丝了。你在大学读博吗？"

年轻人说："我初中二年级。"

蓝影说："现在真是后生可畏，这么年轻就满腹诗文了！"她的主持真有魅力，亲和、自然、诙谐、放松，声音还分外好听，而且她掌控场面的能力极强，想放就放，想收就收。这使得现场生动活泼，很有气场。她忽问这年轻人，"你这么喜爱古典文学，也喜爱读当代的文学吗？"

这年轻人听了，有点发怔。迟疑地说："读过一些。"

蓝影说："我们城市近几年冒出一位名作家，现在很红，他有一本《没有翅膀的天使》你读过吧？"

我像当头给敲了一棒，震惊！完全没料到她会突然说到我，我完全蒙了。我居然这么知名吗？我很惊奇，我和这位名主持人毫无关系，她怎么会如此响亮地把我的作品说出来？难道她知道我在现场，不，不！我刚才在她屋里她都不知道，现在怎么会知道我在这里？这是怎么回事？我一慌，蹿起身子，掉头便跑，我感觉有人喊我、有人拦我、有人抓我，其实没人，只是我的错觉而已。我穿过物体、穿过人、穿过墙，穿出演播厅，穿出电视大厦，一直跑到街对面一棵大树下边一个水泥墩子上坐下来，过了好一会儿，才使自己一点点平静下来。

这时再去想，反而更糊涂。我对蓝影更加不解，这个流光溢彩的娱乐名人居然喜欢读书？而且是读我的书。我这本书可是一本纯文学啊。在文化娱乐的时代，纯文学快要孤芳自赏了。

只有深爱文学的人才会读纯文学。于是我对她产生了一种好感。这好感当然首先源自她是我的读者。作家总是对自己的读者有一种特殊的亲近感，自己真正的读者不就是自己的知音吗？蓝影真会是痴迷于自己精神上的知音？这使我不由得对这位非同一般的读者产生了进一步的关切。

等到我穿墙入壁再次进入电视大厦，进入演播厅时，里边已经空无一人。只有舞台上的空气里还有一点蓝影留下的香水的气味儿。我转身穿墙入壁，里里外外找来找去，我将大小十个演播厅全都找过也没见到她。我茫然若失。她会去哪儿？我对她究竟了解极少，她去哪儿都有可能，我唯一可以寻找的只有她家——她工作结束之后总会回家吧。

五

我不能乘坐电梯，因为我的手指无法触动开关键，我不能启动电梯，但爬楼梯很容易，我身轻如燕，几乎是几步就蹿到了楼上。

她家的防盗门对我毫无用处，我轻而易举地穿过金属的门板，进了她的房间。我一入房间便觉得空屋里有一种特殊静谧的气味，似乎房里没人。空屋里的气氛总是异样的。我里里外外到处看看果然没人。她没有回来。这使我有机会把她的房间细细观察一遍。我虽然没有窥私欲，但我想了解她。

可是对于现在的我，想再进一步了解她，根本没有可能。

因为我只能用眼睛去看摆在屋里表面的物件，无法用手去打开柜子、拉开抽屉、挪动和掀开任何东西，人间的一切无法奈何我，我对人间的一切也全都奈何不得。我好奇她桌上一大摞做节目的文案。我很想知道刚才她提到我的小说——这到底是节目编辑组给她设定的内容，还是她自己真的看过我的书？这答案应该可以从节目的文案中找到。可是我无法掀动这些纸张。我想从桌上的笔筒里拿出一把小裁纸刀来掀这些稿纸，可是我怎么可能捏起裁纸刀来？我的手指好像是透明的，非物质的，我只是一团虚无的空气！

　　我在她房间好似飘来飘去那样走来走去。感觉不到鞋底在地板上摩擦，感觉不到自己的身体有重量。我现在最关心的不是自己，而是她。反正她不在，我便得以从容地细心察看这位名人个人的世界。看一看"名"后边的"人"。当然，我最想知道的，还是她是否真的关切过我那本小说。

　　她的房间和隔壁我的房间的房型完全一样，只是方向相反。我家下了电梯从左边进单元门，她家从右边进单元门。进门一个方形的衣帽间。她的装修比我讲究，整个衣帽间都用西班牙米黄大理石作为饰材。迎面摆着一个现代风格线条流畅的黑色条案，中间一个朱红釉色的陶罐，插了一束蓝铃草。这花的蓝色与她在舞台上那蓝裙子是一个颜色。蓝色是她的标志色吗？蓝铃花是假花；但最好的假花像真花，正像最好的真花像假花。花上边是一幅抒写秋天的风景画。这样的布置叫人一进门就会感到放松，就想到去享受一下生活。她挺有品位。衣帽间的一边是鞋柜和衣架。我发现衣架上挂着一件男人的外衣，她有丈夫？不，不，她的房间分明是一个单身女人的住所。

她室内的格局也和我的一样。房间一大一小，一个设施齐全的卫生间，一间宽绰的兼可用餐的开放式的厨房，厨房外还有一个不算小的阳台。这房子是去年房价正低的时候开盘的。我凭着自己两三本畅销书相当可观的稿费，加上从银行拿到的贷款，买下我那套房子。我喜欢这公寓式房子房间的结构，大间很宽敞，朝向好，又安静。我需要安静，这房子朝南面对一个老公园，树非常茂密，早晨可以听到清亮的鸟叫。

我把大间作为书房兼客厅，小间当作卧室，小间的容量也不小，除去床和衣柜，我也放了一个书桌，有时夜里忽来了灵感，便起来写一阵子。

她这房间的使用与我不同，大间是卧室。虽然只她一人，却摆一张很大的双人床；屋里虽还整齐，但床上被子不叠，乱作一团。她是不是每天起床都不叠被，晚上倒下便睡？她还有一个更乱的地方是化妆台，台上各种瓶瓶罐罐、梳子、刷子、剪子、镊子以及不知名的稀奇古怪的器具，乱堆乱放，混乱不堪，好像一个修理工的工作台。

她房间里的家具多半都是新的，她喜欢现在流行的简约式样的造型，颜色多为蓝白黑灰，连沙发靠垫、桌布和窗帘也是深浅不同蓝色的。她为什么这么喜欢蓝色？包括她那条从不改变的舞台服——无比光鲜的蓝长裙。我忽然想这是不是与她的名字"蓝影"有关，肯定是！她太自恋了吧！还是受了符号化、标志性以及"Logo"等商业形象思维的影响——为了加强自己给公众的印象？或许她没有想得这么深，只是因为她是一个流行于娱乐圈里的人物，很自然地会受这种商业文化的影响罢了。

我没有在她的大房间里看到叫我特别关注的东西。我便去到她的小房间，那里好像是一个储藏室，堆满杂物，大概她刚搬来不久，许多东西还没来得及整理。靠东墙一边堆着很多搬家用的规格一致的牛皮纸箱，有些箱子还贴着封条没有打开，箱子外边用马克笔标着号码或写着里边的东西。有"生活杂物""食物""资料""鞋""工具"等等，还有几箱是"书"。她看什么书？文学书？她喜欢看哪类文学书？我一回头，看到一摞纸箱上有一本书，像是随手撂在那儿的，封面非常熟悉，啊！竟然就是我的《没有翅膀的天使》——我这本当下正红得发紫的小说！我禁不住惊喜地发出声来，她真的看过我的书，而且是我的粉丝！我这么肯定，是因为我看出这本书已经被翻了许多遍，封皮都卷了。我还发现里边有两三处被折页。我仿佛不存在的手指无法打开书，不知她关注的是哪页。

她一定和我海量的粉丝一样，被我的女主人公曲明珠的命运打动了。我那个主人公是个淮北的农家女，怀着一团发光的梦走出世世代代的先人搅扰着穷困的农耕生活，到深圳打工。在底层的煎熬中一点点挣扎出来。每一步都脱一层皮。她抛掉一个真纯却贫穷的男友，一次次出卖自己，付出的代价匪夷所思，最终如愿以偿地站在万贯家财之上，成为一个企业家中大名鼎鼎的女强人，但在世人的视野之外她是一个心灵上荒凉寂寥的孤家寡人。我把一个费解的答案留给读者自己去思考。在金钱至上的市场时代，你最终选择有真爱的人生，还是一个被庸人们膜拜、披金戴银的偶像？不是说二者不可兼得，二者兼得者凤毛麟角。如果不能兼得，你想做一个割掉翅膀的天使吗？

我在小说中说了一句话：没有爱的人生才是一个失败的人生。

我的这个人物触动过许多人心灵的隐秘。

在我从小房间走回到大房间时，我发现蓝影床前地上有张纸条，我走过去蹲下来看，是一张写了字的纸条，但是有字的一面在下边。我伸手过去想翻过来看，自然是徒劳无功。忽然，右前边很近的地方有个东西吓我一跳。一看，原来是那只大黑猫。它一直静悄悄蹲在那里吗？它瞪着一对亮晶晶的黄眼睛虎视眈眈地面对着我。我仍然不明白，它到底是能看见我，还是只凭着某种动物的灵异？

忽然，我脑袋里蹦出一个很聪明的想法，能不能叫它帮忙把地上的字条翻过来？

于是我朝它大叫，挥舞双手，做搏斗状。黑猫好像看到了我，又像没看到我，却朝着我发出呼哧呼哧愤怒的声音，然后挥爪扑打。但我们谁也碰不到谁，我们分明是在阴阳两界，我们只是隔空相搏。我按照自己的想法，一边和它"打斗"，一边把它引到地上的这张字条旁。它和字条都是现实世界的。在它身体的翻滚中，尾巴一甩，真的把那字条掀了过来，朝上的一面有一行字，我探着身子去看。不管黑猫怎么对我扑打，反正丝毫伤不到我。我却看到纸上有一行小字：

"今天完事后渔人码头见！"

这渔人码头肯定是指西城门外那个海鲜店。"今天完事"四个字肯定是指节目录完之后。关键是这短短的十个字中有一种命令的口气。这人是谁？不像是上午开车接她来的那个"滑头"，滑头不是今晚要给她送礼物来吗？这人与滑头绝不是一个人。这另一个人是谁？

我想，我应该到渔人码头去看看。

我很快起身真的像游魂一样飘然走到她的屋外。

六

我走出小区来到了街上便陷入困顿。渔人码头很远，快到海边了，我怎么去？我只知道那个消闲酒店的店名，没有去过。我既不能打出租车，也不知怎么乘坐公共汽车，又无法找人问路。我想了各种办法，最终是没有办法。我回到小区内，在树丛里一张长椅上坐下。

我坐下来，并不是因为累。自从清晨我穿墙而入蓝影房中，一天来，我还是没弄明白，自己到底是不是真的已经死了，成了幽灵。我几次想穿墙回到自己家中弄个明白，但是我不敢回去，我怕自己真的死了，怕回去看到躺在床上早已气绝身亡的自己。我知道只要灵魂一旦离开肉身再不会重新返回。到了那个时候肉体只是人间的垃圾等待处理，灵魂却四处漂泊，在茫茫宇宙中浮尘一般找不着归宿，就像我现在这样。我不知道我将面临什么。

我一直没有饥饿感，不需要吃东西喝水，不需要睡觉和休息。原来离开了现实和实在的生活，就没有任何目的了。没有人间的种种烦恼，也用不着去看《佛经》。可是——没有任何事情等着我做，又没有任何事情想去做、需要做、等着做，这是一种什么感觉。一切一切，包括"我"都变得没有意义。没有意义、没有价值、没有向往、没有目的、没有内涵、没有限定，就一定不再是人间的生活了。这是超越生命的一种状态吗？这就是人所追求的一种纯粹的自由与永恒吗？自由一定是在不自由中才有魅力，永恒一定要在"人生苦短"中才令人神往。可是，这些都是人间的道理和生命的道理，一旦死了，也都没有意义。

正为此，我不想回家，不想证明自己真的死掉。我怕自己死掉。我多么希望现在发生的事只是一个噩梦，醒来后我将感到无比庆幸。我会说："哦，可怕的东西全过去了，一切一切，原来只是一个恐怖的梦魇！"

可是，现在我又无法证明这是一个噩梦。我真切感受到的——我是一个无法与人间的一切发生任何关系的虚无的游魂。

可能由于我刚刚来到这"另一个世界"，身上还残存着不少人间的记忆和人间的感觉，比如时间感。我知道这些记忆与感觉早晚会从我身上消失。可是我现在还有时间感，我感到我等蓝影等了太久。天已经黑了下来，还不见她回来，我便走出小区，到外边看看。刚走出小区，只见东边走来一男一女两个人。尽管那女子额前垂下的头发挡住半张脸，我还是一眼就看出是蓝影——她的体型太出众。另外那个男人，我也马上认出来是在电视台见过的那个圆头圆脑、戴眼镜的胖子。我本能地向后缩身躲避，当然我根本无须躲避。叫我奇怪的是他们到了玫瑰园小区门口，并没有走进去。尤其是蓝影，好像这小区与她无关。为什么？她故意装的？她不想叫戴眼镜的胖子知道她住在这里吗？显然，胖子不清楚她具体住在哪个小区。

他俩继续往前走，待他们至少走出去长长的三个路口，来到另一个名为"天上人间"的小区前。蓝影站住，对这个胖男人说：

"好了，我到了，你回去吧。"

胖男人说："噢，你搬到这么高档的地方。我送你进去。"他说话的口气好像下命令。

蓝影一笑，对他说：

"主任，你不怕人看到你。我刚才告诉你了，一会儿有朋友来串门。再说，我妹妹住在我家，我妹妹可在台里见过你。"

这胖男人原来是她的一位上司。他问蓝影：

"什么人这么晚还来串门？"

蓝影冷笑一声说：

"当然是我的朋友。我的朋友都是女的，你的朋友也都是女的，而且愈来愈年轻化。"

"少说，"胖男人说，"这不能怪我。都是她们往前凑，我都不爱搭理她们。"

"你以为你是靓男啊，谁会凑你。"蓝影依然冷笑地说。

胖男人被伤了自尊心，反唇相讥道："你！你忘了自己是怎么上来的吗？当初你那些心思——嘿，台里的人心里都有数。你给我惹的麻烦还少？"

"滚！"蓝影被惹火了，突然吼一声，扭身进了小区，看样子真像回家去了。

我是作家，从他们这简短的几句对话，无须猜想，已经很清楚他们之间是怎么回事。

这么一来，胖男人自然不会再跟她进去，招呼一辆出租车，坐上车走了。等到我扭头再看，蓝影早已走进小区，不知去到哪里，正想该不该进去找她，忽听一阵笃笃的脚步声从里边清晰地传来，一看正是蓝影。她走出小区看看左右没人——那个胖主任已经离去，便招呼了一辆出租车。她钻进车，我赶紧过去穿车而入，坐进车里，很快随她一同回到了玫瑰园。

蓝影真有办法，她就这样甩掉了她的上司。

她开门进屋，那只跛脚的黑猫迎了上来。她和它打个招呼，把外衣和手包往椅子上一扔，转身一扑趴在床上。一只鞋掉在地上，另一只鞋还在脚上，她已经一动不动好像睡着了。显然她已经精疲力竭，散了架，看样子更像一盆水泼在床上。那只黑猫跟过去跳上床，不再打扰她，而是依顺地倚在她身旁，静静地蜷曲地卧着。似乎每天她回到家来都是这样。但现在这黑猫始终保持清醒，主人闭眼睡着，它睁眼相守，那对黄眼睛一直警惕地朝着我的方向。在它匪夷所思的灵异中，肯定有我的存在。

我倒退几步，坐在床前的沙发上。这细羊皮沙发看上去很讲究，不过我感受不到沙发的舒适，我的身子好像陷在沙发中间。我在这里静静地等候，因为知道那位给蓝影购房的"滑头"还要来送礼物呢。

等到房间完全黑下来。忽然有人按铃敲门。蓝影被敲醒了，应声回答。她起来、穿鞋、开灯，抓起床头柜上的一杯水喝了，然后一边用手整理头发和衣服，一边走到门前把门打开。进来的果然是滑头。滑头有备而来，着装休闲却又考究，头发喷了胶，皮鞋擦了油，上下全是又黑又亮。他满脸微笑，目光烁烁，显得兴致勃勃。应该承认，滑头的外表相当清俊潇洒，真有点像电影明星。

蓝影带着一点睡意地说："人家正睡得香呢，你硬把我闹起来。"只是不知她这睡意是不是装出来的一种诱惑。

滑头说："咱是说好晚上见的。我可是来送礼的，官儿还不打送礼的呢。你要是不要我马上就走。"他说着，同时举起一个很漂亮的小纸袋在她眼前晃。

蓝影一看，改了口气。"什么破东西，又来蒙我不懂。"蓝影说。

说话间，滑头已经从纸袋内掏出一个包装高雅、深红色、系着金色细缎带的小盒递到蓝影手中。他叫她自己打开。

蓝影一边打包装一边说："潘多拉的盒子吧——"可是当她打开包装纸，掀开一个真皮上烫着金字的小首饰盒的盖子一瞅时，不禁"哦"了一声。

"你拿出来瞧瞧，"滑头说，"世界上最不会骗人的就是我。"

蓝影两只手从盒子里各捏着一串东西提了出来。这东西小巧玲珑，晶莹璀璨，是一双相当华美的水晶耳坠！

滑头说："你戴上去看看。"又说："这可是最新款的奥地利水晶。施华洛世奇！钻石都没法比！"

蓝影不再讥讽他了，乖乖地走到化妆台前去试戴这水晶耳坠。这期间，那只黑猫一直围着滑头转，显出他们很熟识。滑头对黑猫笑嘻嘻地说："别急，也有你的，只要你不打扰我们就行。"说着他从随身公事包里抻出一袋猫食。走到屋角，撕开袋子，把一袋子猫食全倒碟子里，边对黑猫说："这是加拿大进口的猫粮，你说我待你好不好？"

不知他这话是对黑猫还是对蓝影说的。

蓝影在化妆台那边接过话说："你当然得对它好了。当年它在街上差点叫车轧死，是我把它抱回来的。我俩相依为命，它就是我妹妹。"

蓝影这话却叫我得知这只瘸猫的来历。使我对蓝影的认知也就更加深了一层。

这时，蓝影从化妆台前站起身来，这对耳坠确实太华丽了，两束水晶，都是由几百颗细小的水晶组成，而颗颗水晶全都切面精繁，随着蓝影一走，头儿得意地一摇，肩儿一晃，腰儿一摆，耳下的水晶闪耀出亮晶迷人、细密又夺目的光彩来。这一来，使蓝影的脸更加娇艳，整个人更加高贵。滑头很有眼光。

蓝影笑吟吟走到滑头面前，面对面。滑头问她："怎么感谢我？撵我走吗？"

她扬起花一样动人和芬芳的小嘴要吻他。滑头伸手推住她迎上来的身体，说：

"不，不，我还是要你着盛装。"

什么叫盛装？我不明白。

此时蓝影似乎很依从他。只见她转身从衣柜里拿出一件蓝色的长裙和一条浅蓝色的长纱，去到卫生间里，关上门。这蓝裙不是和她在电视节目中那套标志性的演出服完全一样吗，为什么家里也有一套？难道在家里也需要演出吗？不一会儿，卫生间的门一打开，她走了出来。一瞬间我觉得她一如在电视台演播厅登台时那样光彩照人，尤其戴上了这对水晶耳坠儿，更加华美夺目！令人惊奇的是，此时她的神气、姿态，一举手一投足，乃至整个气氛，都与她在演播厅台上的"范儿"完全一样。不同的是，现在只有一个观众，就是滑头。

滑头起劲地拍起巴掌。在他的兴奋中似乎还有一种叫人莫名其妙的满足感。下边出现的一幕叫我惊讶不解了。他的眼盯着她，目光里冒出一种极度的迷醉与贪婪，他走过去，居然动手将她的长裙一点点脱掉，他的动作很慢，似乎在玩味着自己的行为，蓝影则一动不动任由他的放纵。随后，他忽然把她拥到床上。那动作像是一头豹子扑向一只羚羊。我不想再去说我看到了什么了。

我不明白这是怎么回事，这只是一种偷情和婚外恋吗？这是一种两情相许、另类的情爱吗？不，不，我看不是。他为什么非要她穿上一件明星标志性的服装再去占有她。难道这样才显示只有他能够拥有众人艳羡、高不可攀的偶像，才是一个男人在财富上获取成功的体现？其实，这些已经不该是我想的了，我与实际的人间生活无关，自然也与现实的问题无关。

于是，我既无悲哀又无愤懑，一切一切，与我无关，我现在是极度的自由。我想起雨果在巴尔扎克墓前说的那句话："死亡是伟大的自由。"

滑头干完事，带着满足走了。钟表上的时针不到十二时。整个后半夜，她似乎都在一片不安与缭乱中。本来她该好好睡一大觉。但是她好像翻来覆去一直不能入睡。特别是她接过一个手机电话后就更加烦躁。我听不到电话，不知道内容。黑猫确是她的妹妹，偎在她身边，用又厚又软的舌头舔她的手臂与肩膀，这是猫安慰对方的方式。她两次起来吃药。吃的是镇静剂吗？但她吃的药非但不能安慰她，反而使她变得更加焦躁。她跳下床，赤着脚跑到小房间居然把我那本小说拿出来，本来我以为她想用我的小说做伴，我的小说能给她以安慰吗？谁料她忽然将我的小说从中扯开，一通发狠地撕扯，撕碎的书页遍地都是。难道我的书惹起她的烦恼？哪些内容叫她如此愤恨？

四点多钟，也就是夜最深的时候，她走到窗前，打开窗户，夜风吹起她的头发，她需要清醒？不，她登上窗子。她要跳楼吗？没有，她只是面朝外坐在窗台上，两只赤脚却垂在窗外。这样做是十分危险的。她的情绪不稳定，一阵阵流泪。我不了解她，只能猜测她。究竟她一天里给我带来太多的意想不到，尽管我对她的了解还都是一些支离破碎，有些细节、人物、人名、行为还都是谜，但我已深切感受到她的社会光鲜的背后竟有那么多穷山恶水。她忽然自言自语的一句话令我吃惊："小山，咱们那边见吧。"这小山又是谁？这很像我小说中被女主人公曲明珠抛弃的那个曾经的青梅竹马，一个因自己负心而殉情的昔日情侣。不会吧。此刻我担心的，还是她一时难以摆脱的内心的困顿而跳下楼去。我没有办法拦住她。现在只有靠那只黑猫了。但黑猫也上了窗台，并死死地卧在她的怀里。难道这灵异的黑猫已有了某种不祥之感？

可是最终谁也拦不住她，她忽然抱着黑猫一起跳了下去！她为什么抱着黑猫一同坠楼？她一定知道，一只跛脚的丑猫是很难在人间生存下去的。

我扑上去，一把去抓她，我以为自己抓住了她的胳膊，实际上什么也没有抓到。一把抓空，眼见着她坠入黑洞洞深渊一般的楼下。

我吓得失魂落魄，不知往哪儿跑才是，慌乱中也不知穿越了哪些地方。突然，我觉得自己在一个热烘烘、十分柔软的洞里。我用手摸摸周围，的确很柔软。我不是一个游魂，已经没有任何物质性的触觉了吗？怎么会感觉到一种柔软的物体？这时我听到一阵铃声就在耳边。我努力用两臂支撑，猛一使劲，竟然从一个裹缠着我的被窝里挣脱出来。我原来在我的家，在我床上，在我屋里。铃响是我的手机的来电呼叫。

我忙接听手机，一个人在话筒里叫着说："一天给你打七个电话，你怎么不接？"话筒里的声音又大又急。

谁的声音怎么这么熟悉？在一团混混沌沌中间忽然明白过来。噢，是出版社我的小说编辑黄森。这个人怎么有恍如隔世的感觉？

"什么事？"我说。

"提醒你别忘了星期天下午三时的读者见面会。报名的人都爆棚了。多带支笔啊，肯定要一通签名。"黄森说。

"知道了……"我回答。

他说的话都像是隔世的事，我自己也像隔世的人。

我费了很大劲才弄清，我没有死，我捏一捏自己身体各个部位，感觉正常，居然不再有那种神奇的虚无和"不存在感"。我跑到外屋对面墙壁前，大着胆子试试能否再次穿墙进入蓝影的房间，但每一次都是手指戳在坚硬的墙壁上。再使劲一戳，居然很疼。但此后几小时里，我由于曾经身为游魂，习惯使然，总在屋里撞东撞西，我的脑袋还在门框上撞了一个大包，被桌腿绊个跟头，还把一个暖瓶踢翻，摔得粉碎。于是，我不停地在屋里做各种事情，不停地拿东西放东西，穿袜子脱袜子，用电脑写东西，发微信，打电话，才使自己慢慢恢复了一个活人在现实世界全部真实的知觉。那么此前我的经历只是一种幻觉，一种梦游，一种因用脑过度而走火入魔，还是真的死了一阵子又神奇地还阳了？如是这般，蓝影一定已经死了。因为她纵入一片可怕又漆黑的楼下那一幕，我历历在目。

傍晚，我出门想买点吃的。刚下楼，在小区的走道上，我忽见迎面一个人匆匆走来，竟然是美丽的蓝影！她没有死，还是一个曾经和我一样死后的游魂？我脑袋里有点混乱。她分明活着，她身上香味四溢。她和我擦身而过时瞥了我一眼。只看一眼，没搭理我。昨天的一天里，我对她已经很熟了，她对我却依然陌生，她不是看过我的小说吗？我也是在媒体上常常出现的名人，她若真看过我的小说，应向我点个头，看样子她根本不知道我。那么，昨天种种的事就纯属一种虚幻。

可是，更不可思议的事是当天晚上我在家看电视，电视里正好有她的节目。她依然穿着那条光鲜而修长的蓝裙子，一张美如天仙的面孔，好似发光一样明亮的声音。忽然我"呀"的一声叫起来，把手里的一杯咖啡扔了。因为我发现她耳朵下闪闪烁烁、五光十色，垂着那对滑头赠送给她的奥地利水晶耳坠，谁能向我解释这是怎么回事？

庚子大年初三
辛丑灯节定稿

【作者简介】

冯骥才，祖籍浙江宁波，1942 年生于天津，中国当代作家、画家和文化学者，天津大学冯骥才文学艺术研究院院长。他是"伤痕文学"代表作家，其"文化反思小说"在当今文坛影响深远。作品题材广泛，形式多样，已出版各种作品集二百余种。代表作《啊！》《雕花烟斗》《高女人和她的矮丈夫》《神鞭》《三寸金莲》《珍珠鸟》《一百个人的十年》《俗世奇人》《单筒望远镜》《艺术家们》等。作品被译成英、法、德、意、日、俄、西、阿拉伯等近二十种文字。多次在海内外获奖。他倡导与主持的中国民间文化遗产抢救工程、传统村落保护等文化行为对当代人文中国产生巨大影响。

打造

池莉

所有描绘悲伤的词语中，

最悲伤的莫过于"本来可以"。

——约翰·格林里夫·惠蒂埃

1

2015 年到了!

2015 年将是伟大的一年。伟大意义在乎人。在乎对谁。时间总是冷冰冰的，但在这个冷冰冰的时间里，你做了什么，你成就了什么，那就是你的好日子了。

钟俞两家家长，处心积虑，花了几年时间磨嘴皮子，软硬兼施，终于让子女统一了思想，统一了认识，统一了步调，决定在今年生第二胎，并且按照生男孩的秘方去实施这个计划。2015 年对于钟俞两家家长，那就是绝不平凡的、充满人生新期待的一年，只是瞅一眼 2015 这四个阿拉伯数字，四个数字都热乎乎充满温度。

而对于钟鑫涛、俞思语小两口，不用说，要做大事了。大事来临，压倒一切的大事，他们要生第二胎了，不仅二胎，还须是儿子。2015，意义非凡。

元旦，新年，节日，假日。江边金观澜公馆。

钟鑫涛、俞思语小两口，在这个不平凡的日子里，新年开启模式还是平凡的习惯：早上睁开眼睛就刷手机。边刷边去过早。过早就是电梯下楼，在楼下早点铺子吃一碗热干面，配一碗蛋酒。热干面四块钱一碗，蛋酒一块五毛钱，便宜极了。再有钱的人，得了便宜，还是舒服。最关键的是自豪感，国际国内五湖四海出差有得吹。过早能够既吃饱又吃好，还大清早就香香地打开你胃口，随便哪个过千万人口大城市，都不可能——而且这是从祖辈延续到父辈再延续到子辈三代人的自豪感，感觉有那种树大根深的传承性。钟鑫涛、俞思语在吃货流行、舌尖流行的当下，一不小心就会冒出文化自豪和文化自信，一冒出就会令他们犯贱，他们就分别端一碗热干面，一次性纸杯的那种碗，骄奢倚靠着自己闪亮的豪车，做大肆贪吃状，拍图立即刷朋友圈，这图是不是屌爆？当然屌爆！这种自豪感相当于精神味精，热干面就越吃越香。然后小两口边刷朋友圈边上电梯回家。回家开始收拾打扮，边刷手机边收拾打扮。俞思语贴个面膜，都贴了好久，每一次都被朋友圈的羡慕嫉妒恨笑得花枝乱颤，面膜总贴不服帖。真好玩。笑死人。小伙伴们新年快乐！

钟鑫涛、俞思语的午饭，回父母家吃，父母家是大本营。全家老少欢聚一堂，当然小孩子本来就在那边带。午饭将会是真正的节日盛宴，以此庆贺钟家绝不平凡的 2015 年的到来。盛宴结束后，钟鑫涛、俞思语开始封山育林，尤其是钟鑫涛，必须禁烟、禁酒、禁垃圾食品、禁大油大荤。总之管住嘴，迈开腿，钟鑫涛太不爱运动了。

在这个不平凡的节日里，钟家决定不吃餐馆。餐馆真是吃厌了。餐馆那种物流配送的大棚菜吃够了。大家要求老阿姨李雨青下厨，做传统家常菜。家常菜还是传统的好吃。启用砂锅大铫子。煨汤。经典的排骨藕汤——排骨是野猪的，莲藕是野生的。菜市场满世界谋，也还是谋得到，只要舍得花钱。老阿姨李雨青还是有点名堂的，又还是忠心耿耿的。红烧鲷子鱼——长江野生鲷或者梁子湖红尾鲷，总有一样谋得到。现在都要吃野生的！到处谋求野生的！不惜高价买野生的！随便什么，还是野的好。

在这个不平凡的元旦里，计划是吃好了，午睡一觉。睡饱了，下午带钟宇涵小朋友出去游玩、拍照、买礼物。2015 年第一天，钟永胜、高红夫妇要求儿女们：带自己小孩子出去玩玩，做一次模范父母。平时都是老人给带小孩，四时八节那还是要强化一下年轻父母在孩子心目中的良好形象。为紧接着的第二胎，进行一次慈父慈母的演习。习惯成自然。2015 年，说不定很快，钟鑫涛、俞思语将会是一对儿女的父母了。

带小孩出去玩，钟鑫涛的妹妹钟欣婷也不例外，只是父母不对女儿强求。钟欣婷是离婚的单亲妈妈，碰到邻居熟人，还是有点不体面。钟欣婷大大咧咧不要脸，钟永胜、高红还是要脸的。

钟家的香火、钟家的传承，当然在钟鑫涛身上。

突然，门外有人砍门。砍的是防盗门。使用的是斧头之类利器，砍得哐哐乱响，这可不是一般普通的声音。紧急危险状况发生了！钟鑫涛、俞思语一听就变了脸色，面面相觑，好怕，这是出啥事了呢？

情急之中，刻不容缓，二人同时动作——钟鑫涛第一个动作就是往后一缩，飞快躲进卫生间，躲开之前只来得及小嗓子对俞思语说一声："别说真话！"俞思语莫名其妙。但俞思语的第一个动作是往前冲。她还穿着睡袍、还敷着面膜、还趿着拖鞋。家庭女主人俞思语，一个箭步，冲出卧室，奔向客厅大门。这一瞬间，俞思语啥都没想。本能就有主人翁精神：这是她的家啊！

俞思语把大门一打开，门外二男生倒吓了一大跳，不禁往后一退，原来是俞思语面膜太白，又披下来一头丰厚的黑色长发。

俞思语赶紧解释：面膜。面膜。

俞思语首先这么一解释，门外二男生就说哦！愣了。

隔着一道防盗门，俞思语与外面二男生大眼瞪小眼。二男生戴着夹克连兜帽，鼻梁上架着黑眼镜，手提一只小斧头，还有撬棍从双肩挎的拉链处露出来。二男生一看，感觉不对。赶紧掏手机出来，核对照片，果然不对。他们追债的女生，是个白骨精，瘦小个子，彩染短发。

"喂，你谁?"二男问。

"喂，你们谁?"俞思语反问。

"我们找这家住的女生。"

"我就是这家住的女生。"

俞思语嫌这个防盗门太土了，过新年发勤快，昨天把以前结婚剩下的红双喜，又贴了一张。这一次她倒是随机应变挺快。她瞅了一眼红双喜，说："这是我的婚房看到没?"

"哦，是的呀——婚房——你新娘子?"

"是的呀。吃喜糖不?"

"结婚买的二手房?"

"是的呀二手房。"

"前面那家人呢?"

"这还用问，搬走了哟。"

几个回合问答，俞思语已经听出了对方的夹生半吊子普通话，是武汉人。俞思语立即改说武汉话。说武汉话就可以像是与街坊邻居说话那样亲切随意了："你们等哈子，我去给你们找点喜糖。"

俞思语武汉话一出口，地地道道。二男一听，立刻也就换了满口武汉腔，说普通话蛮累人。武汉的舌头武汉的嘴，没有卷舌音没有后鼻音，普通话完全说不准确，只是讨债业务要求说普通话，要使外地欠债人听得懂嘛。武汉人之间，一换成武汉话，关系随和得就像街坊邻居了。

"糖就不吃了不吃了。现在都不喜欢吃糖了。哎呀肯定是他们资料没来得及更新，搞错了，好咧把你红双喜砍坏了咧。"

俞思语说："这有么关系咧，纸的唦，家里还剩很多。"

"不好意思，门也砍坏了一点，莫见怪啊，这一行必须要给下马威。"

俞思语说："冇事冇事，砍了好，免得花钱拆。这种鬼防盗门，土死了。人家高尚社区根本不让装。"

二男一见俞思语好脾气，容易说上话，就与她打了个商量拜了个托，把欠债人的手机照片在俞思语面前晃了一下，说："看哈子啊，你们办过户什么的说不定还会碰到以前的人家，方便给传一句话过去，告诉他们'跑得了和尚跑不了庙！出来混早晚总要还！'"

俞思语很负责地问："传哪一句？你说了两句。"

二男就笑喷了。俞思语也笑喷了。然后双方说再见。二男忍不住多嘴，说哪个男的好有福气，娶到这好性格的新姑娘。

还不免好奇，电梯都按了，回头又问了一句："你家新郎呢？"

俞思语还是实话实说："唉，斧头一响，躲卫生间了。"

二男再次笑喷。俞思语也笑喷。

俞思语笑着笑着，突然，笑不出来了：哦真的啊！万一真是歹徒呢？万一真是开门就是一斧头呢？钟鑫涛危急时刻，居然闪人。

欠债人照片，当然，是钟欣婷，钟鑫涛的亲妹妹。他自己亲妹妹他还闪人？

见人走了，钟鑫涛嘻嘻哈哈跑出来，笑得直捂肚子。搂住俞思语倒在沙发上，又亲又夸："啊！我老婆太好了！了不起啊了不起！临危不惧，啊大智大勇，啊真没有想到我福气这么大，原来娶了个巾帼英雄！最精彩的是喜感——哇，老婆你好有喜感，一下子就把两个男人感染得喜气洋洋稀里糊涂。哎，吃不吃喜糖？这一幕实在太精彩了。完胜央视春晚喜剧小品！"

钟鑫涛甜言蜜语、油嘴滑舌又欢天喜地。俞思语看着老公模样，只是目瞪口呆。俞思语两条腿都在抽筋，她越想越后怕，瘫倒在沙发上。

一场讨债的惊险剧情，变成了说说笑笑的喜剧，完美大逆转，全凭俞思语这个人。

回家吃饭。钟鑫涛一进门就迫不及待了。一边脱皮鞋换拖鞋，一边兴高采烈嚷嚷他有一个特大新闻要播报，就当给全家的新年献礼。钟永胜、高红都赶紧问儿子、媳妇是什么是什么，俞思语笑而不答。钟欣婷不屑，懒得问。

钟欣婷总归是走自己的冷艳路线。离婚了带宝宝跑回娘家的女儿，不冷艳还能咋的？

今天新年元旦，钟欣婷已经暗中备好送给这个重男轻女家庭的大礼包。为此，钟欣婷今天刻意打扮了一番：深紫色口红、同色系指甲油、同色挑染头发。宽松超长带兜黑色 T 恤、黑色紧身裤、黑色牛皮长筒靴。

黑色 T 恤前胸后背都印有白色大字：有情欠揍，无情不老。

如果有得选，钟欣婷肯定还是要鲁迅的诗句"月光如水照缁衣"，可惜网上制售 T 恤的好像都不懂鲁迅，和她的家人一样。所有没文化的人啊，咱们走着瞧！

全家人坐上餐桌。保姆小张带钟宇涵、董超博两个小孩子在一边单独喂饭。李雨青上菜。俞思语帮忙。大碗排骨藕汤！大盘红烧鲷子鱼！还有红烧猪蹄，还有……还有……李雨青做了一大桌子菜。端出一道菜，喝彩一道菜。热气腾腾，喜气洋洋。这是李雨青承诺送给全家的新年礼物，她一张老脸，兴奋得红扑扑油光满面。

稍等，钟鑫涛要新年献礼了。钟鑫涛把筷子当惊堂木一拍，开始播报今天俞思语勇退斧头帮的惊险故事。

高红只听到第一句"哐哐哐，斧头砍门声突然爆响"，就惊叫一声，两只大巴掌吃惊地捂住了嘴巴，眼睛直勾勾望着儿子。钟鑫涛是一个极其善于互动的互动性型人格。只要有听众一惊一乍，钟鑫涛口才就会更加出色。钟鑫涛连编带演，手舞足蹈。故事情节也大大渲染一番，噱头也大大卖弄一番，最后对俞思语的夸赞也大大升级一番。"善行无疆，舍己为人，恪尽职守，大爱无声"——钟鑫涛对央视主持人用词与口吻的模仿，以假乱真，乐得家人不停地鼓掌。

钟永胜、高红对媳妇俞思语立刻刮目相看，说："啊呀，想不到你这么温和文静的女生，原来还是一个巾帼英雄啊！"

俞思语呢，哪里有想到钟鑫涛这么会夸人啊！他完全像是全国道德模范表彰大会的央视播报人。俞思语顿时就被吹捧得轻飘飘的，于是不知不觉地，她的坐姿、神情，也就随之挺拔庄重起来，令她重温曾经被选为街道道德模范的荣光，大词加身这感觉还是很好的。

唯有钟欣婷双臂交叉，冷眼旁观，那神态就像看马戏。高红狠狠盯女儿几眼，钟欣婷也洋洋不睬。高红就要发恼：毕竟，全家心里都有数，俞思语这是当了钟欣婷的替死鬼，在外面社会上拉债扯债的都是钟欣婷。

李雨青见势不妙，赶紧扯开话题，拿过两杯白开水，一杯递给俞思语，一杯递给钟鑫涛，笑嘻嘻说："来来来，今天就启动封山育苗啦。"话题一下子就给扯开了。钟鑫涛蛮不乐意地嚷嚷起来："这也太突然了嘛，元旦是节日啊，这大过节的，不让喝酒，还不让喝点可乐、雪碧或红牛饮料？"俞思语也正在兴头上，就帮腔老公，说："是啊，是啊，今天还是可以放开喝一次吧，以后就不喝了。新年元旦嘛。好吧难得元旦！"俞思语一边说一边用笑盈盈的眼睛求公公婆婆。

钟永胜就同意了："好吧好吧，元旦嘛。"

高红也就同意了："好吧好吧，也不差这一天。"

"来上酒！上饮料！"李雨青又给俞思语递过一杯可乐，给钟鑫涛递过白酒、啤酒、红牛，钟鑫涛习惯喝"三中全会"。"来来来，全家举杯"——"婷婷，举杯呀！"高红还是忍不住要管教一下女儿钟欣婷。一个人再任性，也得分个时候。钟欣婷再年轻任性的"90后"，也是结过婚、离过婚，生过孩子的成年人了。"婷婷还不赶快举杯感谢一下你嫂子，要不是她，你今天就被斧头砍了！"

"好的，老妈。"钟欣婷忽然甩甩头发，郑重地站起身来，大家少安毋躁，她这里还有新年献礼呢。

钟欣婷神秘兮兮地开腔了："大家不急，让我先感谢一下嫂嫂今天的救命之恩。我同意老妈说的，要不是嫂子，钟欣婷我今天就被斧头帮砍了。俞思语同学真不简单，庄重起来硬是像倪萍，年轻时候的倪萍啊。哥哥钟鑫涛呢，我就一并感谢了。2015年，我祝你们备孕成功、早生贵子——只是压力不要太大了，生男生女是老天爷安排，人算不如天算，这一点老爸老妈应该是有深切体会的——本人不就是一个不准出生的二胎吗？不也是想生男结果生女了吗？所以大家都不要着急，安心等候命运的给予。"

这不，钟欣婷话中有话，扎人尖刺从话里到处冒出来。高红脸一沉，就要打断女儿。"等等！"钟欣婷说，我的献礼这才是刚刚开始，马上大礼物来了！

高红看钟永胜一眼，只好再次忍耐。

钟欣婷桌子一敲："李雨青，给我一杯白酒！"全家就都"哦"了一声，都伸直了脖子看着钟欣婷。从来不喝白酒的小女子今天居然端白酒了，女中豪杰嘛！钟欣婷端起一杯白酒，身板子站得笔直，吭吭两声，说："我算是搞个新年献词吧。"

高红只是催促："献吧，献吧，快献吧。"

钟永胜生怕高红惹恼了女儿这位小姑奶奶，赶紧往回找，说："新年献词好！高大上！反正如今都不饿，不急吃，在这不平凡一年开始的第一天，婷婷献个词也蛮好的。"

"谢谢！"钟欣婷向她老爸致了个意。话题被钟欣婷成功转移到自己身上了。

钟欣婷说："首先要感谢的，是老爸老妈。过去的 2014 年，是我人生大起大落大喜大悲的一年，最后抱着儿子回到家里居住，全靠老爸老妈的大力支持、切实帮助、无私奉献、不计前嫌和宽容厚爱。以前钟欣婷不懂事，火暴急躁，对老爸老妈多有得罪，对不起你们的养育之恩。2015 年了，新的一年开始了，也是孩子他妈的钟欣婷，将会知恩图报，老爸老妈对钟欣婷母子，该教育教育，该打打，该骂骂，该说说，钟欣婷不会有任何意见。请老爸、老妈、哥哥、嫂嫂理解和原谅以前的钟欣婷，我的确嘴巴比较翻，大小姐脾气，但是毕竟血浓于水，钟欣婷从 2015 年开始保证懂事！"

钟欣婷一席话，讲得怪正式的，突破了钟家多年来嘻嘻哈哈就吃论吃的吃饭习惯，全家人个个都听得有点不好意思起来。没有料到，钟欣婷还没完：

"再必须感谢的，是两个小宝宝——过去的一年，给钟家增添了无穷的幸福和快乐。没有他们就没有钟家的香火传人。2015 年希望两个宝宝健康成长。

"再等哈子：还要感谢李雨青。

"再等哈子：还要感谢一下小张。

"再等哈子：还要感谢一下过去的苦难——"

高红已经在频频皱眉，女儿的话太多了，这就蛮无聊了。钟永胜也要维护一下老婆，他插话打断了女儿，说："婷婷你献词也太长了吧？菜要凉了。"钟欣婷笑了，笑得阴险。她得过渡一下，让全家有点心理准备。

钟欣婷说："正是为了感谢全家所有人，下面报告两个重大喜讯——2015 年新年第一号喜讯，这是我们家的户口本。钟欣婷好不容易在派出所办妥了所有事宜，她的儿子，小宝宝董超博，改名换姓，增补到钟家户口簿上了。请大家都传递看一看瞧一瞧，董超博姓名改为：钟宇博！

"2015 年新年伊始，钟家已经有自己的嫡亲孙子了！他叫钟宇博。和姐姐钟宇涵，姓名辈分都顺排着，是不是特大喜讯啊！"钟欣婷不声不响，为钟家成功打造了一个孙子。老爸老妈可以不要太急逼哥哥嫂嫂生儿子，万一他们不成，你们也不用崩溃，现在钟宇博就是你们亲孙子，不是外孙了，这可是法律都认定的呢！

大家的神都还没有回过来。2015年新年第二号喜讯接踵而至：钟欣婷找到工作了！钟欣婷被武汉市女子监狱正式聘为警察，当然，是辅警。不过，现在的辅警与警察一样，待遇各方面都不错。钟欣婷在多次自主创业失败以后，终于进入社会主流工作了。而且还算是接了老妈的班。

今后女狱警钟欣婷会很忙，请大家多多担待。好在钟欣婷今后不会在家发火了。她有的是地方发火、训人、耍脾气、耍威风——监狱嘛——那正好就是工作需要。钟欣婷在家里，有望做一个贤妻良母了。

哦对了，以后再遇到放高利贷的上门逼债，请转告他们：直接去宝丰路监狱。

钟欣婷说完，自己举杯，说我敬全家了啊。一杯茅台酒，扬起脖子就一饮而尽了。

钟永胜、高红老两口，钟鑫涛、俞思语小两口，站在厨房门口的老用人李雨青，那边喂小孩子吃饭的保姆小张，一时间，全都变成木头人了。好像钟欣婷并不是在作新年献词，而是和家人在做"木头人"游戏："我们都是木头人，拿起枪来打敌人。"她是这个"木头人"的主持人，只要她把这句咒语一念，大家都得僵化在各自的姿态上，变成木头人。即便大家心里想要互相看一眼，都转动不了眼珠子。都木头人了嘛。钟欣婷太狠了，两件事情都做得挺狠的。小小年纪钟欣婷，连改户口这种天大的难事，都被她做到了！天哪！简直是后生可畏，可怕！

父亲的钟永胜，作为一家之主，关键时刻，挺身而出，率先打破僵局。"哈哈！"钟永胜干笑哈哈哈哈，"有趣有趣！还是婷婷有趣啊！顽皮啊！这个新年礼物挺好！挺好挺好！来来来，婷婷都先喝了，大家碰个杯，喝喝喝——新年快乐！"

"——新年快乐！"附和声仅仅是嗡嗡了一下。

"来来来，动筷子，吃饭吃饭吃饭！"

"排骨藕汤——野猪、野藕。红烧鲷子鱼——长江野生鲷子鱼。好吃，还是野生的好吃。"

可是，怎么就没有想象得那么好吃呢？钟鑫涛、俞思语低下头闷吃，再也没有抬起头。钟鑫涛也讲不出笑话了。

唯有钟欣婷，吃得最香，还连连夸李雨青："李雨青，香！"

李雨青不时瞅瞅高红，替她揪心和犯愁，有口无心地应付钟欣婷："香就好，香就好。"

2

2015 年新年第一天，元旦，钟家没有过好。钟永胜、高红夫妇彻夜难眠。女儿钟欣婷太有心机了。高红知道女儿鬼心眼多，但是实在想不到她鬼心眼这么多，鬼心眼还这么大。钟永胜、高红被女儿的咄咄逼人搞到有点害怕了。

钟家的万贯家财，来之不易，钟永胜、高红夫妇半辈子艰苦奋斗，流血流汗甚至差点丢掉性命。本来钟永胜、高红夫妇的如意算盘是：由儿子钟鑫涛继承和接管家族企业。钟鑫涛呢，将负责父母的养老送终，也将负责妹妹一辈子有吃有喝、温饱不愁。这不是一个蛮好的钟家未来。亲朋好友无论谁，都十分认可，都说合情合理。没有想到女儿钟欣婷，居然不认可。不认可且不说，还当仁不让，一副抢班夺权的姿态。这么老早，她就把她儿子董超博改叫了钟宇博，这明摆着叫板父母兄长，明摆着要求家产平分。至少是平分的意思，鬼晓得她还有什么花脚乌龟。

午饭后高红就进房间躺了，血压高，人很不舒服。是夜，高红焦躁不安，血压也下不来，就擅自改户口的事情，翻来覆去问钟永胜：钟欣婷有没有搞错？钟欣婷没有搞错？钟永胜再三分析给高红：钟欣婷没有搞错。户口簿就是可以增删的，只要手续到堂，理由充足，符合法律规定。法律就是一视同仁的，不分儿子女儿，继承权平等。高红就恼火得要死。女儿真是一盏不省油的灯啊！指不定她连平分都是不满足的，指不定是想将来让她儿子执掌家族公司的。高红又急又愁，又咒又骂，不住气抹眼泪。高红这么一乱，把钟永胜也搞乱了。两口子都睡不着，就在床上声讨女儿：当初在乡下偷生这个孩子时候，随农户家取的第一个姓名陶再桂，真是有灵，谐音就是讨债鬼！一直和父母唱反调，一直在让父母破财，婚前给她找的工作她不做，热衷于什么自主创业，社会上高利贷都敢借，扯一屁股债，都是父母还的。突然就闪婚。闪婚就闪婚吧，嫁妆给出去一大堆，她又闪离，背一小宝宝哭回娘家。钟欣婷这女孩子真是不知好歹，臭不懂事！她这一辈子，钟家肯定是养了，保证她吃喝不愁，她还要什么呢？还早早就开始排挤兄长！钟鑫涛、俞思语这一对人，枉大钟欣婷好几岁，好像还没有睡醒。俞思语更是一个迟钝又厚道的，被钟欣婷欺负到头上来，也不知道吭气。父母会让钟欣婷为所欲为吗？简直太气人了！早晓得有这一天，当初生下来就丢茅坑淹死算了，还避免了后来因违犯计划生育法遭受处分。一旦想到当年为生育，钟欣婷夫妻所承受的双开严重处分，高红就抑制不住号啕了。钟永胜赶紧捂住高红嘴巴：钟欣婷就住在家里呢，别让她听见了！理智一点，理智一点！

到底是男人，钟永胜有泪不轻弹。不过他也没有泪。这算什么事情就有泪吗？别看高红平日再厉害，遇到这种事，还是心乱如麻，感情用事，还是得靠着钟永胜。钟永胜的理性也就凸显了，当家作主的感觉也上来了，平日被高红修理时候的窝囊气，也就趁机发泄出来了。钟永胜强势地发表了他的意见："别哭了！现在哭个屁呀！根本还不到着急的时候！咱们夫妻还没有老到做不动，公司都还是咱们自己执掌，钟欣婷还翻得了天？涛涛是儿子，当之无愧的钟家男嗣，又快到而立之年，让他在外面磨炼最多还有两年，就回家接手公司，先让咱俩带着涛涛玩熟生意。做生意是容易的事情？就婷婷那种小打小闹自主创业开个小门面都屡屡失败，还能够驾驭大公司？好了！够了！现在完全可以不把婷婷当回事！改户口簿就改呗，姓钟就姓钟呗，咱们钟家多一个男丁，怎么看，都是好事。2015 年的头等大事，根本不变，就还是钟鑫涛、俞思语得赶紧生养！这次只要生了男孩，以后就好办，老祖宗的规矩，顺理成章，中国的社会习惯，女孩子连名字都不上家谱的，何谈继承祖业？抓紧当下！"钟永胜叮嘱高红："你要赶紧做的不是哭，是抓紧当下啊！全力以赴去办鑫涛生养二胎的事，别的什么都不要多想！清楚没有？"高红乖乖回答："清楚了。"钟永胜心里那个爽啊。他紧接着又吩咐：不等了，不排队了，明天你就去拿方子，加急给钱，社会不都有加急费这一说嘛。知道不？高红少有的温顺，说："知道了。"钟永胜是公公，儿媳生养的事情，说话不方便，具体就不参与了，但是过程中出现任何问题，高红随时告诉，两人随时商量。高红继续是少有的顺服："嗯嗯。"钟永胜更是豪迈起来："要银子花银子，要金子花金子。总之，咱们这个儿子，就是必须给咱们生个孙子！有了嫡亲孙子，改名换姓的孙子，自然就靠后排了，要金子花金子，秘方一定得是真的！"高红已经从泼妇退化成应声虫了，不住气地跟在钟永胜后面嗯嗯。最后钟永胜用命令口吻说："睡吧！天都亮了，人总是应该睡觉的！"钟永胜说完自己一摊，放松了身体，呼噜随之而起。高红也闭上了眼睛，努力睡觉，心里的眼睛却闭不上。

2015 年新年第一天，元旦，钟鑫涛、俞思语也没有睡好。夜晚两人回到自己小家金观澜公馆这边，进门也都没有说话。带孩子玩了一个下午，两人都蛮累，都歪在沙发上，刷手机上网玩游戏，就这样休息了一会儿。又打开电视，瞎看了一会儿，电视节目越来越没有意思了：不是广告就是卖东西就是唱歌选秀，电视剧吧，都太雷人了，他俩智商似乎没那么低吧，就洗澡上床。两人躺床上，都睁着眼。今天午饭，钟欣婷上演一出"我们都是木头人"，现在还在脑海里翻滚。但小两口都不知道说什么才好。本来嘛，钟鑫涛头男长子，进步快，学历高，大公司做到中层，一直都是家里主角。2015 年，那钟鑫涛两口子更是主角。钟欣婷今天特意发难，是想要翻天的样子，真是蛮气人的。但是，钟欣婷是钟鑫涛亲妹妹，俞思语不能在老公面前妄议。做嫂子的在老公面前妄议小姑子，此乃大忌——俞奶奶再三再四告诫过俞思语的。钟鑫涛么，在老婆面前更不能说自己亲妹妹不好，钟欣婷再不好，做哥哥的也不能够在老婆面前贬低她——这是公司那些知心姐姐再三再四教他的。于是，钟鑫涛、俞思语各怀心思，久久不说话。可是实在睡不着，又忽然说上几句话，都是不咸不淡的网上八卦。很晚很晚了，睡眠它就是不肯来，这也是钟鑫涛、俞思语极其少有的情况，从来都是睡不够睡不醒的一对年轻人啊！偶尔夜店喝了咖啡才会这样。今夜无人喝咖啡。长江上早班渡轮的汽笛都响了，窗帘也开始发白了。钟鑫涛、俞思语小两口不知怎么就突然激动地作出了决定：生吧生吧！抓紧生！坚决生个儿子！不就是儿子吗？不就是有了儿子就比别人气粗吗？咱们生！

　　一块石头落地。一块怎么样的石头？哪里来的石头？就不用说穿了。反正就是钟鑫涛、俞思语同时心照不宣地，感觉一块石头落了地。可以睡觉了。俞思语本来还是蛮反感什么生子秘方的。钟鑫涛也半信半疑，更是嫌烦，据说秘方名堂很多。这一刻，都放下了，不管了，秘方就秘方，再烦琐也忍着。钟鑫涛说："太好了老婆！真是我的好老婆！"钟鑫涛伸出胳膊，把俞思语揽入怀中，两人亲了个嘴，闭上了疲倦的眼皮。进入钟鑫涛怀中之前，俞思语把自己长发一再地理了理顺，免得刺人。晚安。睡了。2015年元旦，已经悄然过去。

次日晚上，高红就来到了江边金观澜公馆。本来是都在花桥小区大家庭一起吃的晚饭，还假装各走各的，生怕钟欣婷多心。钟鑫涛、俞思语先回到金观澜，一会儿高红也来到了金观澜。母亲、儿子、媳妇，三个人，点个头，明知道要说什么，可是面对面一时间又说不出口，三个人的眼睛就都东张西望乱看。一会儿，俞思语开口了，说的是："妈喝点什么？"高红不喝。"吃点网红饼干？"高红不吃。高红说："哎呀，你们坐下坐下行不行？""行。"俞思语带头立刻坐在沙发上。高红就是中意这个媳妇，不仅是自己挑选的自己喜欢，还真是因为俞思语老实厚道的性格，昨天被小姑子大抢风头不说，还被小姑子锋芒所伤，今天一句抱怨没有，伤在哪里也不投诉给婆婆，不就是只会生女儿不会生儿子嘛，人家就是不说钟欣婷一个字。高红前后左右怎么看，就怎么中意这个憨媳妇，替她出头的心劲，自然就出来了。再把钟永胜昨夜的叮嘱吩咐一想，她的脸皮就厚实了：不就是一桩生育的事吗？高红就开门见山了。

世上无难事，只怕有心人。幸福不会从天降。如今什么不靠打造？高红做事情一向雷厉风行高效率，警察出身的人么。

今天该找的人，高红都找了。该拿的东西，明天就拿得到。"这位中医大师的祖传生子秘方，是已经被千千万万夫妻证明了是十拿九稳的，所以很贵很贵的啊！贵没有关系！还是要再一次警告你们的是：必须严格按方子实施，不要怕琐碎，不得偷懒将就。对你们年轻人来说，改变生活习惯，难度肯定是有的，但是！有人一个月就见效了。钟鑫涛、俞思语你们就不要畏惧艰难了！备孕开始了啊！不要瞎吃瞎喝了啊！网红饼干什么的都给我丢出去！思思例假几号来？"俞思语脸一红，头低下了。"涛涛？"钟鑫涛也一脸蒙："我怎么会记得她的事？"高红严训儿子："什么叫作她的事？是你们的事！从今天开始你就得记得！"俞思语赶紧插嘴解救老公："22号。"高红知道了。"22号！每月22号！准吗？"俞思语蚊子一样细声嗡嗡："基本准。"高红很高兴，准就好！中医大师说了，只要女方月经准时，没有月经不调，那就是很好的受孕条件了。高红再次要儿子记住："思思22号月经啊！千万不要忘记！事情如果顺利，老天爷保佑，说不定这个月就能怀上。"钟鑫涛、俞思语态度明显比以前积极了许多，也不再有抵触情绪，不再回嘴质疑这个那个的。只是与长辈说这些，还是不好意思，还是面无表情。手指抠沙发，眼睛盯地上。高红够了。儿子、媳妇态度由消极变积极了，高红就够了。高红眼睛也看别处，也错开儿子、媳妇的眼神。事情说完了，走了啊。"拜拜！拜拜！"

　　钟鑫涛、俞思语心里也踏实了。元旦次日，2号夜晚睡得很好。

2015 年 1 月 3 号，钟鑫涛、俞思语开始正式实施中医大师的祖传秘方：钟鑫涛的男药，24 小时这样子服药——第一次在晚上，夜里十点钟，入睡前服用；次日清晨八点，再服用一次，晚、早各一次。

俞思语的女药正好相反：第一次是早八点服用，晚十点再服用一次，早、晚各一次。

夫妻夜晚睡觉：头东脚西。夫妻床上位置：男左女右。饮食禁忌：烟酒茶，辛辣食物，油腻食品。不宜在服药期间同时服用其他滋补性中成药以及膏方。

行房时间与时辰，见表格。秘方又叫作送子包。送子包里配有一只自制的轮盘表格，得按月盈、月亏时间和女方月经时间具体操作。

高红取来送子包，与儿子、媳妇躲在金观澜，进行了认真的学习与研究。经过高红一再确认儿子、媳妇弄懂弄通了，她才不很放心地离去。钟鑫涛对高红说："哎呀，你就放心吧，放心吧。我们都是重点大学毕业的，难道这都弄不懂？"俞思语在一旁只是点头。

"拜拜！拜拜！"

1 月 22 号，俞思语准时见红，第一个月，没有怀上。

3

1月份行动才开始，没怀上，不意外。凡事总有过程、有磨合期。

2月份继续。

遗憾的是，2月份太难了。2月份过年，春节，总是中国最大节日。过大年，放长假。铁定的，大年三十，除夕夜，必须全家团聚吃年饭。

钟鑫涛、俞思语在这一天得两边吃。俞家把团年饭提前到中午，俞思语、钟鑫涛带着女儿钟宇涵，回到俞家吃一顿团年饭。晚饭一家三口再赶回钟家。钟家是儿子、媳妇、孙女，是自家人，得回家一起吃更加正规的团年饭。入夜，钟鑫涛、俞思语还得赶出去参加格瑞丝的派对。

保罗、格瑞丝在他们的保罗木梳品酒屋举办的新春派对。格瑞丝、保罗他们每年除夕夜，邀请的中国人并不多，基本都是在华国际友人，隆重热烈，一起守岁，通宵达旦，演唱歌手都是老外他们自己，十分放松和狂欢。格瑞丝这么好的闺蜜，保罗作为国际友人也是钟家的好朋友了，俞思语、钟鑫涛不可以不参加。而且档次很高啊，连续举办了几年，现在口碑在外，很多年轻人高价求购邀请函啊。

参加派对就不可能不喝点有酒精的饮料。派对不可能按时服用中医大师的药。过年就是过年，没有什么理由搪塞亲朋好友。

　　大年初一，各处拜年。武汉的过年，风俗习惯总还是保留着。钟宇涵小朋友，早上起床，穿得簇新，打扮漂漂亮亮，由她的父母带着，首先在家里给爷爷钟永胜拜年，给奶奶高红拜年，给姑姑钟欣婷拜年，各位长辈就一一给红包，这叫"开门大发财，元宝滚进来"。钟鑫涛、俞思语带着女儿，驱车前往俞家拜年。俞家又是更为隆重的事情，尽管被称为外孙，却是四世同堂，更加喜气。钟宇涵小朋友一进门，按老礼数，是要给俞爷爷、俞奶奶下拜磕头，现在就是新风气，只口头说说就行了。两老就给红包了。

　　今年的新鲜事，是俞思语的父母，大变样。用钟鑫涛偷偷笑话俞思语说的："这是我的岳父、岳母吗？三观刷新哎！"俞思语说："去！"心里却是特别高兴。此前俞思语担心的就是爷爷奶奶，生怕今年过年缺了伯伯、伯母、俞洋一家三口，老人心里会难受。哪里知道，俞思语父母这个春节的表现，让她不敢相信自己的眼睛。以前每年春节，都是伯伯俞非洲主持。由他预订餐馆的年夜饭、大年初一拜年、初五迎财神，等等。俞非洲去年移民美国了，春节他自己全家在美国团聚，回不来中国。

　　今年俞亚洲出面主办了。厅级官员俞亚洲，放下身段，作为俞家二儿子，有史以来第一次，主持操办全家的团年过春节。俞亚洲妻子任菲菲，也挺身而出，不顾病体，临时出院，协助丈夫操持油盐酱醋茶。他俩今年主办得蛮有亮点，办出了新意，也更加符合老人的心愿。俞亚洲请了一个厨子，来家里做团年饭。虽说现在的厨艺学校毕业的年轻人，学的都是大路菜、套路菜、模式化菜，满足不了俞爷爷的传统口味，做不出沔阳年饭的菜肴，但毕竟是厨师，会做手工鱼圆。更毕竟是俞亚洲俞厅长亲自伺候副处级退休才得到正处级待遇的老爹啊！俞爷爷、俞奶奶老两口子那个高兴、那个惊喜、那个自豪、那个受宠若惊，都让他们喜笑颜开，容光焕发，笑眯眯看什么都满意，哪道菜都好吃。特别是俞爷爷，还生怕儿子受累，一会儿过来递杯茶，一会儿过来要儿子歇一会儿，那神情，完全就像一个忠实和敬爱自己上司的勤务兵。俞家呈现出从来不曾有的父慈子孝图景，身在其中人人都开心。

　　除夕的团年饭，俞家全家十几口人，围着厨子，观看鱼圆的制作过程：一条新鲜大青鱼，剖背打开，去鱼骨，刮鱼蓉，剁成鱼参；手打，打着打着就上劲了——上劲是一个神秘奇妙的手势——上劲了就有鱼参从手的虎口，轻轻一挤，就挤出一枚圆润光滑的雪白鱼圆。紧接着，一枚一枚地、飞快地，鱼圆挤出来，漂浮在一大盆清水水面上，一只只，轻轻荡漾，像是魔术一般——好看、好看、好看——钟宇涵小朋友喜欢得不行，蹦蹦跳跳，老想把她小手也伸进去挤鱼圆。俞思语也倍感新鲜和神奇，钟鑫涛也是。他俩都还没有见过这般场景呢。手工鱼圆就是特别好吃！他俩带着钟宇涵小朋友，这就很像一堂亲子教育课了。这感觉真是特别好、特别有意思，也特别有意义。钟宇涵小朋友吃了很多鱼圆。俞爷爷也吃了不少。一老一少，吃得最多、最开心。全家十几口人，频频举杯，钟鑫涛不喝酒肯定是不行的了，更加上俞思语和她父母关系有所改善，这是更要喝酒祝贺的，喝！

大年三十的这顿团年饭，俞亚洲主持，任菲菲协助，前所未有地成功。俞爷爷、俞奶奶脾气好得出奇，俞美洲平日的那一副苦相也换成了笑脸。俞家很多年没有这样和谐热闹了。大年初一的拜年，钟宇涵小朋友心不在焉急匆匆地拜了自己的爷爷奶奶，就很积极地要求去太爷爷、太奶奶家。俞家有许多红包。除了太爷爷、太奶奶的红包之外，外公俞亚洲给了红包。外婆任菲菲也给了红包。以前他俩都是两人共同给一只红包。以前俞亚洲认为这种旧风俗不可取，太刺激孩子的金钱物质感，红包一般也就两百块钱，两张红钞票，图个好事成双的吉利。而今年红包的厚度，俞思语一看，就忍不住瞟了钟鑫涛一眼。钟鑫涛没回应，但他俩心里都有数。果然后来打开一看，俞思语父母两个人各自封了两千元整的红包。都还是崭新的连号的红钞票，还有收藏价值。很显然，俞亚洲、任菲菲夫妇是大费心思了。2015 年，这画风真是完全变了。

俞思语拍着胸口说："妈呀，吓坏宝宝了！"

钟宇涵也跟着妈妈动作学，憨态可掬。钟鑫涛开玩笑："原来你父母才是真土豪啊！"

皆大欢喜，皆大欢喜。俞思语终于与父母和解了。奇怪，这么快，和解的感觉突然就被大家感觉到了。原来子女与父母，还是心连心的。俞亚洲、任菲菲看在眼里，喜在心头：以往俞思语在家吃年饭，就是应个景，板凳都坐不热就要离开，刷手机，写信息，打电话，玩游戏，看电视，就是爱理不睬的。今年好啊，除夕的团年饭吃得不愿意离开。大年初一的拜年，又一起吃午饭了，钟鑫涛主动给岳父、岳母敬酒，俞思语教钟宇涵小朋友给太爷爷、太奶奶夹菜。看来俞思语现在才是真长大了，女儿长大了，还是懂得体恤父母的。俞亚洲看任菲菲。任菲菲看俞亚洲。两人交换了多少眼神，都是亮亮的，都是从来没有的惊喜。

前所未有。前所未有。俞家在俞亚洲主持下，2015年春节，迎来了一个新的春天。

俞家都知道俞思语今年要生二胎。钟、俞两家要添丁加口了。俞家吃年饭也都纷纷举杯祝福钟鑫涛、俞思语了，祝福他们小两口今年得个健康壮实的小宝宝。俞亚洲亲自发话：年轻人事业前途为重，不要担心你们工作被耽误，俞家现在带孩子的人多着呢！最重要的是，俞亚洲、任菲菲他们省委那边的家附近，开办美国幼儿园和学校了，步行可达。这么好的教育资源，俞家肯定要为自家小宝宝努力提供。名额有限，得提前预约。任菲菲也很贤惠，说她已经在联系学校的董事长。管它呢，先预约，先拿到名额再说。钟鑫涛一感激，就只得频频举杯敬酒，并且年轻一辈要先干为敬。俞思语也喝了不少。人在这种场合这种语境，就顾不了那么许多了。秘方说不定没有那么严格呢。钟鑫涛、俞思语交换的眼神里，都是同样的想法。

接下来几天，春节长假，到处玩、聚会，亲朋好友之间互相拜年。聚会拜年必有饭局，饭局必得大吃大喝。喝酒、抽烟、吃饭、打麻将必不可少。钟鑫涛公司上有领导，下有同事，中间还有很多朋友，朋友的朋友，同学的同学。俞思语的朋友、同学也不算少。春节一年一次的大节日，都不可以得罪的。那就春节例外吧，春节就是吃喝玩乐。不然，别人还以为你们犯了什么毛病呢。

在春节长假的情况下，钟鑫涛、俞思语不可能严格执行送子包医嘱。所以，2月21号：俞思语来了月经。2月份没有怀上。

4

新春来了。长江一江春水变黄，两岸植物现蕾吐绿。金观澜公馆小区院子里的小鸟，大清早就钻出窝来，振奋精神，整理羽毛，唧唧啾啾，纵情歌唱。一件不寻常的事，悄然发生。此前谁都没有料到，钟鑫涛、俞思语两人也都是浑然不觉。

这一天是3月5号：农历惊蛰。两千多年前中国古代先贤研究并标注出来的物候现象，直至2015年，依然精准。2015年3月5号深夜，当室内日历上的5号转换成6号的刹那间，户外高空平地一声雷，这是惊蛰的第一声初雷，紧接着，惊蛰神力显现：云层骤起风波，闪电道道密集发射，一声声雷鸣犹如野马奔腾，大地随之抖动，地热随之发生，暖意随之灌注，冬眠动物都被唤醒，干枯植物悄然复苏，所有有性繁殖的动植物生殖器，无一例外开始蠢蠢欲动，各种各样的激素开始分泌，发情交配期到来，一部恢宏无比的性爱交响曲，开篇就是排山倒海的激昂快板，以人脑难以想象的磅礴气势，奏响了新春旋律。

相形之下，人间城郭不过是苍穹之下的微缩景观。武汉这个拥有两条大江无数湖泊高楼林立千万人口的庞然大物，当然也不例外。惊蛰之雷在苍穹来回驰骋，阵阵翻滚，轻而易举冲击着满城酣睡的人。

而在表面形式上，人们依然是在酣睡，一如拥挤密集蚁穴的蚂蚁。最多有人翻了个身，最多有人似乎听到雷声，也只当是飘然而逝的梦的碎片，对于自己肉体深处的苏醒，人们早已与自己隔膜得浑然不觉。

浑然不觉是浑然不觉，内在苏醒的万钧之力，还是会突破重重隔膜，来到人间。大树小虫齐齐被震撼，惊蛰之时，俞思语醒了。

惊蛰来临，俞思语醒了。这或许是一个巧合，或许不是巧合。这就无法猜测和揣度了。事实就是，俞思语醒了。与所有深度熟睡的人一样，俞思语的醒，不能够算是真醒，是迷迷糊糊的那种醒。是俞思语的尿液满了，她身体的排尿机能率先醒来，起夜撒尿。3月的夜，乍暖还寒，被窝里好温和。俞思语就有点赖床，一直赖到再也赖不过去了。俞思语这才起床去卫生间，自然还是迷迷糊糊的。

撒尿的时候，更加直接的异乎寻常的事情发生了：坐在卫生间马桶上撒尿的俞思语，依然还是迷迷糊糊状态，眼睛依然没有完全睁开，全靠日常生活的习惯使然。这是一泡长长的热尿，由于故意被憋，最初瞬间尿道口有点紧，接着，就撒得酣畅淋漓了。尿到最后，一个愉悦的尿噤袭来，类似于肉体的欢呼，让俞思语浑身打了个愉快的哆嗦。就在这个哆嗦的末梢，俞思语用一团手纸去擦干尿液，触碰到了阴蒂。这次的触碰与往常不一样，她忽然觉得，体内有一种兴奋，怦然而动。俞思语根本来不及过脑子，便迅速地对自己阴蒂，进行了再次触碰。这次下手更重，是手，不是手纸了。是手指，是亲手抚摸。是俞思语的身体要求她自己的手指，爱抚她自己！是俞思语的身体要求她自己的手指，与自己最隐秘的私处，谈谈爱情！俞思语根本还是迷迷糊糊状态，只是她身体里头的另一个自己、没有社会姓名的另一个女人、一个纯粹的女人，和自己闹恋爱了！俞思语的生殖之根，就如户外新春的大树小虫一样，爆发出强烈的生命力——很快，变得肿胀肥沃，温暖湿润，生机勃勃。

异乎寻常的事情，就这样发生了。生命中从来不曾发生的事，就这样发生了。从来不曾见过的旗帜鲜明，斗志昂扬，欲罢不能。俞思语的灵魂，被她自己的肉体，彻底惊呆！

现实意识唰唰唰地疾驰而来，让俞思语刹那间清醒了许多。社会教育灌输的道德感、是非观、身心健康观等等种种观念，一起涌上来，叫停俞思语的手指。而手指，似乎偏要我行我素，俞思语再次惊呆了。心惊肉跳，血往上涌。幸亏光线暗淡，幸亏全世界都是黑暗，幸亏钟鑫涛睡得死沉死沉，幸亏女儿住在她爷爷奶奶家。天哪！幸亏没有被任何人发现。

俞思语返回床上，黑暗中脸也羞得赤红。轻手轻脚，钻进被窝，背对老公钟鑫涛，尽量挂在床的边缘。然而，钟鑫涛身体的热气，阵阵袭来。两个微胖小夫妻睡在才一米五宽的床上——金观澜建筑商为了方便看江景，主卧室就放不下一米八的床。其实尺寸都是废话，女人一想要，宇宙都变小。床在发抖，被子在发烫，四肢扭动。身体实在躺不住睡不着，一个翻身，俞思语与钟鑫涛面对面了。男人，此时此刻，是一个多么亲密无间的归属。这是俞思语的男人。平时老公老公叫习惯了，想都没有想到老公就是一个公的、雄性、雌性的一体二面，她会需要他，突然，是如此如此迫切地需要。

钟鑫涛即便睡梦中，也无时无刻不在与老婆互动。婚后的睡眠是两个人的习惯与自觉。俞思语身体扭扭的，钟鑫涛也就搂搂的了。但是！钟鑫涛的手，男人的手，也有自己的独立意志，它不会与身体一起沉睡，当它一摸到俞思语的私处水肥草美，突然，触电了！触电了！发抖了！并且立即，男人的武器，立刻亮剑，毫不犹豫，冲锋陷阵——社会姓名叫作钟鑫涛的男人，也是连眼睛都还不曾完全睁开。

可见男女都有另外一个自己，躲藏在本人身体深处，从来不睡觉，只按季节过：有情与无情两个季节。

有情季节一到，男女都很自觉。钟鑫涛扬鞭跃马，俞思语积极迎合，床铺活色生香，小两口无须一句语言，没有一个眼神，无见无想，彻底关闭视线，灵魂冲出九霄，进入忘我境界，在想象中尽情遨游，劲往一处使，汗往一处流，如有神助，冲进天堂。

所有关于性高潮的表述文字，都因为词不达意而作废。唯有性高潮本身，闪闪发光、通体透亮、光焰夺目、灿烂辉煌，成功光临了钟鑫涛、俞思语的肉体一次。发射成功之后，肉体才像彗星那样，拖着一只渐渐完成了使命的尾巴，自然而然地，进入尘埃，归入它的宿命。

男女重返人间，寂静美不可言。

翌日醒来，时间已经上午十点，睡过头了。大师的药也没按时吃呢，钟鑫涛、俞思语都吓一大跳。看看钟，看看手机，都不敢相信自己的眼睛。当然，不相信不行。俗世就是有时间的规定。

男女都不好意思地笑了。俞思语把长发披下来，用手捧一大把，遮住脸。

男问："夜里怎么回事啊？"

女答："不知道。"

男问："那你好不好呢？"

女答："好。你呢？"

钟鑫涛忽然想要飞翔，他振臂高呼："太好了！太好了！老天爷啊！太好了！"

小两口子猛然又一个拥抱，亲嘴到很久很久很久。

春天啊春天，亲爱的三月。钟鑫涛、俞思语都以为这个月肯定会受孕的，他俩都有预感，这是如此绝妙的一次情爱啊。只是没有按送子包医嘱来做。

他俩这个月做早了，他俩这个月也做多了——多次想要重温绝妙美梦，多次想要3月5号凌晨的美景，再现一次、哪怕半次、哪怕一点点——没有。最美好的东西总归是转瞬即逝，仙踪难觅。

3月20号，俞思语月经来了。没怀上。

5

从头说起，头发的头。

俞思语拥有一头完美的长发，完美到各项指数都超标，的确是举世瞩目与实属罕见。钟鑫涛对少女的长发，也是情有独钟。两人在汉口西北湖边一见钟情，也多亏了俞思语那天的飘飘美发。"待我长发及腰，少年娶我可好"——就这一句诗，其实算是一句网络顺口溜，迷死人了。钟鑫涛、俞思语一见钟情的前几天，正好开始在网络流行。他们俩都看到了，也都有心醉情迷之感。待到钟鑫涛一见俞思语，好一位长发及腰的美眉！

好了！够了！就想谈恋爱了！少男少女谈恋爱，还需要更多吗？

婚后。一到夜晚，清纯女神秒变贞子女鬼——这是俞思语所在的网聊长发部落的互相调侃。但，人人都以为调侃的是别人。俞思语自己从来、从来、从来都不曾意识到她自己的头发会变鬼。从来不可能意识到她的头发会有什么问题。会每到夜晚，当她入睡，头发就不再听她使唤，就是一堆乱发。乱发就是满床流窜。

钟鑫涛既然享受了美发之美，也得忍受发丝之乱了。世界上没有什么东西，只有优点，没有缺点。成也萧何，败也萧何。

入夜。上床。关灯。睡觉。俞思语往枕头上一倒，再熟睡以后忘形地翻几个身，那一头长发乱是乱，却好生了得。乱发的发梢，翻翻翘翘，钻钻营营，脱落的发丝似小蛇那样活的，四处游走，无孔不入。它们会沾上和刺痒钟鑫涛的嘴角、眼皮、鼻孔、下巴、耳洞、耳根以及任意一处，甚至大腿窝、蛋蛋、鸡鸡等等，任意一处，无一幸免。

有时候钟鑫涛半夜下身忽然瘙痒，搔着搔着，会从自己阴毛里拉出长长、长长的一根粗壮发丝。钟鑫涛的理智告诉他，把手伸到床沿，悄悄丢到地上就是了，继续睡觉。而钟鑫涛的本能，就是睡到迷糊了的脾气，奋起反抗，手会去拨开俞思语的头发，动作很不客气、很果断。不停地弄开、拨开、抓开、甩开。一再地、一再地，身体也会往床沿挪，一点点、一点点地，尽量拉开与俞思语的距离，单单只恨床不够宽，被子也不够宽。钟鑫涛、俞思语结婚了，是夫妻了，必须睡一起。人也得每天必须睡觉。这就是一个无法回避的严峻事实。

同时另一个严峻事实是，俞思语睡觉时候头发总是乱七八糟、自由散漫，每根发丝长达 70 厘米左右，总数达 12 万根左右；还每根都又粗又硬又油又韧，直径达 90 微米，超过白种人的一倍还不止。自然，每一根发梢刺痒皮肤的能力，理论上说，的确不容小觑。钟鑫涛又习惯只穿男士背心和短裤头睡觉，遮住的地方少，赤裸的地方多。

　　钟鑫涛、俞思语小两口，正是能睡的年纪，一旦睡死，就稀里糊涂。两个人，四只胳膊四只手，在他们婚床上空打架。舞动、相遇、撞到、躲开。睡熟忘形，再次舞动、撞到、躲开。可是，躲不开。

　　这几天钟鑫涛上火，嘴唇上下有几颗青春痘正欲爆出脓头，牙龈红肿，嘴角烂了。

　　这一夜，睡到深处，俞思语的一丝头发或者两丝，总是拧成一股，先是夹在钟鑫涛嘴角，钟鑫涛一个转身，勒紧了，有点针刺痛感，他睡梦中偏偏头，迁就了一下，肉体自己知道怎样缓解疼痛，继续睡。忽然，熟睡的俞思语一个大翻身。是那种突然的、果断又勇猛的，一个熟睡中无知无畏的大翻身。猛然一下子，绞紧了钟鑫涛嘴角的头发。钟鑫涛嘴角又是烂的，溃疡有渗出液，渗出液还是稠的，已经粘住头发，这样一个出其不意地不知轻重地一拽，割肉一般，钟鑫涛发出了一声惨叫。俞思语没有被钟鑫涛的惨叫惊醒。钟鑫涛以为很大声的惨叫其实没有发出声，就跟梦中的许多惊叫一样，只是一种精神呐喊。

懵懂的钟鑫涛手指头按住嘴角，还不知道发生了什么情况。感觉一下，嘴里竟有咸腥的鲜血味。出血了！钟鑫涛大吃一惊，警觉地坐起来，专注做了一个吞咽动作，鲜血味更浓了。是的，钟鑫涛在出血！是更大的吃惊了，顾不上熟睡的俞思语了。钟鑫涛打开床头灯，一看手指头，真有血，还不算少，哎哟哎哟就真叫唤起来了。台灯一亮，光线刺醒了俞思语，她眼皮颤颤抖抖，眨眨地不肯睁开，模模糊糊看见钟鑫涛坐着，口齿不清地吱吱呀呀，意思是，你在搞什么搞？

"我出血了。"

俞思语惊醒了一点，也坐起来，到处看。

"什么？哪里？"

"嘴巴！"

"嘴巴？嘴巴里头外头？"

"不知道啊！"

俞思语赶紧查看，原来是嘴角。

钟鑫涛吃东西还是太重口味了！看看，还是上火的原因嘛！钟鑫涛说：是你头发！俞思语从钟鑫涛嘴角抽出自己的发丝。笑起来："对不起啊！"俞思语忍不住笑。钟鑫涛的嘴角也太脆弱了吧。俞思语的发丝割裂了钟鑫涛的嘴角，说出去谁信？笑死人了！钟鑫涛不觉得好笑。烦了，就像弄开意外撞上脸的蜘蛛网那样，一把一把摸脸，将俞思语缠在他身上的头发丝，捋到俞思语那边，有点嫌烦和赌气的意思了。

俞思语也只是笑。不笑能够咋的？

好吧。睡觉吧，半夜三更的。两人重新睡下，一会儿也就重新进入梦乡。钟鑫涛溃疡的嘴角，凝聚起一粒粉色的滴状痂皮，是淡淡的血与浓浓的渗出液以及部分口水，封闭了毛细血管创口。

　　哪里料到，正睡到烂熟，俞思语的发丝，发生了再一次的割裂。刺痛惊醒，钟鑫涛大叫，再次开灯。一线血流，沿着钟鑫涛侧睡的嘴角，一直流到耳根，就像一张血盆大口。俞思语一看，也慌乱了。怎么可能？

　　钟鑫涛、俞思语两人的胳膊，一通慌乱。睡梦初醒的不精准，导致钟鑫涛的胳膊肘子，不慎一拐，撞到俞思语鼻子。俞思语顿时鼻血涌流出来，十分澎湃。

　　啊啊啊——太多血了。弄床上了，赶紧起床。怎么弄？手纸塞住。塞不住，手纸已经又红了。往后仰。不行不行，鼻血咕噜咕噜都吞进去了。一吐一大口鲜血，一吐一大口鲜血。钟鑫涛慌死了。赶紧手机百度，找一找流鼻血怎么处理。却乱七八糟说法一大堆，都是网友胡乱写的：有的说仰头。有的说不可以仰头。有的说直接送医院。有的说主要得看流血程度。

　　钟鑫涛干脆拨通了父母电话。钟永胜一听："你这小子！现在几点？凌晨四点哎！也太没生活经验了吧？自己老婆流鼻血，把父母叫醒。"高红倒是心疼儿子："别听你爸的！我来告诉你怎么办——"

天亮了。这个清晨，是有使命的清晨。原本计划，一是6：10响闹钟，测基础体温。然后做那事，一两分钟足够，射精完毕，俞思语继续平躺半个小时一个小时，或者又睡着了，都很好。钟鑫涛自己出去吃热干面蛋酒，很幸运热干面是中医大师送子包秘方上的食物。再记住：8点，吃药。

　　由于头发引发了一场血案，钟鑫涛、俞思语都很困、很困、很困，都对闹钟置之不理，都没有做该做的事情。没在吃药的钟点吃那必须吃的药，都不顾使命在身了。

　　随后几天，小两口子发生了几次口角，为俞思语的头发。钟鑫涛建议俞思语换个发型。俞思语的疑问是："为什么？不喜欢了？看腻了？"钟鑫涛断然否定。钟鑫涛当然还是认为俞思语头发是世界上最美的头发。

　　"那为什么？就因为偶尔，把你嘴角扯流血了一次？"

　　"本来嘛，就是扯破了嘛。"

　　"那是你爱吃重口味，嘴角本来就烂了。你自觉点，不吃重口味不就OK了？"

　　"那还是你头发太厉害了吧。"

　　"那你胳膊还把我鼻子碰了一大盆血，你是否应该换个胳膊？"

　　"你这个人，完全不讲道理！"

　　"你才完全不讲道理！"

4 月 22 号，俞思语月经又来了。4 月份，没怀上。那就下个月努力呗。

6

5 月气候好，出差增多。钟鑫涛是公司业务骨干，升职也不算慢，被重用是大好的事情。也是没办法的事情，你得多干活。公司老总开会讲话总是说："你们年轻人打得死老虎，要多多出差多跑跑，搞矿的，不跑怎么行！"

钟鑫涛打得死老虎吗？就他这开始脂肪囤积的小胖子？但他就是公司的年轻人，他就是得出差。

钟鑫涛出差多，也没有关系。俞思语闲着。那就计划一下，去北京怀孕吧。想想也是很浪漫的事。天安门广场清晨看升旗，回酒店实施造人计划，在首都植树造林，养育祖国花朵。挺有趣的，将来还有纪念意义。而且，也算弥补了一下蜜月没有旅行、没有玩北京。

钟鑫涛、俞思语查对了一下大师表格上的日子以及排卵期，这样安排：钟鑫涛头一天先到北京，第二天有整天的重要的不得请假的会议，动不了。第二天，俞思语可以前往北京。第二天晚上，小两口聚会北京，吃点全聚德烤鸭什么的，因为正在服药备孕期间不能够泡吧，到北京不能够夜里出去泡吧，那就吃烤鸭算了。吃了烤鸭，当晚静养、休整、不做、以逸待劳。第三天清晨，实施造人计划。天安门广场看升旗，那是说笑的了，还真看不成？他们这一代年轻人，不会那么老土。

在去北京之前的两个星期，小两口子按兵不动，不得同房，养精蓄锐，以免精子量不够，影响受孕概率。

就这样，计划不错。说好了，两边父母，也都放心，别多问了。钟鑫涛出差是出差，但是俞思语灵活机动。神州大地，哪里受孕都一样。

到了那日，钟鑫涛出差了。

武汉去北京，现在都坐高铁。高铁准时、方便、舒适、快捷，一个下午就到。车上玩玩手机，打打盹，就到了，挺好的。钟鑫涛乘坐 G518，武汉站至北京西站，992 公里，近 5 小时。

钟鑫涛上车就是老一套，和每次一样。坐定之后，玩电脑、玩手机、上厕所、打瞌睡，吃一次盒饭，再加一点零食小吃——刷手机时候习惯性往口里塞，咀嚼和吞咽，喝瓶装水。火车上的睡眠，和车厢一样，是一节一节的。在驻马店昏昏睡去，到漯河突然醒了；在郑州又昏昏睡去，到石家庄突然醒了。

怪异发生在石家庄，石家庄至北京这一段。火车在石家庄站停靠，上下乘客以后，开足马力奔向北京西站。这个停站，有人上下，钟鑫涛在睡没醒。倒是突然开车，一个启动，钟鑫涛醒了。火车的突然启动，不知道从哪个通道进入钟鑫涛身体，给钟鑫涛造成了一个悸动。

钟鑫涛醒来，嘴角挂着半干的唾沫渣子，眼睛视而不见地瞪着其他乘客。满车厢乘客，在钟鑫涛视线里等同于无物。可是，可是，可是，就在这些无物的背景里，却凉飕飕地浮现出来一幅超级高清的画面，有情有景有人物：这是一个半明半暗的夜晚，钟鑫涛被俞思语头发刺痒、抓挠、醒来，努力再睡，怎么都睡不着。钟鑫涛爬了起来，是慢动作。只见钟鑫涛，慢慢地，从床上，爬起来，一步一步，蹑手蹑脚，走出卧室，来到客厅——钟鑫涛本来没有觉察到自己昨夜有梦。今天毫不经意。今天就是正常出差的一天。

可是，在火车睡眠的初醒之中，蒙蒙眬眬又清清晰晰，夜梦复活，钟鑫涛可以看见自己昨夜的一举一动：钟鑫涛来到客厅，俞思语在客厅墙壁上的巨幅婚纱照里，朝他发出蒙娜丽莎的微笑。奇怪的是俞思语的长发，只有半边，另外半边，已经被剃掉，头皮泛着青光。钟鑫涛大吃一惊，正待细看，俞思语又变成了秃子，嘴唇发紫，笑容变形。哦，原来是户外的激光灯，武汉的城市亮化工程正在升级，居民公寓高楼也都开始披挂花花绿绿的景观灯了，客厅落地玻璃门的帘子又忘了拉上，喜剧效果就这样产生了。喜剧效果中的秃头女子俞思语，让钟鑫涛既好笑又深受启发。秃头有秃头的明朗，长发有长发的阴森。钟鑫涛转转悠悠进入厨房，东看看西摸摸，碰到刀架，抽出一把厨房料理剪刀，又蹑手蹑脚，转回卧室，俯身细看俞思语。俞思语侧身睡着，只剩半侧脸，搁枕头上，相貌也是一种死相，眼睛紧闭，没表情，没活力，只是头发还是很多，一大堆，需要理发才好，是时候应该修剪修剪了——就在钟鑫涛动剪刀的关键时刻——和所有梦一样，具体行动总是一事无成——俞思语忽然翻身了。

俞思语翻了个身，发出一声重重的呼吸，又发出一声嘘嘘的呼吸，好像远处起风了，也好像远处有提醒——钟鑫涛一个吃惊，发现了自己提着一把剪刀。这一下子，钟鑫涛真把自己吓着了，赶紧溜出卧室，还了厨房的剪刀。记得好像，还打开冰箱，喝了几口水——这是他妈高红送来的水。说是一种碱性养生水，浸泡过能量石的。高红已经四方奔走，听过了很多备孕的专家讲座，深信"酸生女碱生男"理论，购买了专卖的饮水机和能量石。高红为监督儿子、媳妇坚持应用碱性能量水，就会亲自把水制好，过几天就送一提过来。可怜天下父母心。钟鑫涛、俞思语都很领情，表示他们会尽量饮用高红妈妈制作的水——这是题外话，总之钟鑫涛做梦，也都知道喝冰箱的碱性能量水。

剧情结束。好比突然停电，画面突然变黑。后面就是迷迷糊糊的记忆碎片了，好像是钟鑫涛回到床上，躺下，睡着了。

然后就是天亮了，太阳出来了。太阳底下，真相大白，没有黑暗梦境，连残片都没有。俞思语赶紧按时测量自己的基础体温。钟鑫涛一骨碌起床，忙碌清晨的洗漱、穿衣、排泄与进食，都必须一一完成。再驾车上路，还要祈祷不塞车。一切就如昨天，正常工作日到来。今天出差，收拾行李箱、资料、电脑、手机、充电器。掐着时间，赶火车。拥挤的候车室。候车室怎么会有这么多人？都出差吗？不像啊！都要东奔西忙地干吗？搞得候车室很拥挤，人撞人，看到人脸就腻味。心情都无喜悦。上车，坐下，各就各位，终于有了一点秩序，人与人之间，终于有了一点被强行规定的距离。谢天谢地！高铁开了。

　　出差老一套开始——没有梦。完全、丝毫、根本，就没有昨夜的梦。

　　然而！然而！然而！好像是为了佐证钟鑫涛在高铁石家庄段的重访梦境，俞思语微信来了：冰箱怎么是开的呀？

　　发来图片：敞开的冰箱门。

　　冰箱怎么是开的？

　　没有别的解释，肯定是昨夜钟鑫涛做梦了，梦游了，喝过冰箱的水，梦游人不知道关门——这也太恐怖了！好可怕！钟鑫涛梦游？他从来没有的呀！女人的完美长发太压抑男人了？笑话！

　　钟鑫涛回复微信：冰箱门开了有什么奇怪的，关上就是。

　　好在现在的火车乘客都只顾自己。身边人都在玩手机或者睡觉，对钟鑫涛蛮有催眠效果，很快就打断了钟鑫涛关于梦游的噩梦，重新进入一个昏昏沉沉的打盹。

　　幸喜石家庄是最后一站，北京西就要到了。有几个小孩子憋不住了，开始在走廊乱跑，吵闹哭叫，年轻妈妈紧追其后，以文明礼貌的腔调，大声呵斥教训自己小孩子，要注意文明低声。也有年轻妈妈不管不顾的。乘客就大声责问：这是谁家小孩子在走廊撒尿啊？太不文明了！钟鑫涛打盹结束。乘务员过来了，有节奏地对乘客说："来，垃圾，谢谢。来，垃圾，谢谢。垃圾，谢谢。谢谢，垃圾。垃圾吗，来腿抬抬。"漫长的 4 小时 55 分，终于过去了。再快的交通工具，人们的适应能力比它更快，一旦适应就不觉得它快了，总还是嫌它慢。其实快慢是个心情。都只注意建设高速列车，就是没谁注意到建设良好心态，肯定心态更重要，花再多钱火车也不可能建成火箭。再说还有副作用，比如电磁波的强辐射之类，啊呀呀，不管那么多了。坐得好累，漫长的 4 小时 55 分，终于过去了。

车厢立刻人声鼎沸，人们纷纷提前拿行李，乘客们好像被催眠以后都又重新回到现实中，前后左右都有人拥挤和碰撞到钟鑫涛，令钟鑫涛视线聚焦，不再目中无物了。把火车上的怪异残梦留在火车上吧，就跟垃圾一样，丢给收垃圾的乘务员。

冷不丁地，一个清亮甜美女声响起，就在钟鑫涛脑后，明确就是对他在说话："帅哥，帮我拿下箱子好不好？"

钟鑫涛听到就动手了，就帮脑后那个清亮甜美女声，从行李架上拿下一只旅行箱。小巧新颖的旅行箱，肯定是她的。就在转身交行李箱的时刻，怪异再次发生，钟鑫涛顷刻之间，咕咚一声，又跌入梦境。是的，这是大白天，钟鑫涛睁着眼睛，信不信他就是大有恍然若梦之感：就在他背后，几乎贴着他身，站着那位清亮甜声美女。由于人多拥挤，他俩面对面的距离，最多只有 18 厘米左右，钟鑫涛还得稍微后仰一点，视线才能够聚焦：她一头俏丽的短发，簇拥着一张光滑小脸蛋，头发染成时髦的酒红色，刘海齐眉，这一头俏皮的短发，显得眼睛格外黑亮有神，脖子也格外直挺优美。钟鑫涛恨不得架子上所有旅行箱都是她的。

"嗨，嗨嗨，那不是我的，我就这一只！"清亮甜美女赶紧提醒钟鑫涛。

钟鑫涛脸一红，赶紧放开了别人的行李。别人也就对钟鑫涛嗤之以鼻。清亮甜美女也就对钟鑫涛的心思洞若观火。钟鑫涛也就发现了清亮甜美女对自己的心思洞若观火。

就这一瞬间，这对素不相识的男女青年，在洞若观火这一点上，完全知根知底贴心贴肺，眼神精准对接眼神了，火花啪啪直冒，钟鑫涛都听见了啪啪的声音。清亮甜美女对钟鑫涛抿嘴一笑，眼波送了一个流盼，用唇语对他说："Thank you！"便兀自飘然出门。天哪，还是一个飙英语的，好配她那一头时尚酒红色短发！

钟鑫涛一个错愕，面红耳赤了。他这一羞涩与迟钝，就被其他乘客排挤到了一边，人人都在奋力抢先出门。待钟鑫涛终于从狭窄的火车门争抢出来，举目四顾，站台已是红尘滚滚、人头攒动，哪里还有什么酒红色短发的清亮甜声美女？钟鑫涛不由自主紧追几步，又明知徒劳，就停下，落寞地呆在站台边缘。

钟鑫涛呆呆立在站台边缘，让急躁的乘客走完。钟鑫涛在想象中，用他娴熟的电脑技术，把刚才摄人魂魄的图片，作了一个处理：将其他闲杂人等都排除开去，框住钟鑫涛与清亮甜美女合影的局部，剪裁、放大、亮化、旋转90°、人物横放等，于是人物躺下了、保存。那么他们两人，相当于就是睡在一起了。钟鑫涛细细端详睡在他眼前的清亮甜美女，短发，哦，如此俏丽的一头短发，谁规定的一定是黑头发好看？酒红色——上好的法国干红葡萄酒的颜色——多谢格瑞丝的"格瑞丝木梳品酒屋"、多谢保罗的言传身教让钟鑫涛学会鉴赏法国干红——何等醉人的宝石红啊——从四周，簇拥一张光滑小脸蛋，刘海齐眉，眼睛被衬托得这么亮，脖子也被衬托得这么修长，脖子优美扭动——相比之下，长发是那么芜杂，埋没了优美的颈子，看上去好像是一个没有脖子的人。

怎么钟鑫涛的心窝窝里头，还有小鹿乱撞呢？怎么猝不及防地，忽然冲出一只健壮小鹿，在他胸口撞啊撞，猛烈地，都隐隐作痛了。这是钟鑫涛从未出现过的症状啊，就连与俞思语一见钟情，那时刻也没有这种症状啊。

关键恨死人的是，这份奇遇，竟然发生在4小时55分的最后几秒。什么都来不及！真是揪心！真是揪心！真是揪心！

人生真他妈的是揪心！

钟鑫涛在站台边缘静静站立，心里却波浪翻卷，呼天抢地，这都算怎么回事啊？直至铁路工作人员都生疑了，十分谨慎，与钟鑫涛保持一定距离，大声喝叫："喂，你干吗的？干吗不出站？"

"哦，忘了！"钟鑫涛赶紧出站。

钟鑫涛彻底蒙圈，魂不守舍。他哪一回出差，快到目的地，都是火车还没有停稳就迫不及待打电话。约三朋，邀四友，还拖着旅行箱就直接奔餐馆。哪一次的饭局，不都是人叫人，不停地加椅子，滚雪球一般十几人了又二十人了，许多新面孔，坐下就吃，举杯就干，名片撒满桌子，兄弟们一回生二回熟，都是朋友了，有去过非洲的没有？讲讲刚果（金）的矿业！讲讲刚果（金）的矿业！钟鑫涛正处于渴望交朋交友的年纪和状态，在外面做事情，特别需要人缘人脉，多个朋友多条路，朋友越多越好，况且善于交际、天南海北都玩得开、无疑是男人特有面子的一桩事，算大本事啊！这是人生头一回，钟鑫涛人还在北京西站的站台上，就已经丧魂失魄。一个电话没打出去，打进来的，一个也不接。郁闷地来到酒店，进门，一脚踢开旅行箱，把身体单单只往大床上一倒，双手枕着后脑勺，两眼发直，直瞪天花板，嘴巴松弛，呈半开状，唾沫星子干枯在嘴角，泛白，脏兮兮，钟鑫涛自己一点没觉察。钟鑫涛有心事了。

钟鑫涛有心事了：

"嗨，嗨嗨，那不是我的，我就这一只！"

"嗨，嗨嗨，那不是我的，我就这一只！"

"嗨，嗨嗨，那不是我的，我就这一只！"

就这主旋律，发自清亮甜美女声，唱歌一样在钟鑫涛耳边余音袅袅，挥之不去。酒红色短发，就是特别俏皮，眼波流转，就是这么电闪雷鸣。钟鑫涛仰望星空——他感觉他发直的目光锐利地穿透了酒店房间多层天花板，在仰望星空，若不是星空不足以舒展他浓烈的郁闷与他浓烈的人生质问，北京的星空啊，请你告诉钟鑫涛：世界上究竟发生了什么事情？

于是在北京的这个夜晚，钟鑫涛做了一件前所未有的事情。钟鑫涛冲澡很久，把自己身体洗得干干净净，溜进了酒店的大被子。大尺寸的洁白的被子，盖住了钟鑫涛的全身、钟鑫涛的想象、钟鑫涛虚构的电脑。钟鑫涛闭上眼睛，流利地操作了想象力，把那一头俏皮短发的清亮甜美女生，轻轻抱到床上，亲密躺进他怀里。钟鑫涛抚摸她的短发，爱不释手；抚摸她那修长优美的脖子，爱不释手。虚拟变成真实：火花点燃，焰火冲天而起，射出，怒放，五彩缤纷。

钟鑫涛情不自禁，纵情欢呼——钟鑫涛做了三次。

一夜三次，又爽又嗨又野之感受，前所未有，史无前例，登峰造极，无以复加，无论质还是量，都首创他雄性生理功能的最高纪录。钟鑫涛想起了在哪里看到过的一句名言，是伍迪·艾伦或者别的谁？似乎是那次出差香港，站在街边，一本杂志上翻到的。名言这么说："不要谴责手淫，那是我和我爱人之间的性。"以前没有看懂这句话，以为自己忽略过去了。上帝啊！没有忽略，今夜钟鑫涛发现这句话一直在心里。

至少有一个名人，试图帮助钟鑫涛卸下道德重负。

第二天晚上，俞思语到了。俞思语也是乘坐高铁 G518，一切按计划进行。晚饭钟鑫涛带俞思语去吃了烤鸭，他昨天已经预订了。夜里，两人各自休息，很快入睡。俞思语喜欢酒店的大床，够宽，随便滚。她的发丝，扯破钟鑫涛嘴角的小概率意外事件，在酒店阔大的双人床上，几乎可以被杜绝。真好。

第三天清晨，天刚蒙蒙亮，钟鑫涛叫醒俞思语："赶紧赶紧，我们去看天安门广场升旗仪式。"俞思语愣了："还真看？"

"真看！为什么不真看？好不容易来一次北京，天气又不错，全国人民哪个不想看？好有国威，好自豪啊！"

俞思语莫名其妙。她来北京，不是来怀孕的吗？今天原定计划，是按照大师秘方，早上八点之前得做那事啊。钟鑫涛竭力怂恿俞思语，说："嗨，先玩北京了再说！正好我可以挤出一天时间，咱们看完升旗再玩故宫。人生在世，吃喝玩乐。管它三七二十一。将在外，君命有所不受，只要你不告诉家里就行了。咱们还年轻得很，时间大把，不在乎这一次。"

俞思语很快就被鼓动起来了，放下了受孕包袱。在大床上弹跳，欢呼雀跃："咱们玩北京来了——耶——"

因为钟鑫涛已经囊中空空，他没法做那事了。做了也没用，心情也不在。

三天后，小两口一起乘坐高铁回武汉，一路相安无事。只是钟鑫涛突然无聊地放出了一个承诺，他也不知道自己为什么要放出这种无聊的承诺。

钟鑫涛："你要是为我生个儿子，我送你一个大礼物。"

俞思语："生得先怀。怀就不送？先送后怀。"

钟鑫涛："好吧。我买你选，免得买了不满意白浪费。"

俞思语："那我选了啊？"

钟鑫涛："你只管选！"

俞思语："要送就送削骨瘦脸。"

"Oh，My God！"钟鑫涛悔恨不已，只能自打嘴巴。

5月25号，俞思语月经来了。只是推迟了几天，让钟、俞两家的家长们空欢喜一场。

7

5月没怀上。5月还是生活不规律，钟鑫涛出差太多。那就把握好6月的时间。俞思语要按时地严谨地作好基础体温测量，并在图表上标出曲线，让排卵期清晰可见。贴在他们卧室的墙上，一目了然，准时在排卵期同房。其他时间严格不做，确保养精蓄锐。俞思语太马虎了，走进药铺，随便买早孕试纸。高红还是特意去卖了"大卫"和"秀儿"，这两种牌子的早孕试纸口碑最好，精确度高。俞思语随便买，容易出现意念水印。误导。误事。害得婆家、娘家全家跟着瞎忙。喂喂，年轻人，莫稀里糊涂的啊！拜托你们好好做事啊！

高红嘴皮子都磨破了。钟鑫涛嗯嗯嗯。俞思语也嗯嗯嗯。钟欣婷哈哈大笑，或者阴阳怪气地嘿嘿笑。

其实钟鑫涛、俞思语是有苦说不出，也有话不好说，毕竟是那事。实际上他们已经认真起来了，平时基本都不敢随意同房了。很想同，也不同，尽量克制自发激情，尽量遵守大师秘方的时间和时辰。还主动增加了许多科技知识的支持，什么基础体温、排卵试纸、早孕试纸、排卵曲线。然后结合两者，在排卵期前后每隔一天同房一次，然后再保持 2 个星期乃至 3 个星期不同房，建立有规律的同房节奏。

高红送的碱性能量水，他俩也喝。小两口从网上看到的女方吃黑豆偏方，他俩也采纳了，俞思语也吃。在月经走了以后第一天开始，每天吃 47 颗黑豆，连续吃 6 天。难道这样吃黑豆不辛苦吗？俞思语还是很能吃苦的。

钟鑫涛、俞思语已经做得很好了。家长就喜欢瞎操心。

5 月 31 号这一天，就算 5 月份已经过去了。六一儿童节即将来临。钟鑫涛、俞思语还互相预祝了六一儿童节快乐！这是有深意的祝福。

只是，生活还是生活，还有更多别的内容，也都在按部就班环环相扣地进行，钟鑫涛还是得做一些他应该做的其他事情。钟鑫涛总公司副老总来武汉了。该老总马上接管非洲刚果（金）矿产开发这一块，是现阶段钟鑫涛最渴望巴结的人。该老总，四川人，酷爱吃四川老油火锅。武汉就有很地道的四川老油火锅，说实话钟鑫涛也酷爱这一口。当然，肯定，钟鑫涛必须请老总吃火锅去。事先给火锅店老板打过招呼了：加料！必须得加料！价钱好说！

钟鑫涛的这种工作应酬，违反了封山育苗原则，他在家里是绝对不会说的。下午下班，还是回家点个卯，随便吃了两口东西，说晚上有资料要看，就赶紧回金观澜了。没有料到，俞思语也说一起回去，她今晚也要看点资料。

钟鑫涛无奈了。

刚刚入夜，交通高峰过去，大街上不再塞车。钟鑫涛、俞思语一前一后，缓缓行驶，一如往常——往常这个时段，他们回自己小家，都会缓缓行驶。只因他俩的小车，都属于高档豪华车，摇下车窗，缓缓行驶，让车载音响摇滚轰鸣，一路博人眼球，真是好感觉。尤其钟鑫涛，一手夹香烟，一只胳膊肘架在车窗窗框上，无忧无虑，满不在乎，哼哼唱唱，这画面只能是美国娱乐大片中才有的酷。俞思语亦然，画面也很不错的，年轻女子开豪车，妆容艳丽，美瞳天真，乌黑油亮的一头及腰长发，无忧无虑，满不在乎，哼哼唱唱，讲真这就是幸福。讲真俞思语还是不张扬的，她完全可以随时随地，随手自拍，随时晒出去，那些画面还不得亮瞎小伙伴们的眼睛。俞思语还算低调，只偶尔晒晒。

在现代生活中，画面真是一个好东西。

钟鑫涛、俞思语的美满生活，在手机自拍功能的辅助下，得以大面积延伸。

金观澜公馆地库入口已在眼前，画风突变。眼皮子上头的美好与幸福，眨下眼睛，就变了。眼皮子的确太浅。

开车在前的钟鑫涛，没有进入金观澜地库，直接开过去了。钟鑫涛打开手机语音，在车载音乐的混响中大声告诉俞思语："你先回家，兄弟们喊我吃火锅！"

俞思语大惊："还去吃火锅？"

不用说的！俞思语就知道还是那种四川老油火锅！

传统大铁锅子的那种，麻辣重口味，十几个人围着开涮。涮一涮，酒一喝，兴头就上来了，热血沸腾，敞胸露怀，推杯换盏，割头换颈：哥俩好啊，六六六啊！涮涮就吃鸭舌、黄喉、毛肚、牛鞭、猪脑花、猪大肠、猪血、雄鸡睾丸、公鸭睾丸、猪血鸭血、鸡肠鸭肠。所有猪下水，所有鸡零狗碎，五花八门乱七八糟东西，都吃，都好吃，都好吃极了！

钟鑫涛就酷爱这一口，谈恋爱时候一点没有表现出来。婚后也偷偷去吃，使劲遮掩，但是猛撮一顿这种老油火锅，遮掩不住。钟鑫涛只要吃了老油火锅，哪怕嚼掉一盒绿箭口香糖，都不管用。半夜人回家，一进门活像直接进来一口大锅子，每个毛孔都散发出浓烈的麻辣气味，充满房间。然后整夜在床上不停地打嗝放屁，臭气熏天。然后隔一两天，钟鑫涛一准上火，嘴角烂了、牙龈肿胀、风火牙痛、扁桃体发炎、口腔黏膜溃疡。武汉人很容易上火，武汉人也很怕上火。武汉人烧鹅都不敢吃，只敢吃鸭。历来武汉人都知道，千万不要碰"发物"。可是，武汉人当中又有一支流派：好口味重。钟鑫涛不幸就属于这种人。

俞思语属于武汉人的清流一派，吃东西喜欢原味、喜欢原味的不加糖的那种甜津津。两派冲突很严重。婚后这方面一直有争吵。只不过俞思语性格温，语言少，吵不厉害。更主要原因是小两口都回家吃饭。家里李雨青烧菜，总归兼顾两种流派。如果餐桌上有一道麻辣红烧臭鳜鱼，就会另外有一道清蒸鳜鱼。这样的"一国两制"，和谐社会还是比较容易得到保证。

但是现在是 2015 年 6 月了，一年过半了，本年度头等大事是备孕、怀孕。早就开始封山育苗了，钟鑫涛、俞思语都在禁口忌嘴，过于辛辣油腻，一概不食，只吃健康食品。全家都在为此辛勤劳动，包括李雨青烧菜的菜谱，都得提前一个星期拿出构思，由高红、钟永胜审定。钟鑫涛怎么能够这么没心没肺？就为自己酷爱一口老油火锅？5 月份没怀上，6 月份了还打算虚度吗？新一轮努力和新一轮期盼，已经一次又一次了，两家家长都眼巴巴瞅着，钟鑫涛就不觉得有压力吗？反正俞思语压力很大。

可是北京来的老总，四川人，就是酷爱四川老油火锅。武汉就是有很地道的四川老油火锅，比北京地道得多，只因食材和花椒原料海椒之类的来源，比较顺路顺水。所以该老总早就风闻，才特别乐意来武汉的。而该老总，现在正是钟鑫涛的命中贵人。难道钟鑫涛能够不请命中贵人老总吃一顿老油火锅？对老总说我在备孕？这顿老油火锅就等于是挖金矿的工作机会啊！就是前途和命运啊！难道你不想我在刚果（金）一铲子挖个金矿？

俞思语不管，俞思语就不信。钟鑫涛就编吧，钟鑫涛就装吧。

俞思语一踩油门，超车，别住了钟鑫涛。

钟鑫涛差点撞到一辆飞驰而过的电动车，亏得他技术娴熟，刹车及时。急得钟鑫涛大喊一声："你疯了！干什么啊？"

俞思语说："其实就是你自己憋不住了！其实禁嘴禁得太寡淡了！其实你根本不把什么备孕放在心上！其实你肯定是上瘾了！"

四个"其实"一连串说出来，在俞思语，也是很少有的犀利了。因为，俞思语备孕有多辛苦，钟鑫涛知道吗？每天早晨测体温，标图表，每个月连续6天每天都必须吃他妈的黑豆47颗。晚饭后一个小时跳绳300下，据说能够防止宫外孕。木瓜炖雪蛤这道俞思语最爱的菜，都坚决不能吃。据说木瓜是转基因的，雪蛤是发物。就因为无数的据说，全家都宁可信其有，不可信其无，害得俞思语好辛苦，还几个月都没有怀上。哦，钟鑫涛倒一点禁不住嘴。还扯什么工作应酬？怎么会有这样的老公？！就好意思吗？

什么叫作"一只大火锅，充满中国梦"，俞思语，你老公有梦想你懂不懂？

俞思语不懂！也不想懂！只想发狠和威胁！俞思语声音也大起来："钟鑫涛，我告诉你，我烦透你吃火锅了！"

钟鑫涛叫喊起来："你他妈够了！"

再加一句："你他妈少管闲事好不好？"

钟鑫涛恼了！他时间到了，要来不及了！只要是领导就必须提前迎候！俞思语他妈的哪里懂江湖规矩！未必他妈的吃一口老油火锅就怀不上孕？四川人酷爱吃火锅，却是全国人口最多，多到过亿的省份之一，你他妈的知道不知道啊！钟鑫涛急速倒车。猛打方向盘。拐弯了。钟鑫涛大街小巷熟悉得很，单车道走了逆行。

"你他妈够了！"——这句粗话，一剑封喉，俞思语噎住了。

钟鑫涛急眼了。这是婚后第一次，钟鑫涛这么下流地骂俞思语。俞思语目瞪口呆。就这被噎的一下子，漫漫长街都已经是别人的车，钟鑫涛已拐入街道不见踪影。请老总吃老油火锅去了，扯什么老总不老总，就是自己嘴巴图那一口快活。俞思语把驾驶室里的所有小装饰，统统扯了、打了、撕了、摔了，拳打脚踢一番。特别是钟鑫涛送的那些纯金小坠子"一路顺风"小玩意儿，丢大街上，最好让穷人捡去：去你妈的！

好吧。俞思语也不是好惹的，咱们走着瞧！晚上就把金观澜房门关死了，就是不开门。任凭钟鑫涛怎么求饶和赔礼道歉，就是不开门，也不说话。俞思语本来就是一个不多话的人，没有什么好说的了。小两口吵架了，俞思语不吵的这种吵架，反而更容易陷入死局。钟鑫涛只得回到他父母家。车进花桥小区了，钟鑫涛一想不对，父母定会问个究竟。高红什么人？火眼金睛啊！我的妈啊！这次准是俞思语有理，钟鑫涛麻烦就大了。又要惹出父亲钟永胜的雄才大略战略思考了：什么接手家族生意的事，要提上议事日程了！家族生意再大，有多大？是父亲钟永胜自我感觉良好而已！钟鑫涛要去非洲刚果（金）开发矿产好不好！

钟鑫涛就掉转车头，找酒店住去了。

次日，六一儿童节。晚上，俞思语家里出了大事。

俞思语的外婆、外公，参加上海协和旅行社的夕阳红旅行团游三峡。本意说是老两口辛苦了一辈子，这次一起出去，轻松轻松，好好玩玩。就是他们乘坐的这艘游轮"东方之星"，哪里会想到"东方之星"在湖北监利水域，遭遇狂风暴雨，忽然就翻船了，倾覆了。全团都是五十岁以上七老八十的老人，400多人，都没了。出事就短短几分钟。船上应急措施都来不及施展，根本无法抢救。

俞思语的妈妈任菲菲，此时人在上海住院治病。也正是她和她的哥哥姐姐，三个子女一起买的单，热情张罗，送给父母一个礼物：游三峡。当晚九点，任菲菲还和自己父母通了一个电话。母亲问："上海热吗？"

任菲菲说："上海热，今天31℃。你们呢？"

母亲最后一句话是："我们到监利了，这里狂风暴雨，船在风雨中行驶呢。"

随后，手机突然没有声音了。再拨打，就不通了。母亲从此，此生，就再也不会与子女们说话了！老天爷啊！任菲菲一听到消息就昏过去了。

船一倾覆，下沉很快，全船456人，全部落水，半个小时不到，江面就没有人声了——这是事后了解到的情况。

"六一"晚上九点多，俞思语讲电话讲得哇哇大哭，泪流满面。钟家。俞家。所有人，都慌乱了。这可怎么得了啊！怎么会出这样的事情啊！大家都赶紧打开电视机，守在跟前，看现场救援新闻。

结果：俞思语的外婆、外公双双罹难。

任菲菲和她的哥哥、姐姐，三个人在上海，捶胸顿足，死去活来，悔恨不该大力支持父母出去旅游，他们的良心备受煎熬。这怎么说得出去啊，子女亲手把父母送上了黄泉路啊！受不了啊！俞爷爷、俞奶奶也深情回忆亲家，血吸虫防治专家，人都是很好的人，很有涵养的学者，也很风趣，他们四个人曾经一起唱过《红灯记》，亲家公、亲家母在中国消灭血吸虫的伟大战役中，那是立下了丰功伟绩的，这个应该写进追悼词。思思要记住啊！到上海以后，注意看看追悼词，不要漏掉外公、外婆的丰功伟绩，做人最重要的是盖棺论定！俞思语连连点头。也不与钟鑫涛说话和商量，就跟随她父亲俞亚洲，飞上海了。

也许，俞思语可以不去上海。因为其实，俞思语和母亲那边的亲戚，一直都不亲，平时少有走动，路上碰到都不会认识。对外公、外婆的记忆，也都停留在儿时。俞思语主要生气钟鑫涛，还是倍感自己的爸爸妈妈亲。很生气武汉老油火锅，就倍感上海那边亲。

假如钟鑫涛昨夜没有骂她"你他妈的"。

假如钟鑫涛主动陪俞思语一块儿去上海。

情况很可能不一样。

但俞思语就是这样，是个闷人，倔脾气。死活就是不睬钟鑫涛。电话也不接，一点消息都不漏。在这种非常时刻，钟鑫涛能够说什么呢？钟家哪能责怪俞思语呢？人家里发生了这种天大不幸。尽孝老人，最后一刻，去送一程，怎么都是应该的。

俞思语一去上海，就是十好几天。

6 月份，没怀上。这就不用说了。

8

夏天到了。夏天在武汉人口语中，不说夏天，都说热天。

热天了，主题是热。一下子，气温冲上去，暴热、酷热、持续热。又是两条大江千湖之省，水面湿气被毒辣的太阳蒸腾起来，上面又有一道叫作副热带高压的气流，铁板一块，偏偏压在武汉的云空。所以武汉人口语中说的武汉，其实就是读作"捂汗"。

人是多么脆弱的动物啊，只是自己不知。

自己健康的时候无知，一旦生病，就慌乱了。看病、吃药、打针，总归是这样的一套老三篇。不这样，又能怎么样？人真的是脆弱，无知还愚昧：还是可劲儿建筑那些高楼大厦啊！水泥钢筋玻璃幕墙啊！景观灯密密麻麻，热爆了居民阳台都不关啊！俞思语城市人，居住最好地段，汉口市中心，高楼林立的热带森林之中，热死了，又潮又闷，呼吸困难，跑到长江边深呼吸。俞思语哪里懂得发洪季节的江水，上游溺水淹死的动物，就漂浮在江面上，长江沿岸无数排污口的污水，污染气体都被高温蒸发出来，滚滚流动着的，是满江的瘴气。俞思语深呼吸了几次，人就不舒服了，不敢去江边了。只能关在家里吹空调。

一天到晚吹空调，俞思语很怕自己感冒。问题就是怕什么来什么：俞思语感冒了。

开始挺住，不吃药。备孕期间，特别不能够使用抗生素。大师早就有言在先，假如备孕期间吃抗生素，后果自负。一感冒，就咳嗽，咳嗽得无法睡觉、无法躺下，眼睛都爆血丝了，吐出一泡泡粉红色痰。

李雨青照顾两天，效果不佳。高红亲自上阵，照顾备孕的儿媳妇，熬姜汤，煮金银花，熬薏米粥。俞思语有了好转，高红自己却感冒了。症状一上来，就很重，本来又是高血压，人就倒下了。隔一天，又把钟永胜传染了。再隔一天，家里两个小宝宝都开始咳嗽流涕。俞思语只得赶紧撤离大家，躲到金观澜公馆他们自己的小家。小家还是热，前后左右都是几十层高楼，玻璃幕墙，白天太阳一出，反射到家里有几个太阳。夜晚景观灯居民楼都挂满了，就像挂满通红的火炉，都不敢去阳台纳凉。热死了，还是得龟缩在室内吹空调。吃饭就只好随便，多是叫外卖算了。结果，俞思语病情一个大反复。

俞思语感冒急转直下，突然发高烧，咳嗽变得肺部有啸鸣音，痰里头血丝增多：有肺炎危险了——还是先救命吧，只好住院了。

住院当然就是挂水，挂水当然是吊抗生素，不然肺部炎症消除不了。

俞思语住院一周。钟鑫涛开始感冒。

生病就不谈了。同房绝对停止。生病的好处也不是完全没有：日常生活恢复了。为吃老油火锅的吵架生气，自动过去了。钟鑫涛、俞思语小两口有一搭没一搭说话了，互相端茶递水了。互相查看图标，商量下个月的备孕事宜了。都 8 月份了，时间有点急促起来。他俩得一起时刻关注女儿钟宇涵感冒好了没有。一起叫外卖，一起吃外卖。外卖不好吃，还是得吃李雨青做的饭吧。两口子哪个身体感觉好一点，哪个驾车回家，拿点饭菜过来吃。

感冒发烧挂水，抗生素灌得满血管都是，不怀了，不怀了，简直烦死人了。

自然，结果就是：2015 年 7 月，没怀上。

9

中医大师使用的日历，是两套：农历辅佐公历。公历的 7 月，是农历的小暑，这才真正进入三伏。热在三伏，冷在三九，老话说就是一年之中最热和最冷的那么几十天。中医大师的观念是：三伏天最适合治疗三九的痼疾。比如阴虚体寒啦，脊椎发凉酸痛啦，颈椎病啦，老寒腿啦，三伏天就贴三伏贴，拔火罐。中医大师家里，也有祖传秘方，能够用得上他们真正的秘方三伏贴，那还是真有效果，贴几天身体就会感觉通泰舒服。但是！但是！三伏天不能够服用某些中药。用中药，禁忌多。比如送子秘方的中成药，就不得继续服用。

进入 8 月份，中医大师主动打来电话，指挥高红停药。大师讲：三伏天吃药也没有用，都被汗水流走了。就算不流汗，四十多摄氏度的气温，皮肤也会主动散热，养分都会跑掉，养分一跑掉，坐胎就很不容易。

既然大师发话了，那有什么可说的，停药呗。

8 月 23 号，俞思语月经来临。没怀上。

其实钟鑫涛、俞思语小两口心里还真有点不服，觉得怀孕没有大师说得这么一是一二是二，有时候，一个兴之所至做一做，说不定就意外怀孕了。这个月，小两口还是擅自同过房。在停药之前，在感冒好转之后。大热天俞思语衣衫单薄，几乎就是比基尼，腰间只挂一只超短裙，里头内裤也不穿。俞思语进门换鞋，稍微一弯腰，就向身后的钟鑫涛，撅起了半个大肥屁股。女人露肉太多了，怪不得男人冲动。钟鑫涛就没有克制住，把眼前的大肥屁股一搂，就做了一回。这样做，别有意趣，怪不得小两口，又做了几回。他俩私下议论，感觉无须大师，说不定自己就怀上了。结果俞思语生理期如期而至，小两口也未免有点不自信了。不谈。下个月还是严格遵守大师要求吧。

10

炎热的日子，熬过去了。立秋一到，知了嗓子就嘶哑了。藏在地缝里头，树根底下的小虫虫、蛐蛐儿，后半夜里，就开口叫了。尽管大白天天气还热着，夜里的虫叫，还是带来了凉丝丝的秋意。气候适宜了，备孕须知，再一次提上议事日程。钟、俞两家家长，都有点怀疑小两口没有严格遵守纪律。年纪太轻，就是容易把事不当事。其实如果当初不是钟、俞两家家长心照不宣，密切配合，精心打造，加上格瑞丝穿针引线，钟鑫涛、俞思语哪里还有一见钟情的可能？当今中国 14 亿人口，婚配的优质资源简直大海捞针，难道真的就凭你们瞎猫碰死老鼠碰得上？恰好正当婚龄，正当风和日丽好气候，正当好气候那一天，正好打扮入时的一对男女青年，就在浪漫的湖边，面对面碰上了，且还双方家庭条件也都匹配。这怎么可能呢？哪里有这么凑巧的事？打造的呗！说穿了，现如今打造一桩优质资源的婚配，好比打造原子弹，这么说都不为过。不过这个秘密，是祖辈、父辈的秘密，是绝对不可以对钟鑫涛、俞思语说破的。为了儿女一辈子幸福，钟、俞两家矛盾再多，关系再差，也将守口如瓶，让永远的秘密化成自然而然的年轻人一见钟情的事实。因此，还真没有办法讲清楚现如今打造的重要性，以便钟鑫涛、俞思语高度重视提高备孕意识。怀孕这事呢，当面也还不好意思多说。毕竟怀孕涉及的是男女床笫之事，就靠电话了。

电话会议。钟、俞两家家长不停地电话查问和监督。

钟家打电话，都是说这事。俞家打电话，也都是说这事。说来说去，家里其他事情都往后靠了，就是这件事最重要。

不同阶段，一个家庭里总有最重要的事。现在就是俞思语的受孕，是头等大事。电话打多了，钟鑫涛、俞思语应该感觉到了全家的高度重视和紧迫感。

恢复体力的季节，终于盼到。不过当心啊，还有秋老虎，等在后面，要吞噬舒服的日子。人这个东西，就没有几天舒服日子的。俞思语每天穿衣吃饭都小心翼翼，加倍当心秋老虎扑倒自己。

高红最忙。恢复身体靠吃啊！高红得张罗吃的。俞思语身体太虚了，得滋补，得喝汤——武汉人的滋补，一定是喝汤。得是那种土陶的砂铫子，文火煨几小时的汤。高红问了中医大师。中医大师认为俞思语肺虚，食疗嘛，喝心肺汤最好——吃什么补什么。现在大城市，都是物流配送，动物都是按部位分割，买鸡腿都是鸡腿，买排骨都是排骨。

怎么办啊？得找人！设法弄到整副猪心肺，那样的一挂心肺，还要新鲜的，还要健康猪，高红我的姐姐，你饶了我吧，哪里谋得到？不急嘛，秋凉以后。别说秋凉，到冬至也难搞到啊！冬至杀猪的多，因为大家开始要腌腊肉了。那就冬至，冬至喝汤最好了。兄弟别叫苦，再托人，人托人哟，只要有了人，什么人间奇迹都可以做出来——钱我一点不含糊，多贵我都信你。

那么，俞思语就先喝雪梨川贝老鸭汤了，就仔鸡炖红枣了。

那么，送子包的中成药，就可以重新开始服用了。

好在俞思语性子温，也还算有耐性的年轻人，基础体温一直坚持每天测量，所以排卵期也就一直有监控。

9月份还得办一件大事。这事吧，一直就搁在心里。所有家长们的心里，钟鑫涛、俞思语心里没有。以前没有，办过了，倒心里有了。那就是驱邪祈福仪式。

俞思语这种咳嗽，还有3岁之前不长头发，都有点邪门。钟、俞两家家长私下一轮研究，估计还是有邪气跟着俞思语。头发的事，多亏俞奶奶拥有惊人的毅力，艰苦奋斗，战胜了邪气。这肺虚、咳嗽，可能根子上还是要找到源头：沔阳那幢老宅子，据说一直都还在。居住进去的人，都不利，前前后后都生病，没人再敢买。正好现在政府需要明清老建筑，修旧还旧，恢复老街文化。这老宅子，就等着政府收购了。沔阳老人都知道当年彭厨子被杀的事，都传说就在老宅子附近。那大屋本来就是彭家的，彭厨子当然一直就在他们自己家了，当然就是冤魂鬼不散了。俞思语小时候，俞奶奶多次带她回到沔阳，都是居住在那幢老宅子里。因为那时候食品匮乏，看守老宅子的彭家亲戚，在屋后的院子里养了鸡、种了菜，每天都有吃不完的新鲜鸡蛋和新鲜蔬菜。是彭家的一个寡妇带一个生白化病儿子，住在那里，门面开一个小超市，母子俩倒是过得不错，贫贱人么，彭厨子肯定是护佑的。当地人都说，显然是彭厨子在护佑他们自己家的孤儿寡母。彭厨子本来就是彭菩萨嘛。

现在回想一下，历史上发生的事情，一定还是冤有头债有主的，俞爷爷与彭厨子的死，还是脱不了干系的。

两家家长就商量好了，决定去沔阳老宅子做一场法事，为俞思语辟邪消灾。这种事情，信则有，不信则无。总之，把礼数做到堂了，对俞思语只有好处没有坏处。

再不济，就当旅游一趟呗。

去沔阳的路上，钟鑫涛、俞思语都笑笑嘻嘻的，钟欣婷更是兴高采烈，尖酸刻薄话，说个不停，不住手地与高红嬉闹，总想用指尖戳她妈的发型。因为高红这天十分隆重，特意去美发店，做出了一个古典发型。前额斜斜梳了一弯刘海，刘海上面一个陡坡上去，是耸立高高的髻发，倒是高红发福的大脸、双层的下巴还挺压得住。为了匹配发型，高红穿了一件丝绸旗袍，旗袍绣一只飞天凤凰。高红这身，与包括俞爷爷、俞奶奶在内的全车休闲衫，完全是不同时代。钟欣婷沿路取笑，说："我的妈，你好像旧社会的姨太太啊。"高红嗤之以鼻，教训女儿："说你这 90 后小屁孩，无知无识的，你几时见过旧社会？又几时见过姨太太？"钟欣婷回敬道："电影啊！看电影就好啊！下江那边的姨太太都时兴髻发的。"高红讲："现在电影是放屁，历史是胡乱编造。哪里是什么下江时兴？那边都是楚国属地，当年穷得扎头发都用草绳子。是咱们楚国大将军一路横扫过去，大将军夫人的这发型就带了过去，人人看到人人羡慕，就流行开了，一直流行到如今，只要是正式场合，贵妇还就是合适梳这头——发胖的特别合适，咱这发型，真正咱楚国原创！"

俞思语忍不住说："妈好厉害啊！好懂历史啊！"

钟欣婷立刻转向俞思语："你更厉害，好懂拍马屁啊！"

车上男的都笑。男的就是俞爷爷、钟永胜和钟鑫涛。俞亚洲、任菲菲没有到场，任菲菲还在上海住院治病。俞亚洲身为党的领导干部，信仰的是唯物主义，他肯定不可以参加。偷偷参加万一被人举报，就彻底完蛋。就当俞亚洲完全不知道家人们在搞这回事。他完全不知道，不就是了。

一旦俞思语受到攻击，俞奶奶就开腔了。她也用闲聊口气，说："这发型的确是你们年轻人不懂的，从前只有官太太才梳髻头的，还要戴许多金银玉的首饰，金金闪闪，威仪肃然，你妈很配这发型，还亏她想得周到，这才是最堂皇的穿着打扮，为的是敬重鬼神，这是给你们后辈人积福积德啊！"钟永胜哈哈笑，朝俞奶奶直伸出大拇指："说得好！老将出马！老将出马啊！"

就这么说说笑笑，一个多小时，就到了沔阳。老宅子就在老街的市中心。

原本年轻人都没有把破旧老宅子当回事。可是当他们亲眼看到了这幢老宅子，还是大有新鲜感。尽管老宅子陈旧颓败，依然可见磅礴大气，三进三板十一柱、雕龙画凤琉璃瓦，前厅屋梁上还有燕子窝，据说现在每年春天，燕子依然都回来衔泥做窝。钟鑫涛、俞思语还有钟欣婷，他们万万没有想到，从前俞奶奶家族，居然还有这么高级、这么扎实、这么有艺术性的老宅子。他们来了兴趣，前前后后，跑来跑去看了个够，玩了个够。

家长率领子女们进行了种种仪式。高红主持并示范了上香、进供、磕头。法师作法。道士驱鬼。和尚念经。灵姑招魂。一场一场的，都来过一遍。都诚心实意地，都来过了一遍。请各路神仙都高抬贵手，保佑钟、俞两家后代子嗣旺盛，孕产顺利。

经由据说已经100多岁的灵姑，俞奶奶与彭厨子，进行了低声细语的交谈。俞奶奶把俞思语这个孩子的由来以及前因后果，都报告了一遍，包括思思的外公、外婆，也因此付出了生命代价，彭厨子您就高抬贵手，息怒吧，保佑俞思语这个好孩子，让她顺利怀孕。灵姑说彭厨子也想和俞爷爷说几句话。俞爷爷也就主动告知了他多年一直在为彭厨子跑平反昭雪的事，彭厨子放心，只要俞爷爷还有一口气，他就会把平反昭雪的事坚持到底的。彭厨子自己也应该知道，俞爷爷没有杀他，俞爷爷没有开枪。彭厨子是俞爷爷的恩人啊，他怎么会开枪呢？这是他们俩心里都知道的，这是一个历史事实，铁的事实。彭厨子也一声叹息，表示理解，随即时间到了，顿时被阴间收走——灵姑说没办法，时间到了，他走了，我也看不见他了。俞爷爷一说就激动起来，他还有许多话没说完。阴阳相隔，没有办法了。

事毕，钟永胜十分严肃地，再一次要求大家对外严格保密。害人之心不可有，防人之心不可无。假如被人们举报出来，毕竟还算是封建迷信活动吧。人家不想整你还罢，想要整你，分分钟可以拿这事当把柄。不开玩笑啊！

车内气氛低沉，与来的路上气氛两样。功德是做到堂了，结果咋样呢？不敢瞎猜，不敢乱说，生怕说破了什么，就沉默了。钟鑫涛和公司的司机换了一下座位，他来开车，他想练练高速公路驾驶。在方向盘前面一坐，钟鑫涛就完全可以一句话都不说了。看到这幢老宅子，钟欣婷的创业野心，又不可遏制地冒出来了。唯有她在那里自说自话，极力怂恿父母投资，让她在这里打造一个博物馆或者画廊或者书店，或者几者兼而有之的那种现代综合体。她感觉这地方对她有利，像她这种不准出生的人，又婚姻失败的人，又瘦弱又髋关节有问题的人，来这儿创业，一定会是没娘的孩子天照应。而且万一将来她儿子不好好读书呢？跟他妈一样考不上重点大学呢？让他来这儿历练，当馆长，不是挺好的嘛。她儿子这还不到 1 岁就这么顽皮，多动症，就不是一个课堂上坐得住的人。她儿子。她儿子。哦，忘了昨天的好消息：钟宇博小朋友能够站稳了，昨天自己站立了五分钟没扶东西！

世界上就是有这种人：哪壶不开提哪壶，净说自己有别人无的。

高红抱胳膊肘打盹。钟永胜对钟欣婷嗯嗯啊啊的，眼睛也半闭半睁地应付。

俞思语伏在奶奶怀里，装睡。俞爷爷俞奶奶都闭眼养神。

司机乖乖蜷缩在商务车的最后排，睡觉，司机是真睡，间或还飙出一两声鼾来。

现在钟、俞两家的头等大事是俞思语受孕生子，今天奔了大老远，也就是这么一个目的，其他人，请闲话少说。钟欣婷不懂。

该做的，都做了。心里疑惑的事，口里该进的食，中医大师的药。但是 9 月 22 号，俞思语月经还是照样准时光临。还是没怀上。

11

"金秋十月，丹桂飘香，在这美丽的收获季节，我们迎来了新的学期"——俞思语纯属无聊，想起了她在小学写的作文。

这篇作文的开头很奇怪，总是能够得到老师高度评价，总是被运用在各种秋季举办的活动上、会议中，总是各色主持人的开场白，总是每年一进入秋季武汉满城的桂花飘香，馥郁的香气上总是附着这句由文字组成的语言——俞思语可以发誓，这的确是俞思语写的作文，是俞思语的原创，此前她真的没有在哪里读到过。

作文有没有知识产权呢？俞思语极度无聊了。俞思语备孕期间无所事事但又暗自焦急。这种日常里，她有一份闲散的纯属无聊，还有一份不着边际的可爱的乱想。

金秋十月，丹桂飘香的这一天，俞思语把该做的事情，都一一做了：该标记的图表，标记好了。该喝的碱性能量水，也喝了。该吃的"益生碱"小食，也吃了。益生碱是一种保健品，权当点心吃吃，高红买来了一大堆，俞思语不好意思不吃。

为生这个孙子，高红是两家家长中最上心、最投入、最不辞辛苦的。高红首先是被这产品的广告打动了，微信发给俞思语看："亲，听到你家小王子的呼唤了吗？ 13年专注女性碱性体质备孕，科学条例祝你梦想成真！"俞思语还是暗中百度了产品商，是广州益生谷生物科技有限公司研发的。应该没有什么问题吧，反正人家也没有说是药品。开宗明义是保健品，说是有助于改善酸性体质。广告也是打擦边球，又没有保证你吃了就怀小王子，只说你听到了你家小王子的呼唤没有。唉，现在做生意，都越来越聪明，都玩概念，都玩文字，都似琉璃球，四面八方滚动，就是不坐实。开始还有新鲜感，慢慢现在也觉得肉麻和无聊，只能哄骗高红那一辈的中老年人了。

俞思语不忍心说高红。高红毕竟是长辈，毕竟是婆婆，毕竟是关心媳妇。当点心吃吃，就当点心吃吃呗。希望这个月，金秋十月，丹桂飘香，在这美丽的收获季节，让我们迎来了美丽的收获吧——怀了就好了。怀了家长们都安心了，怀了全家就清静了。赶紧怀吧，怀吧！

俞思语坐在阳台上，江边金观澜小家。桂花的香气，一阵阵飘进阳台，飘进家里。武汉就是桂花好。俞思语喜欢武汉的感情里包括这一点，或许她自己并不明确知道。俞思语上班的时候出差去过别的城市，别的城市桂花就是没有武汉香。金观澜公馆对面就是江滩公园，十里江滩，桂树成片，秋季一到，真真香煞人。植物香气也是有巨大能量的，不由得让俞思语脑子里，想入非非，自动开始写作文，写的是老天爷啊，桂花仙子，嫦娥姐姐啊，请助我一臂之力！不好意思真写出来，就在脑子里，一遍又一遍虚拟地写。

手机突然响了。一看来电显示，是高红妈。俞思语立刻接听。一听，声音就不对。高红语气格外冷硬和急促，问俞思语在哪儿。

"在金观澜。"

"你有事没有？"

"没事啊，妈怎么啦？"

"没怎么！"

高红说是没什么，语气却是有什么。高红吩咐俞思语做的事情，也是有什么的感觉。

高红让俞思语赶紧驾车，到第一医院来接她。不用找停车位，不停车，就在靠近天主教堂的那个后门口，马路边，高红上车。关键的关键的关键，高红严肃认真一点不开玩笑地叮嘱："你谁都别告诉啊！任何人！思思，你得确保做到这一点，才不枉我疼你一场！听清楚了？"

俞思语赶紧回答听清楚了！其实她没有听清楚。高红突然说出这种与日常迥异的话，又是劈头盖脸的，俞思语不仅不清楚，简直完全蒙圈。

高红在医院。俞思语想当然地就问：妈你生病了？

俞思语一边穿外衣，一边接着问："妈你血压出问题了？"

"妈你还需要我带上一点什么吗？吃的？喝的？"

高红的警察脾气就出来了："我没病！这么多废话？！要你来，你来就是！废话少说！"

俞思语看了看手机。不敢相信这个手机如此气势汹汹，也不敢相信自己眼睛和耳朵。俞思语嫁到钟家几年，基本一团和气。这还是头一次领教婆婆高红的警察脾气。高红一般是不对俞思语发脾气的，媳妇嘛，婆媳关系嘛，能够忍让都忍让了。再说高红、俞思语婆媳二人，也还是比较投缘。主要是俞思语话少，心机少，没是非，脑子慢，人单纯，高红看中这个媳妇的，就是这些优点。现在这一下子，倒是把俞思语给惊到了。俞思语脑子再慢，也能够想到肯定发生了什么重大事情。高红又没病，怎么在医院？高红自己有车，有专职司机，自己也开车。

钟永胜有车，也有司机，也自己会开车。他们儿子钟鑫涛有车，自己也随时可以驾车。为什么一家人当中高红偏偏要俞思语去接她？还严厉要求俞思语谁都不要告诉呢？

肯定发生了什么！金秋十月，不光是丹桂飘香，肯定还有许多糗事。俞思语的小心眼怦怦直跳，赶紧驾车去第一医院。

第一医院很近，从金观澜公馆驾车，踩一脚油门就到了。到了俞思语就打高红电话。果然在靠近天主教堂的那个后门口，无须停车，靠近路边就上人。

人却不只高红一个，是三个人。高红和李雨青，她俩还左右搀扶一人，看得出是一个女的，只是看不清脸。此女戴了一只大口罩，夹克衫的兜头帽子也戴得紧紧，拉得低低。俞思语看李雨青，想看出一点什么。李雨青神情凝重，只是和俞思语对了一下眼神，任何暗示都不给她，显然李雨青只是听命于高红的。

三人默默上车，都不出声。车门一关，高红吩咐俞思语，过二桥，去武昌，东湖附近，"鸟语花香·英伦香墅"。

"鸟语花香·英伦香墅"，好像是一生活小区？

高红道："是的！怎么走会告诉你！哪来这么多废话！"

俞思语只得嗯嗯，遵嘱开车。车上二环桥，开始塞车，慢慢动着，俞思语脑子开始转快，转着转着就异想天开了：我的妈！这可别是在搞绑架吧？犯法的事情，俞思语可不干！大是大非面前，俞思语还是很有主见，这种事情，不仅俞思语自己不想卷进去，她也不想高红做傻事。悬崖勒马回头是岸——警方通缉令上常见的词语，就浮现在俞思语眼前。

于是！

于是俞思语咬咬牙，就不顾高红保持沉默的要求，开口说话了。俞思语直接就说："妈你不要做傻事啊！你别吓唬我啊！这女的谁呀？我认识吗？你把她带哪儿去呀？带去干吗呀？妈，到底怎么回事啊？"

高红气得噗了一口气，眼睛往车窗外一扭，懒得理睬俞思语。李雨青当然也不吭声。被她们俩夹在中间那女的，显然口罩里头被塞住了嘴巴，无法说话，只能喉咙里头咳咳，但也还算老实，并没有激烈反抗。

这不是一个事啊！俞思语一急，就急中生智了。俞思语威胁高红：她要停车了。假如俞思语就这样把车停在二桥中间，立马就会有警察赶来。

啧啧啧！高红又嫌憨人有憨的烦！俞思语只要绝对信任高红就好啊！这种架势还没有心领神会吗？笨死了！高红一把拉开了那女的口罩和帽子。

俞思语一看，乐了，原来是韦漪。

韦漪是格瑞丝的妹妹，丑丑的、胖嘟嘟的小丫头，估计也才十五六岁，打从广西跑来武汉以后，成天在保罗木梳品酒屋进进出出，见人走过路过，都喊欢迎光临！乡野里喊人喊惯了的大喉咙，又说说笑笑，顽皮个不停，一下子大家都认识了她，倒是觉得她蛮村野可爱的。韦漪看到俞思语也乐了，一边大口喘气，一边喊："思思姐姐你也会驾车啊，我也好想学车呢！"一边又用胳膊肘拐李雨青和高红。对高红嚷嚷："阿姨你这是干吗呀？有没有搞错！是我主动找你告诉的消息呀？不是说好大家一起谈谈嘛。不就是一个生意吗？好说好商量啊！干吗搞得吓死人！我知道'鸟语花香·英伦香墅'，这不就是你们自己家金屋藏娇的一处房子吗？我也来过的哦！"——恨得李雨青又把一团袜子，塞进了韦漪嘴巴。高红只给了李雨青一个眼色。李雨青在高红调教下，好像也很有警察素质了。李雨青脸色严肃地训斥韦漪："你这小东西！就会乱说，话又多，嘴贱得很！"

韦漪的话，俞思语不懂。不仅不懂，还越听越糊涂。又在驾车，还是心无旁骛比较好。反正俞思语只要清楚一点就行了：这不是绑架。

俞思语还清楚了一点，有点小小吃惊和略带不满：以前钟家谁都没有告诉过她，在东湖这边还购置了房产，"鸟语花香·英伦香墅"可是很有名的高档楼盘。俞思语还以为自己是钟家的人了呢！还以为钟家什么都不瞒她呢！

算了，不计较。只要生个男孩子，将来都是他的。

车到"鸟语花香·英伦香墅"，的确是很漂亮的高档生活小区，比汉口江边的房子，又有不同风韵，湖水有湖水的秀美和绮丽。

高红有门禁卡，一行四人，顺利上电梯，到达八楼。高红却没有钥匙，低低吼韦漪，要她老老实实，正常敲门，说有急事找姐姐。姐姐？那不就是格瑞丝吗？这又是俞思语搞不懂的了。

韦漪敲了敲门。韦漪老老实实喊："姐姐开门，有点急事！"里头有开门的动静，韦漪突然就不老实了，大喊大叫起来："高红来了！她们来了三个人！"

乱事、破事、糗事、荒诞事、糟糕透顶事——无论怎么描述都不过分的一桩故事，在这间房子里头，发生了——这是在俞思语眼里。

事实上，故事不稀奇，就是人间的一桩偷情公案。这种故事以前有过，以后、将来、未来的未来，人间还是会发生。

这套公寓，是钟永胜为格瑞丝购买的一处房产。几年来，这里就算是钟永胜与格瑞丝的香巢了。最初一两年，情热意浓，他俩过来的还比较多，后来渐渐来得就少了。格瑞丝在汉口也另有自己的公寓。钟永胜以为这事办得十分绝密。哪里料到，终于还是被高红侦探到了。这处房子，当初格瑞丝精心布置，很有法国式文化氛围，窗帘布幔桌布，到处是大红香烛。客厅墙壁上挂满相框，大多数都是钟永胜、格瑞丝相依相偎的合影照片，还有格瑞丝仿油画的那种半卧裸体艺术照。一进屋来，只看一眼，啥都不言而喻了。

所以高红一行四人进屋以后，钟永胜也没话可说了。钟永胜也并不慌乱，只是最初有一点尴尬，然后就对高红摊了摊手，破罐子破摔的样子，意思是终于被高红发现了。高红本来就是警察出身，还是家里老婆，老婆的嗅觉又是远远超过警察的——钟永胜知道迟早会有这么一天的。

钟永胜厚着脸皮说："坐吧。"

高红说："把那个婊子叫出来！"

格瑞丝不在这里。

高红飞快在各个房间搜查一圈。主卧床铺没有凌乱或者香艳。捉奸在床的情节，当然也就没有发生。但是，恶心的事实，就已经是摆在面上的了。高红想要不难受，那也还是做不到。高红对钟永胜表态了："你今天必须把那婊子交出来！不交出来后果自负！"

高红明明知道儿媳妇俞思语就在当面，明明知道格瑞丝是俞思语最亲密的闺蜜，明明知道俞思语家教良好平常一句粗话都没有的。但是高红不能不一口一个婊子，否则高红这口恶气就出不来。

钟永胜回答："这里没有格瑞丝。"

"那婊子在哪里？要她赶过来！"

钟永胜交不出格瑞丝。钟永胜指天发誓：格瑞丝今天是来过的，但临时接到一个紧急电话就走了。现在人家手机也不接，不信你自己打她手机。

高红暴跳如雷。高红才不会打格瑞丝手机！她从此再也不会打格瑞丝手机了！格瑞丝简直就不是个人，就在高红眼皮子底下，就在一声声"高红姐姐，高红姐姐"叫得亲亲热热的时候，却上了她丈夫的床！真正婊子都比格瑞丝道德品质高尚，人家婊子就是婊子，开宗明义，不像格瑞丝，又当婊子又立牌坊。

高红已经暗中侦探好久了，就等这么一天，乌龟王八一起抓。今天高红的情报十分肯定，朋友报告说是亲眼看见格瑞丝进屋的。

高红今天是要算总账的。她特意把韦漪也带过来了，高红就是要让格瑞丝自己的亲妹妹打她自己脸的，看看她受不受得了自己亲人的欺骗。屋里没有找到格瑞丝，高红不无遗憾地骂骂咧咧，从墙上拽下格瑞丝那幅半裸体画，把画像扯了出来，吐了唾沫，用脚踹了，然后专审钟永胜。

"钟永胜你不觉得你欺人太甚吗？钟永胜就在老婆眼皮子底下搞三妻四妾，完全把老婆当个傻子！现在你老实告诉我，你为什么不离婚呢？几年来你为什么从来就不提离婚呢？你有外遇你离呀！你尊重我一点，你和我离呀！为什么不离？"

钟永胜不说话。

"为钱！是不是？你生怕破财是不是？你肯定私下还欺骗那婊子说你想离是我不同意，是不是？你妈个老王八蛋姓钟的，你烧成灰我都能够看透你！是不是啊——你给我坦白交代！"——高红尖的吼叫，已经是非人的音调了。

钟永胜这才艰难地点了点头。

钟永胜又低声补充了一句："不管怎样我是一个最顾家的人。"

高红回敬："呸！呸呸！顾家还欺骗我？简直大言不惭！"

高红一边说一边以迅雷不及掩耳之势，朝钟永胜脸上甩了一记耳光，动作之稳准狠，钟永胜完全来不及躲闪，足以见得高红当年当女警察时的好功夫。

俞思语在一旁，愣呆了，目瞪口呆，眼睛睁得特别大。她既不敢相信自己的眼睛，也不敢相信自己的耳朵。她看看李雨青。李雨青倒是一点不愣，她凶神恶煞地紧紧抓住韦漪，一双眼睛爱憎分明，对钟永胜的充满鄙视和对高红的充满怜悯。日常里形象光辉的公公，居然被婆婆当着媳妇和用人的面公然扇了耳光。公公钟永胜公司总裁的形象，顷刻间在反复教诲子女：全家团结一条心黄土变成金。说好的家丑不可外扬呢？说好的岁月静好呢？

这场激烈战斗，才刚刚开头。

紧接着高红要求钟永胜坦白和韦漪的事。

俞思语的脸忽然发烧了，她现在不敢相信的，是整个自己了。她后退了好几步，恨不能躲到落地窗帘后面去。这还是自己平日那德高望重的公公和婆婆吗？

钟永胜一脸无辜，一脸茫然。

高红叫喊："你还无辜吗？你还茫然吗？我冤枉你了吗？我冤枉你了，你申诉啊！"

钟永胜咳咳两声，试图否定，说："别听这孩子胡说！都知道这小孩子喜欢胡说八道，满口谎话，就算她胡诌些什么，也无非是要讹钱而已。"

高红就抓起一只水晶烟缸，一只相框、一只相框地砸。玻璃砸得碴子飞溅，把自己脸上手上都刺出了血，殷红的血，呈颗粒状的。俞思语叫了一声"妈——"她用了自己最大的力气，声音出来却像蚊子的嗡嗡，完全没有谁理会她。

高红过去一把扯掉韦漪嘴巴里头的袜子。果然韦漪不是一个好惹的，马上哇啦哇啦叫嚷开来："喂喂大叔，这我就不懂了，我们不是说好做生意的吗？我差钱，我得筹钱为我爸治腿病。我是卖处，你是买处，这是事先讲好的，不错，钱也付过了。"

钟永胜拍茶几喝止韦漪："小孩子怎么乱讲话呢！"

"不错，"韦漪说，"我一直瞒着我姐姐，你封口费也付过了。"

钟永胜大摇其头，他简直无比悲伤了。

高红说："姓钟的！你就别演戏了！把这小婊子的话听完再说。"

韦漪说："我还要讲出来是因为我怀孕了。现在，怎么办？我们得重新谈谈赔偿吧？"

高红就把今天带韦漪在医院验血的妊娠阳性化验单，往钟永胜脸上一丢。韦漪甚至还帮腔高红，说："阿姨我这里还有证据的，只要你要。"韦漪人小心眼不少，每一次钟永胜做她，她都有偷拍并存档了。

俞思语的眼珠子都要爆出眼眶了，她手指也捂住了嘴巴，这是什么事啊！信息太纷乱太意外太没有条理，她脑子轰轰响一片混乱。

今天韦漪是大赢家，她看上去是鼻梁塌陷、蝌蚪小眼、眼距过宽的智障面容，却是最有智慧，简直都不像小孩子做的事情，阴谋实在太成熟了，其实她承认就是网上攻略，打游戏的套路——韦漪可以把孩子生下来。也可以不生，人流掉。但是，价格都一样：一房、一车、一笔现款。因为，韦漪还有撒手锏：她是未成年人！她可以告强奸罪的！比起钟永胜坐牢身败名裂，一房、一车、一笔现款对于钟家，应该不算什么吧？

钟永胜惨了。他跌坐在沙发上，下意识不停地抖腿。他脑袋也彻底垂了下来，不住地摇头、惨笑。

韦漪照样还是大口大嘴说话，叫嚷说："喂喂，你们不要杀人灭口啊，那样太傻了，我敢跟你们来这里，我肯定有准备的。我可不像我姐姐那么蠢，白给他玩，还自己辛辛苦苦做生意养活自己，被玩这么多年就这一套房子！"——高红忍无可忍，左右开弓，扇了韦漪几个大嘴巴子，接着李雨青再一次愤怒地塞住了韦漪的嘴巴。

高红怒吼着，像发狂的母狮子，扑上去手撕钟永胜。"为什么啊？你为什么这么不要脸啊！为什么这种小猪女孩，你都要去搞啊？你是公猪啊？"高红怒吼、哭喊、厮打。钟永胜满脸仓皇，面无人色，唯有抵挡，两手护住脸，老着脸皮，死不出声。韦漪的招供，已经彻底摧毁了钟永胜。

高红要求钟永胜回答她最后一个问题！就这么一个："钟永胜既然已经有情人，为什么还要搞情人的亲妹妹？还是这种未成年的又丑得像猪的小女孩？"

钟永胜死活不肯回答，只是垂着脑袋看地面。高红逼不出钟永胜的回答，突然，她自己转身冲向阳台，说："好！好好！那我来了断！"说着就翻越栏杆，她要跳楼！紧急之间，俞思语忽然难得机敏了一回，她一个箭步上前，拦腰抱住高红。婆媳俩脚下不稳，一起滚到地上。高红终于放声痛哭。俞思语也终于放声痛哭，泣不成声道："妈啊，妈啊，你可别这样啊！千万别这样啊！"高红哭喊道："思思啊，思思啊，我哪里还有脸活啊！我这辈子是多骄傲、多纯洁、多高贵的一个人啊！怎么就落到这步田地啊！"俞思语紧紧抱住高红不松胳膊，朝钟永胜哭喊："爸你就回答妈啊，都这样了，还有什么不好说的，你回答啊，你知道妈这脾气的啊。你不能够让她跳楼啊！"李雨青也呜呜哭出声了，手里还是没有忘记抓紧韦漪。

在女人们汹涌澎湃的痛心疾首的一片号啕中，钟永胜终于开了腔。他承认他就是想睡一次处女。作为男人，一辈子，没有破个处，总是不甘心，总得尝个鲜吧？

可是高红就是处女嫁给钟永胜的呀。仅仅是高红做警察训练，强度太大了，处女膜自然破裂了。这不是职业关系吗？钟永胜悲伤地说："职业关系不职业关系有什么关系，那也总是一个破的呀！"

钟永胜天生一张能说会道的油嘴，只要开了口，似乎就得着了理由，还更厚颜无耻了，抱屈地辩解："男人就想破个处，中国男人哪个不想？千百年来，哪个？不想？男人就这点隐秘心愿，又不是做什么天大的坏事。就算他犯了错，也是犯了全中国男人都会犯的错啊，难道就这么不好理解吗？"

突然，剧情剧变：格瑞丝推开一扇暗门，跑出来了。

格瑞丝眼睛瞪得血红，显然已经疯掉了。她手里握着一把水果刀，直接扑上去刺杀钟永胜。毫不犹豫，一刀就往腹部插进去——可是，那是电影、电视和游戏，以格瑞丝那细细的手腕之力，水果刀根本插不进一个壮实高胖男人的厚厚衣服和厚厚脂肪。水果刀歪斜了，当啷一声掉地上。行刺失败的格瑞丝，转身夺门而跑。在场所有人，面对这突发状况，都还没有反应过来，格瑞丝已经消失得无影无踪。

女人们的哭声，骤然停止。眼泪它们自己主动干涸了。几个女人面面相觑，张口结舌，除了韦漪。韦漪小眼睛骨碌骨碌转动，或许还在想着网上攻略，还有哪些出奇制胜的高招。高红、俞思语婆媳俩互相搀扶着，从地上站了起来。忽然间，世界如此空旷、如此寂静。

真的，这一天，俞思语简直不敢相信自己的耳朵，当然也简直不敢相信自己的眼睛，当然简直不敢相信整个她自己。

世界上的温馨美满家庭，要啥有啥的家庭，还会有这样龌龊的事情吗？为什么？

其实事实证明，高红还是一个很有克制能力的女人。当韦漪找她索赔，把证据都提供给高红的时候，高红震惊和愤怒的程度，怎么想象都不过分。高红却还是保留了一定理智，考虑也还算周全。还是给钟永胜和家庭，留了后路的。要说真正顾家的，还是高红，还是做母亲的人。这种事情，她一个人肯定搞不定。助手不可以叫儿子钟鑫涛，不可以叫女儿钟欣婷，以后子子孙孙还是要过下去的，钟永胜还是孙子辈的爷爷。也不可以叫公司任何人，司机、秘书、好朋友，都不可以，家丑不可外扬。当然，只能叫上这个憨厚的单纯的媳妇俞思语了。李雨青，是必须的，只有她对高红忠心耿耿，多年的时间已经证明了这一点。

过了几天，高红还是忍不住，跑回母亲家，在自己老妈那儿，痛哭了一场，心里才好受了一点点。高红的妈，詹鄂湘，默默听完了女儿的哭诉。临走，詹鄂湘对女儿说："记得我当年的话吧？你会有哭着回来的那一天。"

高红认输，点头了。眼睛又红了。

已经是耄耋之年的詹鄂湘，以她年迈的智慧，对高红说了一句智慧的话，也算是最能够宽慰人的劝慰了。老妪詹鄂湘岿然不动地说："你就当男人是条狗吧，你在家里备了世界上最好的狗粮，它出去还是要吃屎。"

高红居然"扑哧"笑出来了。

詹鄂湘接着说："你也总不能因此就不养这条狗了吧？"

高红就看着她妈，笑不出来了。

高红思谋着，哪一天要不要告诉俞思语呢，俞思语这个媳妇真不错。关键时刻坚定不移地站在她这一边。一贯动作迟缓的人，在救高红命的时候，反应箭一般快。俞思语这次救了高红的命，她俩的感情程度，她俩心里有数了。无论是高红，还是俞思语，她们都还不曾与自己家人紧紧拥抱。可她俩这一次、这一刻，拥抱得紧紧的，贴心贴肺。只是老妈这句至理名言，说男人真的很准啊。不过，恐怕这种至理名言俞思语知道了，对钟鑫涛没有什么好处吧。钟鑫涛可是高红的儿子啊，高红总是会更心疼自己儿子。不过高红也非常相信自己儿子：钟鑫涛受了那么高的高等教育，小两口又是一见钟情郎才女貌，他是绝对不会做出任何破坏夫妻关系蠢事的。那一刻，俞思语是真的生怕高红跳楼了。高红也是真的要跳楼。那一刻，命已经无所谓。高红死的心，真有。特别是死在钟永胜面前，真有。当年高红跳二楼，是要嫁给钟永胜。现在高红跳八楼，是要摆脱钟永胜。高红其实应该早和钟永胜离婚的。她嫁到钟家，亲眼看到钟永胜他爸，把李雨青弄在家里当办公室干事，李雨青递杯茶，老头子连茶杯带手，一起握住不放。那时候，高红就应该毅然决然离婚离开钟家。钟永胜遗传了他父亲的下流基因，男人真他妈的不是个东西。

俞思语还年轻，不可能懂。最好不懂，最好钟鑫涛此生此世都能够忠实自己的婚姻和家庭，因为来之不易啊，是多少人的合力打造啊！尽管有些部分是绝对的秘密，公开的部分也显而易见，还是比一般人来之不易啊。一般人都是瞎猫碰死老鼠的婚配，钟鑫涛、俞思语不是，他们的小家庭，两家的大家庭，都是多么般配啊。思思啊，好媳妇，争口气吧，赶快怀孕吧，生个男孩吧。让你家男人日后半点出轨的理由和借口都没有。从年轻开始就注意打造好自己的婚姻家庭，让羞辱远远离开自己。

至于钟欣婷，高红不担心她，她不会受男人欺负。她这个女儿，当儿子生的，还真是女生男相。刺棱子一个，只有她羞辱男人，没有男人羞辱她的。她的前夫，清华大学博士，还不是她的手下败将。家里防火防盗防钟欣婷，一切都必须死死瞒着她。这女孩子，野心太大，口头禅是一个都不饶恕，连自家父母兄长，都要抢班夺权的。但是小小年纪女孩子，就一心图谋家产，也是万万要不得的。

事后，钟鑫涛自然是知道了一些情况的。只是故事版本都是节选本，也都有所变动，大事化小，小事化了。总之他父亲钟永胜好像有点受骗了，在外面被女人讹了。钟鑫涛再三询问俞思语，俞思语就是不肯透露现场真相。总说没有什么可说的。不管钟鑫涛怎么问，俞思语好像对这件事情有点漫不经心。俞思语担心钟鑫涛觉得丢脸，可是钟鑫涛在俞思语面前，还是感觉非常丢脸，垂头丧气了很长时间。按中医大师的时间和排卵期的时间，到了该同房的时刻。钟鑫涛不知道为什么，突然十分紧张，下面硬不起来了。

俞思语也非常理解，也不过多劝慰。家里父母辈，出了这种事，钟鑫涛情绪肯定还是大受影响的。俞思语只有哑口无言最好。

　　当然，俞思语亲历了现场。她内心混乱到久久理不清头绪，也没有搞懂许多矛盾情节，更不理解其中某些逻辑。所以，还需要时间消化。也还是久久地，久久地，心情都无法平静。漫不经心，是装。就是怕钟鑫涛过分在意这件事。但也不是装，俞思语还能够怎么样？

　　每天全家还是一桌子吃饭，都当没有发生任何事情。照样李雨青烧饭。照样全家围桌吃饭说好吃好吃。照样钟宇涵、钟宇博娇声娇气地赶着叫爷爷奶奶。钟永胜和高红也都甜甜蜜蜜地答应，抱着孙子和外孙亲个不停。格瑞丝就像空气一样，存在过，又不存在了，没人理会，再也没有人理会。

　　格瑞丝不知去向。随后的寻找，发现格瑞丝其实已经打点好了一切，是要离去的结局。她的两处房子，已经分别过户给弟弟韦千禧和妹妹韦漪。店铺也盘出去了。而保罗，早在九月份，就彻底离开中国，返回法国了。用钟永胜过后对高红的解释：那一天，的确是他和格瑞丝约好要谈彻底分手的。

　　亲爱的格瑞丝啊！

　　影响了俞思语人生和婚姻的格瑞丝啊！格瑞丝人走了，涟漪却在俞思语这里久久荡漾，久久荡漾。俞思语也不知道会荡漾到什么时候。

　　金秋十月，转眼就是月底，俞思语月经照常来临。2015 年

10 月，没怀上。

12

俞爷爷病了。

一病，就很重。老年痴呆症，病情发展很快。住院没几天，俞思语一去，俞爷爷就喊她："小王同志是你吗？你是来看望我的吗？"

"爷爷！是我呀！思思呀！"

俞爷爷十分迷惘："思思是谁？"又问隔壁病床的老头："谁是思思？"

隔壁病床也是一个更老的老年痴呆症患者，耳朵还聋了，就那样面无表情瞪着俞爷爷。两个人就像两只衰老又无知也无感的动物，看着就让人心难受。

俞思语当场就撑不住了，转身跑出病房。跑到楼梯间就查百度。俞亚洲赶过来，俞思语就在楼梯间对她爸爸发急，很不客气地说："你算什么儿子？怎么早不带他看病？老年痴呆是慢慢发展的呀！"

俞奶奶也赶了过来，讲了一下情况。早先俞亚洲带他父亲看过病了。由于俞爷爷记忆力明显减退、偏执和暴躁，俞奶奶就怀疑是不是老年痴呆症。俞亚洲带父亲先后看过两家三甲大医院，只是没有告诉俞思语。家里都知道钟鑫涛、俞思语小两口在忙备孕啊！

每次看病，医生都是让俞爷爷画钟。据说画时钟测试，是英国首先使用的，医学界实践证实，诊断率相当准确。因为画时钟需要三种能力支持：一种是记忆，一种是执行力，一种是视觉空间能力。老年痴呆症患者的额叶受损，正是这一块的退化，因此如果是老年痴呆症，哪怕是早期，也是无法画好完整的数字指针的。

而俞爷爷，每次都完整画出了医生给予指令的时钟和指针时间。几乎比一般人，画得速度更快，更为熟练。所有医生，都忽略了一点，也都没有问诊到一点，那就是俞爷爷的职业特点：俞爷爷曾经是铁路上管调度的。时间的精准，是俞爷爷的使命。那一只圆形的钟表盘，是融化在俞爷爷血液中，铭刻在他灵魂里了。他什么都可以忘记，估计就是不会忘记钟表盘。于是，就这样，误诊了。

一直等到发现俞爷爷在卫生间抓自己的大便吃，俞奶奶才知道大事不好。

发现迟了。事情总是在发现之后，才知道发现迟了。明白误诊了，也总是在被误诊之后，才明白误诊了。这有什么办法？人生就是遗憾的艺术——俞奶奶还保持着相当的幽默感。俞思语还不是很懂幽默，就那么眨巴眨巴眼睛，毫无主意地，看着俞奶奶。

钟鑫涛知道俞思语是爷爷奶奶一手抚养大的。俞爷爷一生病，备孕的事情，俞思语肯定有点分心。因此每天测量基础体温等等种种琐事，钟鑫涛也就不再盯着俞思语做了。但是，也不能停顿懈怠呀，老人生病很正常呀，钟鑫涛有点暗暗着急，一方面自己还在偷偷看男科，他不知道上个月自己为什么有两次无法勃起。钟鑫涛还年轻，他不想戴"阳痿"这顶帽子。可是俞思语很直接，她习惯使用简单便利的词语，说："你去看一下阳痿，我正好多去照顾爷爷。"如果不是俞思语的神态那么天真无邪，钟鑫涛劈面揍她一拳的心都有。钟鑫涛陪俞思语看过爷爷几次了。钟鑫涛言下之意，还是说俞思语不要太过焦虑，老人生病很正常的。真的很正常，老病老病嘛，老了就会病嘛。

俞思语眼睛一瞪，牛卵子大，生气了，斥责钟鑫涛："什么话！我爷爷一直很健康！"

俞思语不太在意钟鑫涛的意思。自己驾车，三头两头跑医院陪爷爷。俞思语就是不服，不服她的爷爷，会认不出他的小思思来！俞思语的倔劲又上来了，她就是不服！她就是要多跑几趟，来亲近爷爷，来照顾爷爷，给他剪指甲，说小时候爷爷给她讲过的故事，唤起爷爷的记忆和感觉。俞思语不服！俞思语不信她唤不回。

俞思语唤不回了。

有时候，俞爷爷偶尔会清醒，认出了俞思语。"这不是思思吗？"俞思语一听，就泪流满面。俞爷爷说："还是好哭。哈哈，你从小就好哭。羞羞脸，羞羞脸。"爷孙俩就谈笑风生，一起唱革命歌曲《没有共产党就没有新中国》，爷爷却记得歌词。

然而，过一会儿，俞爷爷又糊涂了。顿时不认人了，什么歌都不唱了。身体里头有什么地方非常非常难受，只能"哎呀哎呀"叫唤。医生护士赶紧来。面对面，却千呼万唤回不来，这种感觉很恐怖。

俞思语感到好恐怖。

俞爷爷消瘦得很快，整个人明显缩小了一圈。两只手，就是两挂干枯的老藤。其他病和并发症也都发作了。有时候一连好几天，得挂氧气，只能躺着，最多摇起来病床，坐坐，人不能站立，一站起来，血氧饱和度就会往下掉，从90%一下子掉到80%，脑子顿时就不清楚了，说话就不能够维持字句。

爷爷清醒的时候，还是能够像干部一样讲话作报告，他也知道抓紧机会，说一些他最想说的话："我这个人，一不怕死，二不想死。现在才过上好日子，改革开放经济腾飞，祖国形势一片大好，高楼大厦电灯电话，小康社会了我真舍不得死。我工资有存款，你们要舍得给我用进口的好药。我级别不够公费使用进口胸腺素，你们给我用我自己的钱买，三天打一针。政治待遇方面，离休工资待遇是最满意的，没意见，丧葬费也不少。关键是追悼词怎么写？提法怎么提？忠诚的无产阶级革命战士，党的优秀干部，这是一定要的。亚洲、美洲，特别是亚洲啊，你们要给我保证，与组织上好好谈谈，组织要给我盖棺论定：我是从来没有背叛过革命、背叛过党、背叛过祖国的，我亲戚都在中国台湾、美国，我和他们素无交往，就怕被人抓住小辫子说通敌叛国，我这人毅力非凡，坚决不交往，信都撕掉不看。

现在俞非洲移民去了美国，我在考虑这算不算投敌叛国。"——
这已经又算不上是清醒的话了。

俞亚洲、俞美洲姐弟俩，都向父亲保证会与组织谈要求。
但是父亲只是暂时生病而已，才85岁，坚持配合治疗就会恢复
健康的。

才85岁！俞思语听得迷惘。年轻人无法理解85岁这是一
个什么概念。她只知道她要多多来陪爷爷。她只知道是爷爷把
她从小带大的，她不能够让别人说她没良心。她在大学入党那
天，爷爷参加她的入党宣誓大会，打了领带，那是爷爷生平第
一次，也是唯一一次打领带，俞思语牢牢记得那一次。因为有
不少同学居然嘲笑俞思语入党或者是嫉妒，她要报答爷爷对自
己的大力支持。

住院治疗效果并不佳，恢复健康似乎遥不可及。俞爷爷病
情很快发展到白天睡觉，天黑醒来。刚刚入夜，病房需要安静
下来了，俞爷爷开始大喊大叫起来。

"妈妈！妈妈！妈妈啊——"

"兔子。俞兔子。"爷爷使劲拨弄他自己的鼻唇沟。

"彭厨子！血盆大口！大嘴巴。割割割到这里——都是血
啊！彭厨子嘴巴都是血啊！"

"是他们用刀子割的，不是我，我不知道。我进去就是血盆
大口了。"

"我吓死了。彭厨子，我对不起你！我向你请罪！磕头！我

给你平反昭雪！朝鲜战争解密了。彭厨子没有造谣。我没有杀彭厨子啊——我没有开枪啊——我放的空枪啊！"

俞爷爷不知道什么时候，拿到了女护工的口红，对着病房的电视机屏幕，把自己嘴巴涂得血红，沿着两侧嘴角，一直画到耳根——自己又惊恐得大哭大叫喊救命："这是彭厨子的嘴、嘴、嘴啊！"

护士长就急忙跑过来了。麻利且无情地指挥护士执行医嘱。医嘱是早就写好了，不得让俞爷爷彻夜叫喊！全病房都听够了彭厨子叫喊："血盆大口！"女护工负责把俞爷爷捆绑在病床上，防止深夜俞爷爷闹，溜下床。女护工也有打盹的时候啊，女护工也是人啊，不能彻夜不睡啊！对不起，俞爷爷裤子必须脱掉，只戴尿不湿，免得女护工夜里替他换裤子。

俞奶奶静静站立一边，就这样看着老伴。静静地，站立一边。没有表情。

俞爷爷也并不总是认识老伴，有时候还会问俞奶奶是不是女特务。女护工就大声强调："这是你老伴！"

女护工是俞奶奶特意挑选的。一个特别壮实的乡下进城务工妇女，有一双格外肥硕的大腿，裤子总是绷紧到爆。女护工有时候忙完，坐在病床边嗑瓜子，俞爷爷就会公然地，把手搁在女护工大腿上。谁都说不清做这个举动的俞爷爷，是清醒，是糊涂，还是本能。

女护工厌恶，想拨开。俞奶奶不许，说："他都快死的人了，你还不让他舒服一点？"

女护工笑着说："奶奶啊，这可是额外服务啊。"

俞奶奶说："我知道，加钱就是。"

俞奶奶没有丝毫表情。

这都是一些什么事啊？这就是人有病吗？这就是在治疗疾病吗？俞思语更不理解奶奶何以如此淡定。奶奶怎么不伤心？怎么不着急？怎么还允许自己丈夫摸护工大腿？难道爱情不是最自私的、也被双方要求最专一的感情吗？俞思语简直有点无法面对，总是眼睛睁老大，她不敢相信自己的耳朵，也不敢相信自己的眼睛。

俞奶奶不要俞思语来医院了，年轻人少看这些阴暗面。俞思语不听。

俞奶奶就背地里给高红打了电话，要高红想个办法让思思少来医院，爷爷这边情况看多不好。思思这孩子真孝顺，是太好了。只是老人总是要走的，自然规律。思思得抓紧备孕。思思再生一个孩子，就是对他们老人最大的孝敬。高红完全同意。钟鑫涛也很感谢奶奶。高红、钟鑫涛母子马上商量，密谋了一些似乎又比较重要的事情，让俞思语来料理。

高红、钟鑫涛母子一个设法，俞思语即刻就中了圈套。高红高血压发了，审计的又来要求公司赶快做一份财务报表，俞思语去公司监督一下财务方面，好不好？这事不要告诉钟欣婷！俞思语说："好的！"还是一副任重道远的样子。公司方面，高红也有吩咐，大家都对俞思语很好，又言听计从，唯唯诺诺，俞思语一下子就自信心倍增，每天跑公司。俞思语就这样，被成功牵扯住了。

俞思语也没感觉，不知道是设计。但是，没有时间了，总归没有办法老跑医院。俞思语就给爷爷做了这样一件事情：把俞爷爷一天到晚吵着要吃的菜，写了出来，配上手绘的菜肴图片，贴在病房墙上，让女护工指给爷爷看。当俞爷爷不肯吃饭的时候，女护工就对照菜单，哄俞爷爷说："你看，这个菜，就是彭厨子做的什么什么，这个菜，也是彭厨子做的什么什么，不信尝一口。"

彭厨子的菜单，据说是在沔阳1950年冬季，俞爷爷娶俞奶奶那天的婚宴酒席，因为当时状况特殊又急迫，菜单是因地制宜了，但菜肴是非常美味。菜品如是：小尖元、笋衣炒肉、红烧牛脯、黄花菜炒肉、扣酥（鱼肚过油，再码进瓷碗，上蒸笼，蒸透，出笼就打卤浇汁，浇汁主要是香醋、酱油、小麻油，趁热吃）、鱼圆子（酸汤）、黑木耳笋片炒肉、红烧鸡块、甜汤（米酒桂花小汤圆）、大肉丸子、油炸枯鱼（刮过了鱼蓉的大青鱼中段与头尾）。

结果病房人们都来看，还有手机拍照，发到网上。大家纷纷喝彩，说这个孙女真孝顺。俞爷爷清醒的时候也很开心，又很自豪，还请医护也过来参观学习，蛮炫耀的。

俞思语知道了，更是开心。钟鑫涛当然也很开心。高红、钟永胜、俞亚洲、任菲菲，双亲父母，都纷纷很开心。都说看到就想吃。也都没人搭腔，说真去做菜试试。唯有俞奶奶声色不动，淡然站立一边，仿佛局外人。俞奶奶就是局外人，老年痴呆的局外人，他们这一场婚姻的局外人。她知道，她这一辈子，终于要熬出头了，俞奶奶安静地等待着。她能够做的就是最后的人道主义：尽量让自己丈夫少受罪。

金观澜公馆这边，钟鑫涛、俞思语，也就还是在继续努力造人。钟鑫涛经过男科治疗，也恢复了勃起，只是还没有什么硬度，像一根弹簧。但是应该不妨碍受孕。但11月20号，俞思语月经就来了。这个月，又没怀上。

13

时间进入12月，一夜寒风，树叶纷纷黄了。再一夜寒风，黄叶纷纷掉落。

钟家、俞家的家长们，走在路上，踩上枯叶，嚓嚓作响，大家突然觉得，好快呀，时间都快一整年了！

不成。有问题，不对劲。这么年轻的小夫妻，哪有一整年积极努力，都还不怀孕的？如此精心尽力、如此时时刻刻，严格按照大师规定的时辰与排卵期同房，哪有一年都不怀孕的，可能吗？大师的回答是：万事皆有可能。只要继续服药。据他观察，2015 年，小夫妻的服药状态，并不理想。

钟、俞两家家长，私下里，来来回回商议几次，决定还是要撇开中医大师，不告诉他，去看看西医，还是得看看西医。

去医院一检查：钟鑫涛有问题。

钟家不信。再去一家医院，不信。再去一家医院。三家，事不过三，算了，只能信了。

钟鑫涛的问题出在精液方面。钟鑫涛精液分析的结果是：前向运动精子 15%，精子密度 1000 万。而总精子数至少得有 3900 万，其中前向精子至少得达到总数的 32% 以上，才能够正常受孕。

西医专家不愿意尴尬病人，很客气地开玩笑说："这位钟先生啦，你那些能够向前冲锋陷阵的小蝌蚪，太少了，太少了。"

钟鑫涛、俞思语、高红都没有笑，都瞪眼看专家，专家倒尴尬了。

回家四处翻找，找出了四年前，钟鑫涛怀女儿钟宇涵之前的检查单，结果写的是：前向运动精子 70%，精子密度 4000 万。

大跌眼镜！

才四年，钟鑫涛就暴跌了。还是父亲钟永胜比较懂得安慰儿子以及大家。不久拿回一张晚报，故意丢在茶几上让大家看。大标题写着：40 年来全球男子精子数量暴跌六成，武汉男子精子质量 6 年降低 15%。

现在媒体真是贴心，展示的数据也真是能够安慰老百姓，如此说来，全球都有问题，钟鑫涛也就不是个体了。再说，都有问题，或许也就不是什么问题了。至少钟鑫涛个人无须担责了。

没有受孕的真相大白。

好在，现在的人们生活在高科技时代，生育的问题，有 N 多办法，不难解决。钟家、俞家肯定还是要孙子的，人丁兴旺总归是最重要的事情。中央也已经全面放开二孩了，一点政策风险都没有了，可以理直气壮生二胎了。不急，慢慢来，钟鑫涛、俞思语小两口先调理身体，养成健康生活方式。钟鑫涛坚决戒烟戒酒、杜绝垃圾食品、尽量少吃外卖、加班不熬夜、打麻将不搞成整天不动窝、手机不放裤兜、穿宽松内裤。俞思语生活方式还比较健康，保持就好，只是可能要稍微减点肥。2015 年的备孕，好吃懒做的，让她胖了不少。

开始运动——动起来：慢跑、打球、游泳，都不错哦。

2015 年圣诞节就要到了。商城、广场到处都是圣诞老人。钟鑫涛、俞思语带女儿钟宇涵出去玩，钟宇涵特别喜欢气氛浓浓的圣诞节。自然了，与很多小孩子一样，钟宇涵也会问父母："真的有圣诞老人吗？"

俞思语不假思索回答："有啊。"

结果钟鑫涛同时回答："编的。"

"为了过节，就要编一些故事啊。"——钟鑫涛认为自己的回答更加负责。

俞思语目瞪口呆了，一会儿，"噗"的一声，算了算了，说不清，不说了。

2015年最后一天，俞爷爷在医院病逝。

久病床前无孝子。大家认为俞爷爷走了，对他自己是最大的解脱。对大家也是解脱，就互相说了节哀、也好、解脱之类的话。丧事该怎么办怎么办，现在社会上都有丧葬公司，一条龙服务。追悼会、追悼词，俞亚洲负责与有关方面交涉，他一位厅长，交涉到哪里，哪里都还挺买账，就照网上革命老干部的悼词复制下来就成。一点都轮不到俞思语这孙子辈的人操心。只是听到"丧葬公司一条龙服务"这些话，俞思语心头一抽一抽的好生难受。以前在外面文化公司上班的情景重现。人再年轻，也有不堪往事在心头。俞奶奶却很知音，主动安慰俞思语，要她放心，别想多，他们会挑选公司的。俞思语好哭，闻声流出一行眼泪，随即自己擦掉了，花了眼妆，大熊猫一样，冲奶奶笑笑。

转眼就是2016年元旦了。俞思语想想都怕，又是任重道远的一年，谁知道将会发生什么，岁月可不管钟鑫涛、俞思语压力巨大，新年钟声一响，人类齐刷刷地，将他们的日历，翻开了新的一年、新的一页。

【作者简介】

　　池莉，当代作家，现居武汉。20世纪80年代开始发表文学作品，80年代末创作的"人生三部曲"(《烦恼人生》《不谈爱情》《太阳出世》)被誉为中国小说新写实流派发轫之作。其畅销代表作《生活秀》虚构的"鸭颈"小食，衍生出红遍全国乃至海外的"武汉鸭颈"，家喻户晓并形成了庞大的食品产业链，堪称文学深度介入现实生活的成功范例。

　　池莉历年来获得各类文学奖项八十余种，其作品陆续被法国、英国、西班牙、日本、德国、韩国、泰国、越南等多国购买版权并翻译出版。《来来往往》《小姐你早》《你以为你是谁》《生活秀》《云破处》等多部小说不断被改编为影视、话剧、舞台剧等各类艺术形式。

　　小说之外，池莉的散文及诗歌也极具个人特色，因言之有物亦有趣而广受读者追捧。其散文以历经世事的通达和智慧，洞察众生百态，妙品人间滋味，单篇阅读量过千万，屡屡引发热议，是各年龄段读者的精神飨宴。

如云的秘事

蒋韵

一、落葵

落葵的母亲死于交通事故。那天，她去菜市场买韭菜，说是要给小酒窝包饺子。这一去，再也没有回来。她躲一辆电动自行车，绊倒了，后面一辆小货车没刹住，拦腰轧了过去。120赶到的时候，人已经不行了。

小酒窝问落葵："姥姥呢？姥姥哪儿去了？"

落葵回答："去天堂了。"

"她没跟我说再见，"酒窝说，"我要给她打手机。"

落葵说："那儿没信号，打不通。"

"那她还会回来，"三岁的酒窝笃定地说，"她答应过我，她去天堂之前，一定会跟我说再见，不说再见她不会离开！"

落葵轻轻抱住了她的女儿。

"她也没跟我说再见……"落葵一阵心痛，"她真是不像话……"

那是几个月前，落葵母亲给小酒窝读过一个故事，一个童话，《爷爷变成了幽灵》。小尼古拉的爷爷突发心脏病去世了，可是他没有去天堂。知道这个秘密的，只有小尼古拉一个人，只有这个小孩子可以看见变成了幽灵的爷爷。幽灵爷爷说："我一定是忘记了一件重要的事情，可我想不起来这是一件什么事。"正是这件重要的事情使他不能离开这个世界。小尼古拉就和爷爷一起想，是这件事吗，爷爷？不是。是那件事吗？也不是。爷爷很惆怅。

当然，那件重要的事情最终被爷爷自己想起来了。原来，那件事是，他还没来得及和小尼古拉说——再见。

"亲爱的尼古拉，再见了！"爷爷郑重地和尼古拉告别。那是他在这个世界上要做的最后一件事情。

听完这个故事，小酒窝搂住了姥姥的脖子，说："姥姥，你也要答应我，你去天堂的时候，别忘了跟我说再见。"

姥姥回答说："行，我一定不会忘记和我的宝贝说再见。"

姥姥又说："要是我忘了，酒窝要记得提醒我。"

酒窝用时下流行的语言那样回答："好，就这么愉快地说定了！"

一个大雨的深夜，落葵被雷声惊醒了。她睁开眼睛，看到母亲坐在她的床头，静静地望着她。

　　"妈?"落葵喊。

　　"葵，"母亲的声音听上去很远，"答应我一件事，别送我回老家。别让我和他合葬。"

　　"谁? 和谁合葬?"落葵问。

　　"你父亲。不要让我和他合葬，答应我。"

　　"我答应，"落葵回答，"妈，你放心，我答应你。"

　　"葵，你不问为什么?"

　　"不问，"落葵摇摇头，"不问我也知道。"

　　母亲伸手，摸了摸落葵的脸。母亲的手冰冷苍白。落葵打了个激灵，醒了。

　　原来是做梦。

　　一身的冷汗。

　　雨声浩大，淹没了天地。落葵在黑暗的雨声中愣怔了许久。突然她跳下床，奔向窗口，掀起窗帘朝外面张望。楼下，小区里几盏惨淡的路灯，在暴烈的雨雾中瑟瑟发抖，根本无力抵抗深渊般的黑夜。落葵什么也看不见。她忽然愤怒了，想，你连伞也没有，为什么偏偏要在大雨夜里跑来啊?

　　她知道母亲舍不得为自己买把伞。不管在这个世界还是在那个世界。

　　她不相信那是一个梦。

　　落葵做梦，往往一醒来，就忘记了大半。而这个梦，如此清晰，每一个字，每一句对话，都像刻印在她记忆里一般。母亲眼睛里那种殷切、抱歉和深深的难言之隐，就像光一样，打穿了三十几年来她们母女之间密不透风的隔膜和积怨。她想起自己对母亲的承诺，想起自己胸有成竹的回答，一片懵懂和迷茫。"葵，你不问为什么？""不问，不问我也知道。"可是在现实中她不知道。落葵并不知道。一点儿也不知道。不知道为什么母亲不愿意魂归故里？更不明白自己为何回答得像是洞穿了一切。她只知道，母亲风雨兼程赶来，是为了托付她这件重要的事情。

就像爷爷要和尼古拉郑重的告别。

原本，母亲一生，明白如话，毫无悬念和出奇之处。就像那个简单、安静、毫不浮华的葬礼。主持葬礼的司仪，不到两分钟就宣读完了廖如云女士的生平。为了凑时长，为了不显得太潦草，司仪在后面添加了一段适合赞颂天下所有母亲的套话来凑数，舐犊情深啦，寸草春晖啦，等等。而这个雨夜，这个梦，给那个叫廖如云的女人，蒙上了一点点神秘和莫测的云雾。

落葵不记得父亲。

父亲在落葵还没出生的时候，就去世了。死于肝癌。母亲没有再婚，一个人养大了落葵。

父亲去世时，母亲还正是大好的年华，却下岗了。她把落葵托付给了自己在北方小城的妈妈，一个人去闯荡南方。南方那时正在大声召唤着怀抱各种梦想的人们，母亲只身汇入了这支壮阔的开拓者或者淘金者的大军。当然，南方最终成就了很多人伟大的梦想，但一定不会是所有人的。几十年来，落葵的母亲廖如云女士，始终只是一个普通的劳动者，一个公立医院日益资深的护士，直到退休，她也没能成为一名主任护师。退休后的她，被一家私立医院聘用了，做了 ICU 的护士，因为她过硬的技术，虽然她没有高级职称。

落葵问过母亲，说："像你这样的人，为什么要来闯荡南方？它给了你什么？"

母亲回答说："它给了我安定的生活，让我能养大你。"

落葵轻蔑地笑笑。心想，岁月静好啊，那何必要来南方？

是啊，一个没有野心的人，为什么要来南方？

落葵五岁那年，姥姥突发脑出血去世了。如云回乡料理了母亲的丧事，接走了她的落葵。那时她们娘儿俩住在城乡接合部租来的房屋里。炎夏，小小的房间没有空调，一只电风扇嗡嗡地搅动着混浊的热风。蚊子肆虐，只能睡在更加闷热的蚊帐里。落葵长了痱子，身上、头皮上，密密麻麻一层。痱子一炸，她疼得哭，一边哭一边叫姥姥。从没带过孩子的如云手忙脚乱，把她摁在木盆里洗澡，洗澡水中掺了藿香正气水。许是太心急了，更是被哭声弄得心烦，如云忽然把药水直接倒在掌心，一把涂抹在了落葵后背上。只听落葵"嗷——"地惨叫一声，张着嘴半天没有声息，她哭得喘不上来气了。

等她哭出声来后，如云对她说："长痛不如短痛。"

她跳着脚哭着喊："我要回家，我要姥姥——"

如云说："没有用。这就是你的家。你和我的家。没有姥姥了，永远没有姥姥了。"

深夜，落葵突然醒来，黑暗中，看到一个人坐在她旁边，一下一下，用大蒲扇为她扇风。清风徐徐地拂过她小小的疼痛的身体。她轻轻喊："姥姥?"没有回答。她闻到了陌生的气息，知道了那不是她思念的亲人。她不再说话，闭上眼，眼泪无声无息地钻出来，打湿了她的脸。清风似乎停顿了片刻，又一下一下，更为轻柔地拂过来。她在清风的抚摸中，哭着睡了。

几年后，她们有了自己的房子。尽管地段远不够理想，面积不大，没有电梯，可毕竟是南北通透两室一厅的单元房，厨房、卫生间一应俱全，还有一个小小的可爱的阳台。因为没有电梯，公摊面积不大，所以性价比很高，首付和月供都是如云承受得起的。简单装修之后，她们搬了进去。乔迁那日，落葵抱着姥姥的遗像，母女俩把照片挂在了落葵小房间的墙上。她们并肩在照片前站了一会儿，如云说：

"妈，本来，我是想买了房子后，就把你和葵一块儿接来的，你怎么就不肯等等我啊……"

也是在搬进新居的这天，晚餐桌上，如云很郑重地对落葵说：

"葵，以后月月要还房贷，我们要节约了啊。"

落葵半天没说话。

"没听见吗，葵?"如云追问。

"听见了，"落葵回答，"只是我想不出来，我们还要怎么节约？我们浪费过吗？我们还有节约的空间吗？"

　　"怎么没有？"

　　"好，我们从此不吃肉、不吃蛋、不喝牛奶，只吃素，再戒掉水果，还有我的零食，你是这个意思不是？"落葵这么说。

　　"你明知道我不是这个意思，"如云回答，"你正长身体，正在发育，营养必须跟上去，我不是要克扣我们的伙食。"

　　"那你要克扣什么？"

　　"我什么都不克扣，"如云一字一板安静地回答，"我要说的是，我们不跟别人攀比。我不会让你吃不饱穿不暖，可我不会给你买名牌、潮牌，不会买所有没用的玩意儿，不会顾及、满足你的虚荣心。我只会买你需要的，而不是你想要的。懂了吗？"

　　十岁的落葵，永远记住了这番话。这番话何其正确，可是冷酷。一个人想要的，永远比他需要的要多。这是人性的弱点，致命伤，是人类要面对的终极的悲剧。跟一个十岁的孩子讲这个，正能量，却无情。

　　落葵抬起头，望着母亲，说："你又怎么知道，什么是我需要的，什么是我不需要的？"

　　"我当然知道，我是你妈，"如云回答，她的口气云淡风轻却又不容置疑，"对你健康成长有用的，就是你需要的，那些装饰性的、用来满足你虚荣心的东西，都是你不需要的，它们统统都是毒药。"

　　落葵觉得寒冷。

她们的新居，如同一个雪洞。触目所及，几乎所有的东西都是白色的：墙壁、家具、床品。家具倒是实木，样式中规中矩，不美，却结实、实用。这个家里，没有一样东西是没用的、装饰性的。墙上没有一幅画，桌上没有一件小摆设，阳台上没有一盆花。吃饭的大碗小碗、餐盘，一律白色，无所谓配不配套。落葵不知道这是家还是医院的病房。如云却说：

　　"白色会提醒我们干净。"

　　十三岁，夏天，正值暑假，落葵经历了她的初潮。那是在睡梦中发生的。清晨起床，雪白的床单上一片惨烈的鲜红。落葵吓呆了。跪在那里，嘴里咬着拳头。她并不是无知，她知道那是什么。她知道她成为一个少女了。吓坏她的，是那惨烈的鲜血，它们玷污了母亲需要的洁白。血顺着她的腿往下流，流，她终于崩溃地哭着发出一声小兽般的狂叫：

　　"姥姥，救救我——"

　　那天，如云值夜班，还没回来。等她临近中午到家，一切已经风平浪静。落葵洗了澡，换了内衣，在卫生间找出了母亲平日使用的卫生巾，笨拙却正确地搞定了它。床单换了干净的，被玷污的那一条已经在洗衣机里轰鸣着旋转。如云说："洗衣服啊？""床单弄脏了，"她云淡风轻地说，"我来大姨妈了。"

　　那天晚餐时，如云煮了糯糯的莲子桂花红豆沙。她盛了一碗端到落葵面前，说："在日本，女孩子经历初潮，要吃红豆饭。"

　　落葵抬起头，意外地望着母亲。

"这是一个仪式，"如云温存地说，"祝贺一个女孩子成为少女。"

　　落葵眼睛湿了。"仪式"这样的字眼，从母亲嘴里说出来，就像太阳从西天出来。如云望着女儿笑了笑，说：

　　"葵，长大了。"

　　梦幻般美好的氛围一直持续到晚上。如云从阳台上收回晒干的衣物，一件一件叠整齐。她指着床单上隐约可辨的那一片痕迹，忽然说：

　　"看见了吧，一旦弄脏，就是永远的污痕，再也洗不干净了，"她抬头望着落葵，"你不再是一个小孩儿了。你要懂得保护、珍惜自己的纯洁。这是一个危险的、到处是诱惑的污浊世界，要让自己身心干净，洁白如玉，不是一件容易的事。懂吗？"

　　落葵轻轻叹口气。想，你就不能等明天早晨再说这番该死的话吗？你就不能让我有一晚上的幻觉吗？她对着母亲的脸笑笑，说：

　　"遗憾啊，你生我生晚了。你应该在 18 世纪的时候生我，然后把我送到修道院。哦，那是外国，中国没有修道院，那你只能把我关到深闺绣楼上，足不出户，天天念女儿经，夜夜思春。"

　　"你——"如云气结，说不出话来。

　　落葵不合群，是个孤僻的郁郁寡欢的孩子。

　　她没有快乐。

人群中，一眼望去，她特立独行。孤标傲世的一张脸，掩盖的是深深的自卑。

她庆幸人们发明了"校服"这样一件功德无量的事物。使她能够把自己的卑微、寒酸、屈辱尽可能藏在那件抹杀一切区别的校服里。就连寒暑假，只要出门，她也只穿校服。除了校服，她自己的衣服单调得可怜，区区几件 T 恤，都是白色，小圆领。裤子是运动裤，鞋也是运动鞋，当然不是潮牌，是那种最便宜的货色，小摊上或者超市打折买来，毫无板型可言。几件裙子倒是纯棉，可样式古老、肥大，穿上身就像二战时期的苏联老大妈。落葵碰都不想碰这些衣服。她不知道母亲为什么要如此变态地封杀她青春的全部欢愉。

她无法合群。

她无法融入喧腾的青春激流之中。

她没有电脑，没有游戏机，没有 MP3，没有日本漫画，没有吃麦当劳和肯德基的零花钱，不喝可乐、雪碧、气泡水，她夏天的饮品就是蔡明小品里的"冰水"——凉白开。当然还有绿豆茶。可是，在那样一个花样年纪，谁会只喜欢绿豆茶呢？

初三那年，班里转来一个从别的城市来"借读"的新同学，是个桀骜不驯的女生。不到半天的时间，校园里就有了关于她的种种流言。说她是个富二代、女魔头，劣迹昭彰，在原来的学校里人人避之不及。她逃课，组乐队，泡酒吧、网吧、迪厅，等等，总之是个"混社会"的江湖中人。最骇人听闻的一条，传说她曾自己给自己服药打胎。因为在原来的学校实在待不下去了，只好找了关系花钱来这个陌生的城市"借读"。这个新同学，大概早已习惯了被看作"异类"，所以毫不在乎身后的这些窃窃私语。她在班级里冷眼扫了几扫，心里就有了数。到下午，下课后，径直走到了落葵面前，有些蛮横地说：

"哎，同学！带我去下医务室。我划破手了。"

她手一伸，果然，掌心上有道小伤口。

落葵回答："好，我带你去。"

一切，极其自然。落葵没有流露半点大惊小怪和害怕躲避的神情。似乎，她们是一对老熟人似的。或者说，她似乎正在期待着发生点什么。

从医务室出来，走到楼梯拐角，新同学一抬头，说："靠，到处都是摄像头，一点干坏事的空间都不留，真不人道。"

"你想干点什么坏事？"落葵认真地问。

她们走上了楼梯，离开了摄像头的区域。新同学笑了："其实也不想干什么，逗他们玩玩。"她说："闲着也是闲着。"

落葵微笑了。

新同学说："我叫于艳艳，你叫什么？"

"落葵，陈落葵，"落葵回答，"很拗口。"

"是挺吓人的，好有文化，"于艳艳说，"不过还挺好听。落葵是什么意思？"

"就是一种植物，草本植物，可入药、可做菜。你想知道它另外的叫法吗？"

"是什么？"

“豆腐菜。”落葵回答得一本正经。

“啊？陈豆腐。”于艳艳脱口就是一句。

“哈哈哈——”她们同时爆出一阵大笑。五岁之后，落葵还从来没有这样放肆地、解气地大笑过。她甚至笑出了眼泪。

爆笑过后，于艳艳望着她，说：“你不问我，刚才，为什么要来找你吗？”

落葵摇摇头：“不问。”

“为啥不问？”这下轮到于艳艳好奇。

“因为不问我也知道，”落葵回答，“我特别。”

“她们都太幼稚了。一群幼稚的傻×，”于艳艳这么说，“你不一样。陈落葵，你有一个老灵魂。”

听到这句话，落葵忽然别过头，用一只手捂住了脸。渐渐地，泪水从指缝中悄无声息地钻出来。世界变得宁静，所有的声音都远去了。夕阳在缓缓沉落，这辉煌的南方城市迎来了一个温情而慈悲的黄昏。鸽哨悠扬地从天空划过，如同佛塔上的风铃。落葵想，上天哪，感谢你，我有了一个朋友了。

她就在这一刻爱上了这个叫于艳艳的“问题少女”。

于艳艳叫她“豆腐”，落葵也给她起一外号“鱼头”。她两合一起，就是一道美味——鱼头豆腐。

落葵想，命中注定，我们生来就该在一起。

落葵问于艳艳：“知道高山流水的故事吗？”

于艳艳说：“知道是知道，可我还想听你讲一遍。”

落葵就真的讲了，俞伯牙摔琴谢知音。一五一十，娓娓道来。原来她竟是很会讲故事的，只是，这世界上，从来没有过一个属于她的听众。而此刻，坐她对面的那个女孩儿，眼睛晶亮，一脸的沉浸和感动。她想，多么美好啊。

许久，于艳艳说："我也会弹琴，不是古琴啊，是吉他，我有一把很贵的吉他，只是我弹得太 LOW。"

第二天，于艳艳公然把吉他大摇大摆背到了学校。午休时，她们悄悄爬上了学校主楼"逸夫堂"的楼顶。阳光已是秋日的阳光，天空有一种辽阔无边的凄清和哀伤。于艳艳两手一撑，极其敏捷地坐到了八层楼顶围墙上，身后一无遮拦，背景是蓝天白云。落葵吓得不敢出声，捂住了嘴，心怦怦狂跳。于艳艳妩媚地一笑，右手在琴弦上潇洒地一拨，说：

"豆腐，我很久没摸琴了。昨天晚上，我想了几句话，自己瞎谱了曲，弹给你听听？"

落葵点点头。

于艳艳调弦，沉吟，凝神低头，正要开始弹奏，落葵打断了她。

"等等！"她喊。

落葵学着于艳艳的样，来到围墙边，双手一撑，没上去，又一撑，终于上去了。她一侧身坐下，定定神，一仰下巴，说："好，你弹吧。"

于艳艳笑了。

"小心摔下去啊！"她说，"这样太不安全。"

"你呢？你这样安全？"

"我习惯了，常常这样胡闹，其实心里有谱。"于艳艳回答。

"我没谱，"落葵笑笑，"可我其实一直都想干没谱的事。比方说，你真的不小心摔下去了，我一定会跟着跳下去的。你信不？"

"我信。"于艳艳点点头。

"好，"落葵把两条腿抬起踩在了围墙上，屈起来，并拢，用两只手臂圈住它们，让自己坐得舒服："你弹吧。"

她竟有一种跃跃欲试的悲壮感，想，假如，真的这么跳下去，也不错啊，一生中，总算有了一次自由飞翔。

于艳艳拨动了琴弦。

"我们是忧愁的孩子，姐姐——"她突然这样开了口，声音异常清澈、忧伤。

　　　　可我们不知道为什么忧愁，
　　　　天空澄澈，阳光如此娇媚
　　　　可我们的心，总是被泪水浸没。

　　　　世界总是质问，姐姐
　　　　什么时候亏欠过你们？
　　　　至于我们的疼痛，永远不值一提
　　　　它们有个名字，叫少年不识愁滋味。

我们的脸很年轻，姐姐

却有一个黑如暗夜的老灵魂

没人为这样的事伤心，没人伤心

那是光明世界的盲点——

她唱得很轻，声音如同云絮般干净洁白，徐徐地，飘向头顶辽阔无边的蓝天。极其简单的旋律，没有高深的技巧，可是异常动听。怀抱吉他弹唱时的于艳艳，和平时判若两人，不再是那个霸气、蛮横、浑身是刺，连摄像头也想挑衅，满嘴国骂的痞子女孩儿，她安静、严肃，就像在聆听某种遥远的神秘的声音，巨大的、无奈而深邃的忧伤笼罩了她，她原来竟然是这么美丽的一个少女。

她抬起头，笑笑，说："好听吗？"

落葵眼睛里含着泪水。

"你把我唱哭了。"她说。

"这是写给你的，豆腐。"她望着落葵迷离的泪眼，说。

"我知道，"落葵点点头，"谢谢你，鱼头。"

落葵又说："我会一辈子珍藏。"

她们相互凝望。阳光真好。她们金光灿灿坐在危墙之上。空气很香，是桂花的香味。世界只剩下了美好的东西：音乐、爱、满城的桂花树和豆蔻年华。她们笑了。于艳艳就像看透了落葵的内心似的，说：

"豆腐，答应我，你要好好活着，要是你死了，我就得像俞伯牙一样把我的吉他摔了。我可真舍不得。"

仅仅一个学期之后，于艳艳就又转走了。

先是班主任李老师出马，和落葵谈话：

"陈落葵！你不要受于艳艳的影响，"班主任十分严肃，"她一个借读生，混日子的，不要被她带坏。你是个单纯老实的孩子，学习也好，你看班里，谁理她？大家都在为中考拼命，这么关键的时候，你倒好，天天和她混在一起，如胶似漆，还有闲工夫弹吉他唱歌？你还要不要上重点高中了？你能跟她比吗？她考好考砸，横竖有钱，大不了送出国去念书，你呢？你有混的资本吗？"

她垂头不语。

班主任叹了口气，她其实是真心惋惜这孩子的。

"别的同学也就罢了，你不一样。你家教一向很好，你母亲对你无论哪方面期望都那么高，她一个人带大你，千辛万苦的，多不容易！她要是知道你和这种有劣迹的孩子混到了一起，还不得气死？你要是考不上好高中，怎么对得起你妈妈？"

要是不提母亲，落葵也就忍了。用母亲来镇压她，让落葵刹那间愤怒了。

"收一个有劣迹的学生来借读的，不是我，"落葵一字一句清晰而安静地回答，"我只知道，于艳艳是和我一样穿同样校服的同学，别的我一概不知道。我没看出她有哪点不好，我倒觉得她光明磊落。同学之间要团结友爱，老师您不是一向这样教育我们的吗？"

落葵就这样无可挽回地把事情搞砸了。

结果自然是，如云知道了于艳艳的存在。

如云不是生气，不是愤怒。她恐惧。她恐惧她所有的努力将付诸东流。她的孩子，她的女儿，将被罪恶的欲望，将被贪婪、虚荣，将被永不餍足的深渊所吞没。仿佛，这个叫于艳艳的孩子，就是这一切的先兆。这天晚上，于艳艳下了晚自习回家的时候，在自家楼门口，被一个女人迎头堵住了。

"你是于艳艳吧？"女人问，声音安静、轻柔。

"你是谁？"于艳艳反问。

"我是陈落葵的妈妈。"如云回答。

"哦，阿姨——"于艳艳有点慌乱，"您、您找我有事？"

话一出口，于艳艳就知道自己问了一个愚蠢的问题。她静默了。

如云借着路灯打量着这个孩子。和这学校的所有学生一样，她素颜，穿校服，留本色短发。但她的短发暗藏机锋，出自美发店名师之手。这样的美发师，托尼或者杰瑞，他们使用的剪刀，都不同凡响，出身名门，动辄几万元。劳这剪刀的大驾剪一次头发，价格恐怕是如云和落葵一个月的生活费。

"于艳艳，我想拜托你件事，"如云这么说，"可我很难开口。"

于艳艳笑笑，说："您是想说，让我离你家落葵远点，对吧？"

"对，"如云回答，"你们老师找过我了。抱歉，于艳艳。"

"您真客气，阿姨，"于艳艳又微微一笑，"您，了解我吗？"

"不了解，"如云摇摇头，"可我知道一点，你和落葵、和我们，不是一个世界里的人。不说别的，就说你的头发，你剪一次头发的费用，大概是我们一个月的伙食费。你那个世界太昂贵，我只想让落葵活在我们自己朴素的世界里。我不想让她对生活有不切实际的妄念。"如云安静、从容、真诚地这么说。"那会让她很痛苦，甚至一辈子都过不安宁。于艳艳，你们还小，不懂这个，我是过来人。"

如云的坦诚，让于艳艳意外。沉默一会儿，她说：

"阿姨，我想让您知道，我干过很多过分的事，可我不是坏人。"

如云回答："孩子，我没说你坏。"

这一句"孩子"，让于艳艳鼻子一酸。

"我没说你坏，我也不是偏听偏信你们老师的话和那些流言。我只是以一个母亲的身份，在恳求你的帮助。"如云说。

"您认定我，一定会给落葵带来痛苦？您怎么那么肯定？"

"不是你，是你生活的那个世界。那个世界会让她困扰、心乱、浮华，"如云这么回答，"那个世界会让她不幸。"

"这些话，您跟落葵说过吗？"

"没有。我想先和你谈谈，"如云坦诚地摇摇头，"你也知道吧？落葵是个死心眼。"

于艳艳懂了。

"好吧，阿姨，"于艳艳伤心地笑笑，"我答应你，我会离开落葵。不过不是您说的那个理由。"她深深地望着如云的眼睛，说："我和您的女儿，我们一直有个自己的世界，那个世界的美好，您不懂，也进不去……可是我不能让落葵为难，从今天起，她夹在您和我之间，她一定会非常非常为难……我会离开她，我说到做到，再见！"她果决地朝楼门口走去，不回头，拖着长长的孤独的影子。

按密码的时候，她的手微微抖动，熟悉的号码，竟按错了。她站在紧闭的楼门口，一时竟不知道自己身在何处。

风吹过。风中竟然还有晚桂的香气。十二月的风，应该是冬天的风了。可这个比南方更南的城市没有冬天。

有人忽然搂住了她。

是如云。

如云不忍地走上来，轻轻地搂住了于艳艳。她搂着这个被她伤害的孩子，满心的歉意。"对不起，"她轻轻说，"孩子，对不起。"

她知道这很残忍。

于艳艳的泪水夺眶而出。

第二天，于艳艳就从班里消失了。

一天、两天、四天、五天……一直到放寒假，她都没有出现。

后来，就传来了消息，她去新加坡上学了。

于艳艳家，本就不在这个城市。她从外省家乡到这个城市"借读"，父亲为她在学校旁边租了套公寓，只有一个带大她的阿姨陪同她住在这个城市里。但现在，公寓人去屋空。

她又一次逃离，越逃越远。

逃离故乡。逃离故国。

她没有向落葵告别。她没有一个字留给她的朋友。她消失得如此彻底，就像一缕烟，风一吹，无影无踪。落葵无数次独自偷偷走上"逸夫堂"的楼顶，坐在高高的围墙上，望着天空，望着远处的世界，想，真的有过一个鱼头吗？鱼头和豆腐。那真像一个梦。那是一段多么快乐的时光。她一生中最快乐的日子，金子般的时光啊。可是被毁掉了。她知道毁掉它的是谁。老师，她不恨。可她恨廖如云。

廖如云毁掉了落葵对这世界的爱。

鱼头，于艳艳，是十五岁的孩子爱这世界的唯一理由。这个孤独、孤僻、阴郁的孩子，爱于艳艳，就像她对世界的初恋。那是她的晴空，她的阳光，她鲜花盛开的原野，她的江河湖海，她的自由，她的信念与信仰。这一切，都被那个叫作"母亲"的人毁灭了。

如云从没有和落葵说起过"于艳艳"这三个字。没有说过曾发生过什么。她缄默不语。正因为如此，落葵才确切无疑地相信，能够使于艳艳彻底消失的人，非她莫属。她太了解这个可怕的女人，只是她不太清楚这个女人用了什么手段和计谋。那一定是残忍和冷酷的。她不敢设想那是什么，不敢设想朋友经历了怎样的残忍和伤害。那比死还可怕。

死很容易。

坐在高高的围墙上，无遮无拦，闭上眼，伸展双臂，纵身一跃，管它飞往天空还是坠向大地。无数次，落葵这样幸福地想象。想象这样飞翔着消失。好，你让鱼头消失，那就让豆腐也消失吧。妈妈，你以为，只有别人家的孩子会消失吗？

可每每当她闭上眼睛，伸展双臂的时候，一个声音，远远地，会从空中传来，从万里无云的碧空之中，千山万水地传来。声音说：

"豆腐，答应我，你要好好活着。要是你死了，我就得像俞伯牙一样把吉他摔了，我可真舍不得……"

眼泪流下来，汹涌澎湃，就像身体里流着一条大江大河。落葵对着天空说道：

"鱼头，你也要好好活着……"

从此，落葵的学习就像开了挂。她用功到自虐的程度。深更半夜，有时鼻血会一滴滴，滴到作业本上。那种刺目的猩红，让落葵有种畅快感。她告诉自己，一定要考上好高中，考上好大学。远方的、遥远的大学，离开这里，离开那个叫作母亲的女人。

然后，跋山涉水，去找她的鱼头。

二、如云

母亲去世大约三个月之后，有一天，一个陌生的男人敲开了落葵家的房门。

来人三十多岁，戴眼镜，文质彬彬，说北方口音的普通话。

"请问，这里是廖如云的家吗？"

"是。"落葵疑惑地点点头。除了母亲几个多年的老同事，几乎没有任何人，来找过母亲。母亲一生鲜少交际。退休后，就更加不爱结识不相干的人。

"可我母亲，现在，不住这里了。"落葵对陌生人这样说。

"我知道，"来人回答，"姑姑不在了。我想来祭拜祭拜——"

"姑姑？"落葵目瞪口呆，半晌，才说，"姑姑是谁啊？谁是你姑姑？"

落葵听母亲说过，他们北方的亲人、亲戚，一个都不在了，没有了。母亲本就是独生女，姥爷英年早逝，留下姥姥自己，所以当年母亲留下自己也是为了给姥姥做伴。姥姥去世后，母亲就没有了娘家。而父亲这边，更是干净利落，因为，父亲是在福利院长大的孤儿。

落葵觉得遇到了骗子。

她沉下了脸："不好意思，先生，你找错人家了。我母亲从来也没有过侄子。我家没亲戚。"

"哦，对不起！"来人推推眼镜，"是我没说清楚，姑姑不是我亲姑姑，是她让我这么叫她。我叫周明德，是她一直资助的贫困生。"他边说边从上衣口袋里掏出身份证，"你看，这是我身份证。"

"落葵啊，酒窝妈妈，"家政阿姨大概是听出了蹊跷，这时忍不住在身后叫了一声，说，"请客人进来说话吧。"

落葵闪身，让这个扔炸弹的人进来。他真的是扔了一颗炸弹，把落葵炸得晕头转向。

"你是说，我母亲一直在资助你？"落葵等那个周明德一落座就迫不及待地问，"我母亲，廖如云？您真的没搞错？廖承志的廖，如果的如，云朵的云？"

"落葵，"周明德惶恐地笑笑，"你是落葵妹妹吧？姑姑说，你只比我小十个月。"

落葵惊得半天合不上嘴。

看来是真的了，她想。可是怎么可能，吝啬的、一瓶可乐都不舍得买给幼年落葵喝的母亲，居然是个爱心人士，热心资助贫困青年。真是活久见！莫非是人老了，又做了外婆，变柔软了，想给小酒窝积福吗？

阿姨端来了一杯茶，放到客人面前，对失魂落魄的落葵说："酒窝妈妈，你也坐下，慢慢说。"

落葵坐下了。

"周先生，"她叫了一声，"我妈是从什么时候开始资助你的？"

周明德说："从我一岁那年开始，一直到我研究生毕业。"

"多大？"落葵以为听错了。

"一岁，"周明德说，"一岁那年，我父母双双出了车祸，去世了。我是爷爷奶奶带大的，我爷爷是个残疾人，双目失明，家里很困难。从那时起，姑姑就开始资助我们家了。"

落葵转过脸，问家政阿姨："赵姐，你听清了吗？是我耳朵有问题？他说的是几岁？"

"一岁，"赵姐回答，"酒窝妈妈，你没听错。"

周明德低头，从随身携带的包里，掏出一个本子，一个古老的小学生的作业本，印刷粗糙，纸张早已发黄。周明德小心翼翼地，把这个本子放到了茶几上，说："落葵妹妹，这里面，记录了姑姑给我们的所有的钱，以前，是我奶奶一笔一笔地记，后来，我上学后，就是我记。我奶奶说，一分一毛也要记清楚，记的不是钱，是姑姑的恩义。"周明德顿了一顿，把一只手搁在本子上，神情变得庄重："总共是，三十六万八千六百元。"

"多少？"

"三十六万八千六百元。"周明德回答。

落葵蒙了。耳朵嗡嗡响。一个声音像蜜蜂一样在她耳洞里呼扇着翅膀，"这不可能，不可能，不可能……"落葵从粗糙的、发黄的旧抄本上抬起眼睛，望着周明德，望着这个从天而降的炸弹，眼睛呆滞，说不出话。

"我研究生毕业后，进了一家国企大公司，我对姑姑说，等我有能力了，我会把姑姑资助我、资助我们家的钱，还给姑姑。可我说了这句话，姑姑就不再联系我了，"周明德望着落葵，神情失落，"以前，和姑姑联系，写信，都是寄到姑姑的单位。姑姑没给过我家里的地址，没给过我电话和手机号码。我给她写信，她不再回复。很快我被派驻到了拉美，洪都拉斯，那里有我们公司的一个大项目。我年轻，爷爷奶奶也已去世，没有家庭负担，在那边，一待就是五年。"

落葵渐渐听见了周明德的话。

"这五年，一点也没有姑姑的消息，她就像是在人间蒸发了，"周明德继续说，"我不甘心。上个月我才回到国内，安顿下来后，就申请了带薪休假，来到了这里，从小，我把这里叫作姑姑的城市。我就不说我是怎么才好不容易找到家里地址的了，可我还是来晚了……"周明德眼睛突然红了，"落葵，莫非，姑姑是在躲我，才走得这么急吗？"

　　他说不下去了。

　　那天，落葵留这个哥哥吃了午饭，然后，开车带他去了母亲安息的地方——"永安公墓"。

　　周明德买了鲜花和水果。一路沉默不语。

　　看到母亲黑色的、朴素的大理石墓碑，看到上面刻着的字迹：慈母廖如云之墓。周明德泪如雨下，扑通一声，跪下了。

　　"姑姑，我来了——我们见面了！"

　　他匍匐在地上，哭得撕心裂肺。

　　原来，这世上，有一个人，会为了这个叫廖如云的人离去，如此的伤心欲绝。落葵这样想。妈，有人竟为你这样的伤心……在母亲那个简单冷寂的葬礼上，落葵没有像别人家的孝子那样号啕，从国外匆匆赶来奔丧的丈夫，酒窝的爸爸，自然更没有。酒窝缺席了，因为落葵没有能力给她解释"死"是怎样一件事情。现在，此刻，母亲等来了一场伤心欲绝的痛哭，千里万里跋山涉水追寻来的、大江大河般的痛哭。落葵眼睛湿了。

　　"姑姑，姑姑，你为什么要躲我啊——"周明德用拳头咚咚咚捶着地面："你为什么要躲我？"他喊。

那就像一个天问。

当天晚上，落葵把自己关在房里，翻开了周明德留下的抄本，翻开了一段岁月。

最早的记录是，1988年。11月。500元。

1988年，落葵刚刚出生。如云刚刚南下吧？落葵不记得母亲南下的具体时间。但她听姥姥说过，母亲原先在省城一家大厂矿医院上班，工厂倒闭，医院裁员，母亲下了岗。那时父亲病故了，母亲就把落葵送回了小城姥姥那里，自己去了南方。

可是，在那样一种境况下，丈夫病逝，自己下岗，孩子嗷嗷待哺，怎么会有余钱，来做善事，普济众生？

也常听说，早先，一个大学毕业生的工资，是56元人民币。就算是1988年，有所增长，就算到了南方，工资高于北方，可是，500元，也绝不是一个小数目啊。

这个小小的账本，开篇，就是疑问，就是一个不解之谜。

500元一年，这样一个标准，持续到了1994年。从这一年开始，每年，一次性地，寄往周明德家的钱，变成了1200元。也就是说，每月补贴100元。这一年，应该是周明德上小学的时间。

六年后，2000年，从这个新世纪开始，每年，寄往那里的钱，变成了12000元。平均每月1000元，大幅度增长。想来，是周明德升入了中学。也因为母亲的收入在增长，还因为通货膨胀。这之前，她们按揭买下了小小一套新房，母亲郑重地对落葵说："葵，以后月月要还房贷，我们要节约了啊。"

2003 年之后，这个数字演变成为，每月 2000 元，一年就是，24000 元。这一项后面，周明德自己在本子上作了备注：考上了省重点——县一中。寄宿。

2006 年，这一年开始，每一年，记录显示，寄给周明德的钱，是 30000 元。他在那一年，考取了北京航空航天大学。这个数字，维持了七年。四年本科，三年的研究生。

除此之外，还有一些特别的记录，某一年，收到 7000 元，用来支付了爷爷的住院费；某一年，收到 5000 元，因为窑洞倒塌，用来重砌砖窑；等等。

一笔一笔，一年一年，清清楚楚，共计 368600 元。

巨大的糊涂。巨大的疑窦。

落葵终于相信，母亲有一个秘密。母亲身怀着一个巨大的秘密，她把它带进了坟墓。

她想起那个葬礼之前的雨夜，母亲风雨兼程而来，只为了嘱托她一句话："葵，别把我送回老家，别让我和他合葬。"就是因为这句话，落葵才决定买下那块墓地，让母亲永远地留在了异乡。

她拒绝落叶归根。

她也很少提父亲。小时候，每当落葵问起父亲，她的回答总是非常简单，说爸爸在落葵出生前就去世了。落葵是遗腹子。

"爸爸怎么去世的？"

"生病。"

"什么病？"

"癌。肝癌。"

只有一次，在落葵七八岁的时候，因为填写一个什么表格，落葵忽然问母亲：

"爸爸长什么样？"

"很帅，很英俊。"

"给我看看他的照片。"

"没了，"母亲回答，"搬家时，丢了一个重要的箱子，照片都在里面。"

"那你会忘记他长什么样的吧。"

"不会，他在我心里。"

"你还会结婚吗？"落葵有点担心。

"不会了，"母亲说，"他在我心里，谁都进不来了。"

大一些，稍稍懂事后，落葵就不再问这些问题了。她也不再提父亲，她早已习惯了没有父亲的世界。而母亲，也真的没有再婚。当然，随着年龄的增长，她也并不完全相信母亲的守寡是因为对父亲的怀念，而是觉得，母亲那样一个冷淡、寡情、古板、吝啬、无趣、永远站在道德高地的女人，谁会愿意和这样的女人共度一生？

但现在，此刻，落葵知道，她并不了解这个叫廖如云的人，这个生养了她的女人。她隐入了黑色的大雾之中，越隐越深。落葵不再看得清她的脸、她的五官、她的肉身，更看不清她的心和灵魂。

她是谁？

落葵开始了她的寻找。寻找证据。

寻找那个隐身的廖如云。

高考那年，报志愿，落葵以恩断义绝的、自杀式的悲壮选择了她的去向，每一个志愿都指向远方：北京、天津、大连……当她一笔一画写出这些遥远的地名时，心里涌起一种报复的快感。可是——命运似乎永远有个"可是"等在那里，就在高考第一天，巨大的、难以承受的压力和紧张，使她突发了神经性腹泻。在考场上，腹部突然剧痛如绞，要拉肚子，考卷只做了一半就被迫交卷。幸亏，之前在老师的要求下，她极不情愿地填写了"服从调配"，最终，被本城的一所大学录取。

她没有选择复读。

她没有勇气再经历一次噩梦。

她拼命读书。寄希望于考研，读博。考出去。目标明确无疑——生活在别处。她对自己说，陈落葵，你的生活在别处。这不是一句形容，是生死攸关的现实。4年，1460天，她倒计时，过一天，在日历上画掉一天。可是，又是可是——大四那年，母亲在一天深夜突发心梗。幸亏，母亲自己是护士，而发病那天，恰好又是她在医院值夜班，抢救得很及时，做了心脏搭桥手术。母亲从 ICU 出来后，落葵就改报了本校的研究生了。

她没有选择。

她不能把有心脏疾患的母亲独自留在这孤城。

母亲就是她的沼泽地，无论她怎样挣扎，也没有办法从她那里拔出深陷的双脚。

她木然。

研究生录取通知书到达那天，半夜里，落葵起夜，发现母亲盘腿坐在客厅沙发里，在抽一支香烟。她惊愕不已。她从不知道母亲竟然会抽烟。看见她，母亲怔了一怔，默默掐灭了烟头。她们无言对视了一会儿，母亲忽然说：

"葵，我拖累你了。"

落葵心软了。她想，母亲老了。

她忽然觉得自己没有了敌人。一场如此漫长的战争，却没有胜负。敌人不等她去战胜，自己倒下了。没有了敌人，她不知道生活还有什么意义。

她觉得很荒诞。

她累了，筋疲力尽。她不再需要拼命，不再需要像打仗一样地学习。她很茫然、懒散，一切都让她厌倦和木然。一度，她甚至想放弃研究生的学业，直到她碰到了何凉，那个后来成为她丈夫的男人。

那是在学校餐厅里，有一天，她正独自坐在角落里吃饭，一个人端着餐盘走过来，站在她面前，说：

"你是陈落葵吧？"

她惊愕地抬起头，看见了一个陌生的、高大帅气的男生，干净、明亮，有高耸的鼻梁和深棕色的眼睛，居高临下，俯瞰着她。

她点点头，说："是。"

他笑了，说："你不认识我了？我是何凉，咱们是初中同学。"

初中，多么遥远的记忆啊。她想。初中的同学，她和他们从来没有瓜葛和联系，也从不牵挂和想念。除了一个人，唯一的一个。

何凉不等邀请，就坐在了她对面。她敷衍地和他聊了几句。知道他大学是在外地上的，考研才又考回了这个城市。他们不是一个专业。

"陈落葵，你还记得于艳艳吗？"何凉突如其来地问了这么一句，"你和她还有联系吗？"

这个名字，这个镂刻在落葵生命中的名字，让她猝不及防。岁月扑面而来，像大风一样堵住了她的嘴。

"你不记得于艳艳了？"何凉很惊异。

"记得，"落葵点点头，说，"我怎么会不记得？"她疲倦地笑笑，"可我不知道她在哪里，我们没有联系。"

"哦——"何凉有些失望地望着落葵，"我还以为，你有她的消息呢，那时候，你们俩那么好，形影不离。"他笑笑，"你知道吗，陈落葵，当年我好羡慕你，觉得你好勇敢，公然敢和于艳艳做朋友，特立独行。"

这话，让落葵深感意外。她从没想到有人会羡慕那个丑小鸭似的自己，而且是这样一个理由。

"你可能不知道，"何凉笑着，他洁白的牙齿晃了一下，面对着落葵的眼睛，"于艳艳，她是我此生第一个梦中情人，暗恋的对象。好笑吧？"

"不，"落葵摇摇头，"我还以为，她只对我一个人有意义，原来不是。"她望着那个耀眼的男生，说，"何凉，原来我们是情敌。于艳艳，她是我对这个世界的初恋。"

他们就这样，重新认识，相遇，渐渐走到了一起。当他们终于成为恋人时，落葵望着天空，在心里说："鱼头，谢谢你，谢谢你给了我一个何凉。"

那一刻，天空绚烂，晚霞似锦。

她第一次看到了这南方城市的美，被这美感动。

她试着和母亲和解，试着像一个普通的女儿那样，和母亲相处，尽管她心里和母亲不亲。

是在有了小酒窝以后，落葵才惊愕地看到了母亲的巨变。那个坚硬的女人神奇柔软下来，蜕变成了一个真正的姥姥。像天下所有的姥姥一样，在酒窝的生命里，只负责一件事：爱与慈祥。

可这显然并不是母亲的全部。

落葵结婚时，搬出旧屋，曾留母亲一个人独居。后来，有了酒窝，而何凉又被公司派驻到了国外，于是，母亲就搬来了和她们同住，帮落葵带酒窝，不辞劳苦，从早忙到晚，乐此不疲。她们的旧屋，母亲早已租了出去。所以，母亲不会把重要的东西存放在旧屋里。

那就只能带在身边了。

落葵走进母亲的房间。翻箱倒柜。

没什么可翻的。寥寥的衣物，挂不满衣柜。随身常用的布质手袋，里层拉链里装着她的老年证，可以免费乘坐公交车。一只从老屋带出来的旧皮箱，里面收纳了她所有重要的东西：户口簿、旧屋房产证、身份证、退休证、社保卡，几张银行定期存单，数目都不大，还有两个银行卡，也都是普通的储蓄卡。一本薄薄的相册，里面保存的，全部都是落葵来到这个南方之城后的照片：她的小学、中学毕业的集体照，大学毕业戴学士帽的单人照，还有几张她们母女的合影：在海边、在公园……是她们母女仅有的几次出游。照片上的落葵，无论在群体中还是独自，从来不笑，眼神严肃、忧郁。而母亲也是不笑的，面对镜头，有一种莫名的紧张感。

没有从前。没有北方。没有过往。北方的一切，一丝一缕，都不存在，毁尸灭迹。似乎，母亲在这里、在南方，开天辟地重生了一次。

皮箱里，装着她全部的南方。朴素、清简到极致的南方。

没有一条金银项链，没有戒指，没有人人都有的各种手镯、手链，贵的没有，便宜的也没有。母亲的生活里，没有一样多余的东西，没有丝毫的装饰。在南方滔天的欲望之海里，母亲消灭了自己的欲望。

落葵骇异，又悲伤。

她不甘心。突然发现皮箱一侧有个隐秘的小兜。她伸手进去，摸出一个小小的锦袋，通常装首饰的那种小锦袋。她拉开拉链，一掏，掏出一个绵纸包的小包，打开，是一缕头发，柔软的一小缕，用红丝线整齐地缠绕。纸包里面有几个字迹，写着：小落葵的胎毛。

落葵捂住了嘴。

原来，母亲还是携带了一样东西，从她要毁灭的历史中，携带出了唯一一样东西。

落葵眼睛湿了。

深夜，落葵睡不着，一点一点回想。

突然想到了手机。

母亲出事时，走得匆忙，只拿了一只手机出门去菜市场。她倒下时，手机奇迹般地没有损坏，被母亲紧紧攥在了手里。救护车赶到后，医生就是用母亲自己的手机拨通了落葵的电话。

后来，是交警把手机还给了落葵。

落葵跳下床，跑到梳妆台前，在自己的首饰盒里，拿出了母亲的手机。按照习俗，葬礼之后，殡仪馆有一个仪式，要把逝者随身的东西，日常用的物品，烧掉。落葵不解其意，入乡随俗，烧掉了母亲出事那天的衣服，她正在看的一本书，还有她的老花镜。手机是葬礼之后还给她的。所以，幸存了下来。

三个月没开机，早已经耗尽了电量。落葵用自己的华为充电器为它快速充电。十几分钟后，落葵迫不及待地试着开机。

打开了。屏幕上出现了酒窝灿烂的笑脸。

母亲没有为手机设置密码。

手机联系人、通信录，一共没有几个。除了家人，其余的，落葵也全都知道他们的情况。都是母亲的同事，几个老姐妹。还有就是必要的生活号码，比如，小区物业、酒窝幼儿园；比如，豆腐张、鸡蛋刘、修理赵师傅；等等。豆腐张、鸡蛋刘，想来是母亲常买人家的豆腐和鸡蛋。来历清楚明白。微信朋友圈，也只有这些人组成。

落葵又去查来电显示。

有三个未接来电。时间显示，正是母亲出事当天。一个，是落葵打给母亲的，她奇怪母亲买一把韭菜怎么走这么久？还有两个，是同一个号码，一个在傍晚，另一个在深夜。

号码下面显示的区域，是北方槐城。

落葵心跳了几跳。

她看看时间，已经是半夜一点。这个时间，给一个陌生人打电话太不合适了。可要让她等六七个小时，等到天亮，无疑是一种煎熬。她想，对方给母亲打电话，不也是在午夜时分吗？不管了，世界上，有比礼貌更重要的事。

她定定心，把电话拨了回去。

响铃了。铃声是一首戏歌，《梨花颂》。

"梨花开，春待雨；

梨花落，春入泥——"

只唱了这两句，就听见那边一个急切的人声接起了电话："喂，如云？"

一个女声，听上去不年轻了："如云，怎么回事？你怎么不接我电话？"

"我不是如云。"落葵努力让自己的声音平静，"我是如云的女儿。"

对方静默了。落葵觉得自己能听到那边心跳的声音。

"你是落葵，对吧？"那边的人说话了，"落葵，如云怎么了？她出什么事了吗？"

"她不在了。"落葵说。

"不在了？"对方诧异至极，"去哪儿了？"但忽然之间猛醒过来，"你是说，如云没了？"

"对，没了。"落葵回答。

"怎么没的？"

"车祸。"

"车祸？"那边脱口叫出来，"又是车祸？"

又是车祸？落葵想，为什么说又是车祸？落葵听到那边压抑不住的抽泣。她等她平静。窗外，隐约听见夜航的飞机从城市的上空飞过。落葵一直觉得，夜航的飞机永远给人一种孤独的漂泊感，就像未知的、无助的命运。

"我其实有预感，"过了一会儿，对方开了口，一听就知道是哭过了，"是六月的事吧？那几天，我心慌，所以才给她打电话。"

"对不起，"落葵这样回答，"我能知道您是谁吗？我应该称呼您什么？"

"你叫我姨就行，叫我巧明姨吧。"

"巧明姨，"落葵这样叫了一声，忽然涌上来巨大的悲痛，"我从来不知道您的存在。"她说，"您知道我，我对您一无所知。"

"可你还是找到我了，孩子，"巧明姨说，"是你妈，是你妈让你找到我了。从前，在榆城，我和你妈，亲如姐妹，她知道你一定有事要来问我……"这个叫巧明的女人哽咽了。

"我能去找您吗？"落葵问，"我想见您。"

九月，是北方槐城最美好的季节。天空碧蓝如洗，阳光澄澈，有浩大而宁静的秋意。白杨树、银杏树的叶子开始变黄，大地丰收，万物都有一种缠绵和惜别之情。一条河穿城而过，波光粼粼，那是流向黄河的支流。对这个据说是她出生的城市，落葵毫无记忆，她也几乎从没听母亲提起过它。她不知道，秋天的槐城，如此端庄、从容，有清寂的明媚，那是她生活的南方所没有的美。

她知道自己是北方的植物。被移栽到南方，经历了长期的水土不服。现在，她来了。

乍一看，巧明姨比母亲如云年轻十岁不止，不像是一代人。巧明姨豪爽、热情、鲜艳，风姿绰约，一望而知，年轻时，一定是个俊朗的北方美人。

她双手握住了落葵的手，凝视着她的脸。"是如云的孩子，像她，"巧明说，"不过还是没有你妈年轻时好看。"

“我妈？好看？”落葵觉得不可思议。她们说的，是同一个人吗？

巧明深深叹口气：“可怜的如云啊，”她眼圈一红，“我不知道她后来变成了什么样，你的母亲廖如云，曾经，是榆城之花。”

落葵惊住了。

三、榆城之花——巧明讲的故事

我和如云，都是榆城人。

榆城是座小城，也是座古城。我们两家都住在古城一条小街里，青石板铺路，两边有店铺。小街中间，有古老的市楼，也叫旗亭。穿过市楼，走到尽头，一拐，就是旧时的城隍庙。只不过，等到我们记事时，城隍庙里早已不再供城隍，变成了小学校。

我和如云，都是城隍庙小学校的学生。

我家兄弟姊妹五人，孩子多。我老三，夹在中间，姥姥不疼舅舅不爱。如云是独生女，她前面曾经有过两个哥哥，都在一岁左右时夭折，就她命大，活了下来。你姥爷姥姥看她，如珠如宝。你姥姥姥爷那时都有工作，你姥爷是供销公司的会计，你姥姥是售货员，在一家布店里卖布。双职工家庭，家境不错，如云自然就被他们养娇了。

那年月，细粮、肉、蛋、油、白糖、布匹，甚至肥皂和火柴，样样都要凭票证供应。细粮稀缺，在榆城，通常人家，常常做两样饭。家里的顶梁柱，上班挣钱的父亲吃细粮，其余的成员吃杂粮多一些。如云家里，也做两样饭，不过吃细粮的是如云，而父母则吃杂粮。榆城人爱吃面食，如云的碗里，永远是白面的削面、拉面、剔尖、手擀面，而你姥姥姥爷，则是吃掺了榆皮面的玉茭面，或者高粱面抿尖、擦尖、包皮面之类。如云的嘴，养得很挑剔，不吃肥肉，不吃葱，不吃白萝卜，不吃切得粗的面条，她说傻拉巴登的大粗面条，她咽不下去。

你姥姥有双巧手，家里有缝纫机，年年都会给如云做新衣服穿。她在布店上班，近水楼台，有好看的布料总能先买到。手里还有一本上海出的缝纫图书，可照着样子裁剪。所以如云的衣服，和榆城其他孩子的比起来，要洋气许多。

她被娇养着，长成一朵花。走在榆城的老街上，鹤立鸡群。

她习惯了这样被人瞩目。

我和她，从小，形影不离，同出同入。我常年穿姐姐的旧衣服，衣服上总少不了补丁。可我不在意。一来，我没心眼儿，不懂得妒忌；二来，谁没有穿过打补丁的衣服呢？物资匮乏，人人都穷。还有就是，艰苦朴素，是我们那个时代的风尚。

但是如云在意。

如云不止一次问我："巧明，你总穿你姐的旧衣服，不委屈呀？"

"委屈啥？"我回答，"谁让我是老三啊！我妈说，新老大，旧老二，缝缝补补是老三，我赶上了呀。"我跟她开玩笑，说，"我穿补丁衣服，你觉得丢人是不是？那我以后不和你走一块儿不就行了？"

"你敢！"如云朝我瞪眼。

那一年，学校歌咏比赛，要求穿白衬衫蓝裤子。我朗诵，如云领唱，我俩都站前排。我的蓝裤子，前前后后都有补丁不说，还吊着脚，短了一大截，很不像样，老师说："巧明你上台那天借一条裤子吧。"

那天我第一次介意了。十几岁的女孩儿，张口问人借裤子，毕竟难为情，也非常为难。我到哪里去借裤子呢？歌咏比赛，同学们人人都要穿蓝裤子，谁有多余的裤子借给我？只有如云，可她比我瘦小，她的裤子我借了也没法穿。

我很发愁。

如云劝我："车到山前必有路，包我身上。"

两天后，如云拉我到她家里。炕上有一条簇新的学生蓝布裤，叠得平平整整，满屋飘散着新布特有的那种气味。

"穿上试试。"如云说。

我穿上身，哎呀，正合适，长短肥瘦，都刚刚好。如云叫起来，说："妈，你真厉害，你的眼睛真就是一把尺子！"

你姥姥说："衣不加寸，可还要长个子呢。我在里边都留了余地，等瘦了短了，我都能给放出来，能多穿两年。"

我晕了。

"姨，这是……给我做的？"

"傻孩子，不是给你是给谁？如云回来对我说，她今年不要新衣服了，要把布票省出来，给你做裤子。"你姥姥这么说。

我扭头看如云，她朝我笑笑，说：

"姐，我不想让你借别人的裤子上台。"

我眼睛湿了。"姨，"我叫了一声，"长这么大，我还没穿过新裤子呢……"

那个年月啊，一条裤子，抵千金万金。不是钱，是人心。我和你妈，这么多年，风风雨雨，不管她干过什么过分的事，我都恨不起她来。在我心里，她总是那个对我说"姐，我不想让你借别人的裤子上台"的那个女孩儿、那个妹妹。

其实，有好多事情，小时候，还是能看出端倪的。

初中，我俩还是同学。那时候不考试，就近分配入学，我俩自然被分配到了同一所中学：榆城一中。幸运的是还分在了同一个班。我们班上，有一个女生，北京人，是跟着下放的父母来到了榆城。她的气质、气息、穿着打扮，一看，就和我们这些小城姑娘迥然不同。那年，不知为什么夏天出奇的长，九月，这个北京姑娘穿一件白衬衫，军绿的裤子，在人群中亭亭玉立，像一棵玉兰树。那白衬衫的面料，叫的确良，是我们榆城买不到的。

一件的确良衬衫，分开了她和我们。就像巴尔扎克小说里描写的，分出了巴黎和外省。

如云不去上学了。她请了病假。

我知道她没病，可她就是不去上学。

姨来找我了，就是你姥姥。姨对我说，"巧明，咋办？如云说了，没有的确良衬衫，她一辈子不去上学。"

我说："那能托人去槐城买一件吗？"

槐城，就是省城，一个大地方，离我们榆城六十多公里。去槐城办事的人，还好找一些。

"不行呀，"姨发愁地蹙起眉头，"如云说了，一定要去上海买才行，别的地方买来她也不穿。这个死妮子，真是要人命！你知道谁认识跑上海的列车员？或者，有没有人去上海出差？"

我明白了。如云要借上海，来压北京。上海，在那时候国人的心目中，是洋气、高端、时髦、时尚的代名词。

十几天后，的确良衬衫总算买到了。姨四处托人，绕了七七四十九个弯儿，找到了一个跑上海的列车员，给如云捎回一件衬衫：素净的天青色，微微掐腰，小尖领，白色有机玻璃扣。第二天，如云的病就好了，穿着她的新衣，去了学校，神清气爽，眉目如画，清新如雨后的天空。

她必须是被瞩目的那一个。她习惯了这个。

她虚荣。

那时候我就知道了这一点。

不久，我和如云，我俩都进了学校的宣传队。那时候，一个好的宣传队，堪比一个小文工团。榆城一中的宣传队就是这样，有阵容强大的乐队，有歌队和舞队，等等。我们排了舞剧《红色娘子军》中的一场：《长青指路》。演吴清华的，自然非如云莫属。我属于歌队，唱歌。我唱独唱，唱《沁园春·雪》，也唱京剧选段,《红灯记》里李奶奶的唱段,《沙家浜》里沙奶奶的唱段,都是老旦的唱腔。

学校为如云搞来了一双红色的芭蕾鞋,不久,如云就能穿上这双鞋,在关键时刻,做几个踮脚的动作。她很痴迷。脚尖磨破了结痂,痂破了结,结了破,可她乐此不疲。她踮起脚,迎风展翅,如同一只仙鹤,很美。她对我说:"巧明,踮起脚,你会觉得,你和大地的关系变得很不一样。"

我觉不出来。因为我脚踩在地上。

我们的宣传队,四处演出,远近闻名。名声竟传到了省城槐城。有一天,槐城一家大工厂的人来到了我们学校,这家大工厂,声名赫赫,他们的宣传队,更是闻名遐迩,多年来,基本脱产,几乎属于专业性质。他们来,是来招人。

"听说你们有一个吴清华,挺不错的,我们想见见她。"

榆城那时和全国一样,学生高中毕业后,一律要上山下乡。只有那些有特殊专长的人,体育或者文艺特长,才有可能被部队、专业团体或者大工矿企业招走。那时我们刚升入高一,离毕业还有几年,但是,这样一个机会无异于天上掉馅饼啊。榆城毕竟是小地方,不像省城,机会没有那么多。来人看了我们一场演出后,对如云十分满意。如云当然也向往着一个更大的人生舞台。还有什么可犹豫的?唯一的遗憾,是拿不到高中毕业证了。可在当时,乱世,读书有什么用处?一张高中毕业证书,几乎没有一毛钱的作用。就这样,如云决定去省城了。

榆城轰动了。都知道一个小女孩儿因为跳舞去了槐城的大厂矿，真是个幸运孩子啊。不说别人，我妈就羡慕不已，我妈说："看看人家如云，看看你，都一样在一个台上唱唱跳跳，人家咋就能跳出个铁饭碗来？你就只能等着去修理地球？人家的爹妈上辈子积了啥大德，这辈子摊上这么个好闺女？"

我说："这话得问你们，别来问我。"

那是一个决定命运的时刻。

如云很兴奋。

她对我说："我知道，我不属于榆城。"

我也知道。

"我也不属于槐城。"她又说。

"那你属于哪儿？"我问。

"谁知道呢？我也不知道啊！"她笑了，"我属于一个遍地都是蜜糖和鲜花的地方，那是哪儿？"

"梦里。"我说。

"那我就活在梦里好了。"她自信地笑着回答。

那是个傍晚。我俩坐在学校操场上，我们席地而坐。放学后的操场空空荡荡。彩霞满天，操场寂静而辉煌。如云的眼睛如梦似幻，里面装满了金灿灿的憧憬。我忽然很伤感，我不知道我伤感什么。也许，是因为那一刻太美。

如云来到槐城，如鱼得水。她还是吴清华，穿着她的红鞋、红衫裤，在黑暗的椰林里，悲愤地，倒踢紫金冠，如同一簇火红的火焰，等着和指路人洪常青相遇。

这小小吴清华，也同样引起了槐城的一片赞叹。

她邀请我去槐城看演出。那是一个大会演，地点在槐城最好的大剧场。舞台、灯光、布景，都远非小小榆城可比。我坐台下，她在台上，追光打在她身上，就像神光。她是那么光明，掌声雷动，千人瞩目。如云就这样走到了她人生的巅峰。

那时，我升入了高二。就在这一年，历史迎来了一个大转折。

第二年，1977年，中断了十年的高考恢复了。

我在这一年九月升入了高三。宣传队停止了活动，学习步入正轨。我们将在1978的夏天参加高考。我的命运时刻就这样到了。

我喜欢上学。

我的学习一向不错，也很爱读书。我家穷，没有书，可我从小就喜欢借别人的书看，杂七杂八，居然读了不少中外名著。那时，我两个姐姐都还在农村插队，我爸是个非常明智的人，他对我说："巧明，不管家里多困难，只要你能考上，爸砸锅卖铁都供你。知识改变命运。"

这之前，上大学这件事，我做梦都不敢想。因为那时候上大学靠推荐，家庭出身首先要过硬。我家出身不算好，不是"红五类"，我爷爷在旧时代是小业主，所以我爸一辈子都谨小慎微。那时候我最羡慕的事，不是听说谁被招工，而是谁被推荐上大学，去一个我永远也进不去的世界。如今，机会突然来了，对我来说，就像奇迹。

我还算争气，那一年，我没有在半夜两点之前睡过觉。我很努力，也是我运气好，考上了槐城大学中文系。

录取通知书寄到那天，我爸放了鞭炮。我妈包了饺子，给我爸打了白酒。我爸喝醉了，红着眼睛说："我们老郑家也出文曲星了。"

不管是不是文曲星，我来到了槐城。现在，我和如云，又同在一座城市了。

开学不久，一个星期天，我坐公交车去河西看如云。

一条河，把槐城分成了东西两部分，市区在河东，河西是城郊。那些大的工厂大多分布在河西一带。如云的厂，也在河西，离市区很远。那一带，有一股好泉水，是槐城少见的出稻米的地方。一路，稻田、荷塘、垂柳，景色宜人。我特别快乐，因为马上就能见到如云了。

谁知竟扑了个空。

同宿舍的人对我说，如云去了市区的医院。

我吓一跳："她病了？"

"不是不是，"同屋人急忙摆手，"她去进修了。"

原来，脱产的宣传队不存在了。成员们都各自回到了生产的岗位。当初，如云被招工进厂时，编制是被落在了厂里的职工医院，占了一名护士的名额。现在，她真的去职工医院当了护士。可她这个护士，什么都不会。医院就把她送到市里某医院的附属护校去学习了。

那是厂里对她的特殊照顾。

没想到如云也做了学生。

我没有贸然去找她。我不知道，如云对这种变化是否适应。就我本心来说，我觉得这是一个不错的改变。许多专业的舞蹈演员，到了一定的年龄，不是也要转行吗？如云只不过是提前了几年，何况，她本就是一个业余跳舞的，既然是业余，那就应该有"主业"才对呀。

那时候联系，哪有现在这么方便？只能写信。我给她往那个护校写过几封信，约她见面，她一直没有回复。我不清楚是她没收到信还是不想见我。后来，我给她往学校传达室打电话，她过来接了，不等我开腔，就说：

"你就这么着急想向我炫耀啊？"

说完就挂了。

我很难过。

我难过，不是委屈，不是因为她曲解我。我知道她绝不会以为我是在向她炫耀。她这么说，是发泄，是拿我撒气。因为她不快乐。

几周后，一个星期天，我在宿舍里看书，有人叫我，说楼下有人找。我出去了，是她，如云。那已是深秋的季节，天空碧蓝，金黄的杨树叶落了一地。她穿了一件红色的外套，踩着落叶，站在那里。我还没开口，她就说：

"想你了。"

我走上去，抱住了她。

许久，我们松开。她说："我带了一个人来。"然后扭头喊："陈怀安！"

我急忙转头。一个瘦高的男人，穿一件卡其色风衣，咔嚓咔嚓踩着落叶，风度翩翩，朝我们走来。

我认出了他，他就是舞台上的那个洪常青。

落葵，这就是你爸爸。

四、陈怀安

陈怀安比如云大七岁。是个孤儿，在社会福利院长大。从小，性格内向、阴郁，不爱说话。

小学快毕业时，有一次，省艺校的人来他们学校挑人，挨着班级转，挑来挑去，看中了他。

"会跳舞吗？"人家问他。

他摇头。

"喜欢跳舞吗？"

他还是摇头。

他们摸他的骨骼、他的膝盖，量他的身高比例。接着问他："你爸爸妈妈胖不胖啊？"

他不再摇头，也不点头。旁边的老师急忙和来人咬耳朵。"哦——"来人恍然大悟。

于是他们找到了他的监护人——福利院。说明来意。福利院岂有不愿意的？一个孤儿，有了一技之长，这不是大好前程吗？于是，十三岁的陈怀安就这样进了省艺校，学了舞蹈。

那是 1965 年。

仅仅一年之后，艺校就停课了。

时代轰轰烈烈，没有人能活在时代之外。陈怀安不是一个激情、热情的人，他骨子里是个逍遥派，可是也参加了社会上某一个学生组织的大型宣传队。不为别的，人家是为了革命，他则是为了生存。学校乱了套，他没有地方领取助学金了，福利院又回不去，他得吃饭。

等到社会上轰轰烈烈地动员学生们上山下乡的时候，陈怀安则因为舞蹈，被那个大厂矿的宣传队招收了进去。虽然，艺校的专业学习只有一年时间，可总是打下了底子，和业余的毕竟不同。多少同龄人在这一年，在以后的很多年，去往乡村，去往雁北、陕北、东北、云南，或者是内蒙古大草原，而他，则因为一点薄技，拥有了一只铁饭碗。

跳舞，并非他所爱，也不是他自己的选择。但他还是感谢它。

那一年，他还不满十八岁。

六年之后，他遇到了那个叫如云的女孩儿。

起初，他们只是一对普通的搭档。那时，他正在恋爱，他的女朋友是个北京知青，一年多前从插队的谷县招工上来，在乐队拉小提琴。这个女知青，对陈怀安，一见钟情，是个颜值控，又是个极开放的人。他们认识没几天，她就对陈怀安说：

"喂，做我的男朋友吧。"

陈怀安以为她是在开玩笑，就说："好啊，小提琴。"

"看来你没当真，"小提琴摇摇头，"我是在追求你呢。"

陈怀安惊得说不出话。

"小提琴"长得不算特别好看，但一看就是大家闺秀。还有来自大地方的那种自信。她飘逸、洒脱、爽朗，和他见过的所有女孩儿都不相同。她对陈怀安说："美少年，我追定你了。"

陈怀安试图拒绝她："我配不上你。"

"哪里配不上？"

"我是孤儿。"

"真好，我最不喜欢和婆婆还有七大姑八大姨相处。省事。"

"我小地方人，没见过世面。"

"我见过，我讲给你听。"

"我没文化，我们不会有共同语言。"

"谁需要共同语言？我要美，这是浩荡的天恩。"

她理直气壮，慷慨陈词，一意孤行，毫不气馁。陈怀安哪里是她的对手？不用说，陈怀安最终被惶恐地感动了。从此他有了个恋人、姐姐、小母亲和君主。这个孤儿，从来没有体验过被爱的感觉，他沉入一个巨大的温柔之海中，幸福得几乎窒息。他想，幸福原来也是让人恐惧的呀。

如云到来时，他正沉浸在这样的幸福里。他的眼睛，看不到别的女性。这世界上的女人，开天辟地，只有一个。如云这样的小女孩儿注定在他的世界之外。

但是，"小提琴"对他的迷恋，来得快，去得也快。一年后，她突然决定报名参加高考，还请了事假，要回北京去复习功课。临走，她说，怀安，分手吧。

他沉默不语。

"我们不合适。"她说。

"我们没有共同语言。"她说。

"我知道我说过很多昏话，那时候我在发高烧。生活终究会治好我们每一个人的热病。"她说。

她说。她说。她说。

而他，一言不发。

她说完她想说的，走了。

许久，他才感到痛。痛彻心扉。疼痛让他醒来。原来他一直在做梦。他一个最不爱做梦的人，居然，在一个荒唐不经的梦里沉溺了这么久。他觉得羞耻。羞耻得想死。可他还是忍不住想她。想得五脏六腑在身体里抽搐着揪成一团。他无法解脱，只能伤害自己。他用小刀划他的手臂，让血流出来，热的血，还有心里的毒，流出来的那一刹那，身体慢慢地软下来。痉挛消失了。

眼泪奔涌而出。

原来，他会哭。他不知道自己会哭。从他记事起，他没有哭过。多么难受，多么疼，都没有流过泪。他以为自己是一个不会哭的人，没有泪腺。

白天，他很平静。没人看得出他的内心。失恋在他身上波澜不兴。人人都知道他的故事，背后说什么的都有。同情的骂"小提琴"不是东西，嘲讽的说他是癞蛤蟆想吃天鹅肉，嫉妒地说早知道会有这一天。那一段时间，宣传队排了新的舞蹈《十里长街送总理》，作为领舞，他有一大段悲愤欲绝的独舞。他跳得十分投入，步步泣血。他第一次和舞蹈合体。此前，他跳的都是动作和技巧。生命的剧痛让他突然悟出了舞蹈的意义，他抵达了他舞蹈的巅峰。

　　但是，没有多久，宣传队就解散了。

　　在他真正爱上了舞蹈的时候，他失去了舞台。

　　这个数万人的大厂，有份厂刊，他被分配到了厂刊工作，学习版面设计。起初，他觉得匪夷所思，一个小学毕业，只念过一年艺校的人，怎么能胜任这么有文化的工作？幸运的是，带他的老师，是个很善良很负责的前辈，经历坎坷、百废待兴的时代，刚刚复出不久，特别有心劲儿，不怕麻烦，手把手教这个菜鸟拍照、设计、排版。他是聪明的，有悟性，跟着老师，一点一点学，工作渐渐上手。杂志社有辆中型面包车，经常要跑印刷厂，他常跟着司机师傅去拉刊物，坐在副驾，慢慢地，对开车也有了兴趣。他对师傅说：

　　"师傅，我能跟你学开车吗？"

　　师傅说："行啊，给我买两条好烟，我教你。"

　　他开玩笑问，师傅开玩笑答。一问一答后，竟成了真。一来二去，他真跟着师傅学会了开车，居然，还考下了 A 本的驾照。现在，他觉得自己是个有用的人了。摄影、排版，这些事情，在他看来，云山雾罩，而开车，则是脚踏实地过硬的技艺，让人安心。

　　如云再遇见陈怀安的时候，他胸前挂着照相机，跟着他的老师，来厂医院采访。老师跟受访者面对面谈话时，他从各个角度拍照。左一张，右一张，神情专注严肃。他好看的侧影，让一群女护士们看得痴迷。

　　人群中，他看见了如云。

　　他向她走来，说："如云，你穿着护士白衣，我都认不出你来了。"

　　如云说："我也认不出你来了，大记者。"

　　"你也嘲笑我啊？"陈怀安淡然地说，"我还不知道自己是谁？"

　　"我说真的，"如云回答，"你看不见你自己，你拿照相机的样子，分明就是个记者。"

　　他微微笑了一笑，说："你我舞台上的人，演啥像啥吧。"他打量了她一下："你也真像个护士。"

　　这话，让她静默。片刻，她笑笑，说："你敢找我这个护士输液打针吗？"

　　"不敢。"他回答。

　　就都笑了。

　　"过得好吗，如云？"他问。

"我要去上学了。"如云答非所问。

"去哪里？"

她说了那护校的名字。

"好事啊，"他说，"等你回来，就是个真护士了。多好啊。"

如云长大了。陈怀安第一次发现了这个。他还发现了她原来是个非常好看的姑娘。鹅蛋脸，皮肤晶莹如玉，一双清水眼，睫毛茂密如水草。她的好看，古典、安静，是夜空里的好看，丝毫没有咄咄逼人的霸道和明艳。

"陈怀安，你真这么觉得？"如云问。

"当然是真的，"他很认真，"别说我们，就说那些专业跳舞的，年纪大了，不都得改行？干什么的没有？售货员、流水线工人。有几个人能有运气当护士？"

这话，不止一人和如云说过，如云自己也不是不知道。可从陈怀安嘴里说出来，如云就觉得有一种深深的安慰和知己感。玉树临风似的一个知己啊。

"好。我学成归来，第一个就给你打针。"如云慷慨地说。

"哪有这么许愿的？"陈怀安回答。

如云笑了。

"你会去看我不，陈怀安？"

"请我吃饭，我就去。"他笑着回答。

回去的路上，陈怀安忽然意识到，他今天笑了，而且不止一次。他已经忘了自己多久没有笑过了，他以为自己这辈子都不会再笑了。

几年后，他们没有悬念地结婚了。

三年护校，陈怀安等着如云。

护校一毕业，廖家就出了大事，如云的父亲突发脑出血去世。如云守孝，陈怀安又多等了一年。

厂里分给了他们一间平房，带一个小的厨房。门前，还有小小一块地，圈起来，就是自家的园子。左邻右舍都在园子里种菜、种葵花。唯独如云，种了一园子的玫瑰和月季。

陈怀安说："这有什么用？种菜多好。"

如云说："这地上长的东西，哪一样没有用？没用，老天爷为什么生它？"

陈怀安一想，还真是有些道理。

平房是红砖房，瓦顶。门窗由公家统一漆成绿色。屋内，四白落地。如云用橘色的布料做了窗帘、床单和枕套。一张双人床、一只大衣橱和一张折叠圆桌，还有四把藤椅，就是他们新房里的全部家具。家家必备的那种简易沙发和茶几，如云家没有。可她有别人没有的东西，比如，一块漂亮的、出口转内销的草编地毯。这地毯醒目地铺在房间中央水泥地上，折叠圆桌就置放在上面，桌上铺一块白色针织镂空蕾丝桌布，四把藤椅围拢着桌子，就是房间的中心。灯低低地垂下来，是暖光的灯泡而不是那种白炽灯管，照着桌上的黑陶罐。月季开花的季节，陶罐里养着鲜切的月季。玫瑰开花，罐子里就是鲜切的玫瑰。他们俩在花香中，围桌而坐，吃饭，聊天，招待朋友。

不管是谁，走进这个原本简陋的家来，都要惊呼一声：

好漂亮啊！

好别致啊！

好温馨啊！

如云但笑不语，这就是她想要的。她对生活的爱意、情意和向往，她点点滴滴的努力和自尊，都在这一声声的惊呼里，得到了体现和回报。她觉得幸福。

当然，最让她感到幸福的，是身边的这个人。

此时，陈怀安已经是一个完全可以独当一面的"陈记者"了。他背着那些如云叫不出名目的各种相机，身穿一件有许多口袋的马甲，出现在厂区的各个地方和各种场合。他三十出头，身材一点没走样，而脸部，则越发地有棱角，眼睛日益深沉。他真是美。这让如云骄傲。她喜欢他被瞩目，她尤其喜欢和他并肩走在一起，知道在别人眼里，他们是多么美好的一对璧人。

那几年，真是岁月静好。

五、烟火夫妻

"后来呢？"落葵问。

"后来，"巧明姨说，"我真不想说'后来'啊。"

"可我就是来听'后来'的，"落葵说，"巧明姨，我不怕。"

"其实你也听出端倪了吧？"巧明姨说，"他们俩，其实并不是一种人。"

"是，"落葵想，"他们不是一路人。"

"你父亲骨子里不是一个想入非非的人，对生活没有那么大的期望。他喜欢过安静的日子，有安全感的日子。用今天的话说，他是个佛系的人，遇事不争不抢。可职场是战场。渐渐地，比他入职晚的后辈，做了他的上级。说实话，他也确实争不过人家。那是一个看文凭的时代，你父亲充其量只有一张初中毕业的文凭。厂里分职工宿舍，一项一项打分，你爸妈两个人的分值都不高。分房总轮不上他们。他们平房小院的邻居们，许多人都乔迁新居，如云那个曾经温馨的小窝，现在，再也没有人羡慕。

"如云一天比一天不快乐。

"他们俩，结婚好几年都没有孩子，如云不要。起初，因为年轻，想保持两年好身材。陈怀安宠她，自然答应。可后来，年纪大了，陈怀安开始想要孩子，但如云不同意。如云说：

"你就让我们的孩子生在这么一间破平房里呀？"

陈怀安说："你的意思，分不上房子，你就永远不要孩子？"

"是。"如云回答得斩钉截铁。

陈怀安也越来越沉郁。

那些年，我大学毕业，去北京读了硕士，槐城一所师范学院聘用了我。我和我的学长结了婚，在槐城终于有了自己的家。我的学校对我不薄，我算是他们引进的人才，分我们一套两室一厅的单元房。我不敢请如云来家里玩，我深知如云的心病。

可如云还是来了。

她说："你不请我来暖房啊？"

她带来了两件礼物，一件，是她小园里的玫瑰花，鲜艳欲滴的一束。还有一件，是陈怀安你父亲拍摄的一张照片，放大了，镶嵌在一只镜框里，拍的是槐城夜色，河上的月亮。我不懂摄影，可这张照片我很喜欢。

"花好月圆。"如云说。

我很感动。

如云参观了我的新居，说：

"巧明，你很骄傲吧？"

我摇摇头。

"那时候，我要是不来槐城、不进厂，也许现在，我也能和你一样。"

第一次，我们谈起那个命运的时刻。可那时，我们谁也不知道，我们是站在一个什么样的路口，一个什么样的历史关头。我们怎么会知道啊？

我不知道该说什么。

"没事，"如云笑笑，"面包会有的，牛奶会有的。"

那是《列宁在一九一八》里的一段名言。属于我们那几代人的共同记忆。

"对，一切都会有的。"我也笑着说。可不知为什么心里很难过。

工厂改革，精简机构，厂刊被停掉了。陈怀安不再是一个记者和编辑，也不再以工代干。厂刊全班人马，只有少数几人被分到了厂办和宣传部门，其余的人，都被分到了"三产"。不愿去三产的人，可办理"停薪留职"，自谋出路。

陈怀安想去三产。

如云说："你到了三产，还怎么见人？"

陈怀安说："三产怎么就不能见人了？"

"我没脸见人！"如云说，"三产三产，名词时尚，不就是劳动服务公司？听说咱厂要开发的三产，一是去挖鱼塘养鱼，二是开饭店。你是去养鱼还是去饭店跑堂？"

陈怀安回答："我去当司机，我有驾照。"

"汽车队有多少人也进三产了？开车能轮上你？"

陈怀安不作声了。

昔日的同事，大多，都办了停薪留职，自谋出路。一霎时，风流云散。陈怀安觉得伤怀。

如云逼陈怀安办了停薪留职。

如云还想让陈怀安干和摄影有关的事，想让他去哪个报社或者是杂志社应聘。她甚至还来拜托了我。可是，你父亲没有学历，没有专业资质，至于他的摄影水平，我拿了几张他的作品让行家看，人家说，平庸。能拍出这种照片的人，如过江之鲫。

我特别后悔一件事，就是，那天，我请行家帮我们掌眼的时候，如云在身边跟着。她清清楚楚，一字一句，听到了这些无情的话，这些残忍的结论。出门，我根本不敢看她的脸，觉得那么对不起她。这世上，我最不想伤害的一个人，却让我伤得这么深。

"好了，巧明，"她对我笑笑，"我不再做梦了。我输了。"

说完，她就走了。

那是黄昏，太阳刚刚落山。天空辉煌而寂静。长长的小街，行人稀少。两边灰色的老建筑有种凋敝的肃穆。如云的背影，又伶仃又骄傲。我望着她渐行渐远，忽然觉得辛酸。

她不再联系我。我也不敢联系她。

后来，我还是知道了，陈怀安居然承包了一辆载客中巴，跑长途。他的 A 本驾照此刻派上了用场。他从槐城火车站站前广场出发，载客去往一个叫交县的地方。那里是山区，路是盘山公路。全程一百多公里。

和他搭档的，是一个年轻小伙子，叫王子，是从前教他开车的那个师傅的儿子。王子坐在副驾上，喜欢说，这是我的白马。可干的是售票、检票，洗车、整理卫生，这样的杂事。

我不知道是喜是忧。

我不知道如云能不能接受这种改变。

几次，想去看她，犹豫再三，还是放弃了。

那年中秋，我最小的弟弟结婚，我回到榆城参加我弟弟的婚礼。要是从前，我会在第一时间把结婚请柬送到如云手里，可那次我决定不告诉她。没有想到，她竟然来了，是姨通知了她。姨说，这么大的事情，如云怎么能不来？

记得那天，她穿了一件墨绿色的旗袍裙装，如同一棵修竹一样亭亭玉立。烫过的头发在脑后绾了一个发髻，露出光洁如玉的前额和俏丽的美人尖。小小的珍珠耳环，雨滴一样，悬垂在她耳朵上，说不出的妩媚迷人和性感，完全盖过了新娘子的风头。她比以往任何时候都更精心地修饰了自己，在故乡，在父老乡亲面前，她用精致的妆容，掩藏了她深深的失意。

我懂。

我拉她坐我身旁。她冲我微笑。她对每一个人笑。来宾中，不乏我们从前的同学，她和他们大声寒暄、聊天，又热情又随和，热情得甚至有些过头。和同龄人比起来，岁月在她身上，好像雁过无痕。大家都过来向她敬酒，说："借花献佛，敬你。"女人们问她讨要保持身材的秘方，男生们则举着酒杯说："廖如云，今年十九明年十八啊！"还有人起哄，要和她喝"交杯酒"。一切，似乎都没有变，时间倒流了，她还是那个被众人艳羡的"榆城之花"。

酒宴将尽，陈怀安来了。

他开着他风尘仆仆的中巴，在交县放下乘客，空跑几十公里，绕道，来接如云回槐城。

他和他的车一样，风尘满面，皱巴巴的一身衣衫，闯进婚宴大厅，站在芬芳的、娇媚的妻子面前，突然变得手足无措。

笑容凝固在如云的脸上。

我忙站起来，拉过一张椅子，邀他入席。他连连摆手，说："不了不了，巧明，我们这就走。如云今天还要值夜班。"

"哎，这谁呀？"女同学中有人叫起来，"巧明给我们介绍介绍啊！"

我不知道该不该说。

"这是我丈夫，"如云开口了，"他来接我，他怕我和人私奔。"

她笑着说，我不知道她是不是在开玩笑。但人们都笑了。有知道内情的人叫起来，说："哎呀，原来是大记者啊！"于是引来一片大呼小叫，大记者大记者的。人们都喝高了，很亢奋，就听有人喊，"大记者啊，你小子好福气啊，把我们'榆城之花'给摘跑了！"

陈怀安惴惴不安站在那里，忽然打断了大家，说道："我不是大记者，连小记者也不是，我现在就是个司机，开中巴。"

他说完，人们愣了一愣，静下来，望着他。有人"扑哧"笑了，说："大记者好幽默啊！"

"他不幽默，"如云缓缓地开了口，"他就是个开中巴的，你们见过这么好看的中巴司机吗？没有吧？"她笑笑，说，"走吧，师傅。"

她挽住了陈怀安的手，镇定、优雅地朝大厅门口走去。她知道背后是一片眼睛的箭阵，她一副肉身活活成了人家的靶子。榆城目睹了她的难堪，目睹了她本来想对故乡隐藏的失意和不得志。她走得越优雅越从容，我就越害怕。我追上去，送他们出门。刚来到院子里，如云就愤怒地把自己的手狠狠地抽了出来，一个人，跌跌撞撞地朝外面跑去。

"如云——"我叫她。

她没有理我。或许，她根本就没有听见。

"对不起巧明，我不该来，她生我气了，"陈怀安抱歉地对我说，"她今天要上夜班，我是不想让她挤长途车——"他这样解释。

"别说了我知道，"我打断了他，"你快开车去追她！"

他开着他倒霉的中巴走了。

后来发生了什么，我不知道。我很不安，可我不敢跟她联系。我一直在等她，等她在需要的时候来找我。我知道她一定有需要我的时候，就像我需要她一样。

可她迟迟没有出现。

没想到的是，陈怀安忽然来了。

那是《新闻联播》刚刚结束，《天气预报》的时候，我刚吃过晚饭，门铃响了。我开门，看见门外的他，头皮顿时一麻，吓一跳。

"如云怎么了？出什么事了吗？"我脱口就是一句。

"哦，不是不是，如云没事，"他急忙摆手回答，"打扰了巧明，是我想来找你，我有话想和你说——"

我长出一口气，急忙请他进来。我丈夫刚好出差不在家，我妈从榆城过来看我。因为那时我已经怀孕五个月了。

我妈认识陈怀安，知道他是如云的丈夫，忙招呼他坐下，沏茶倒水一通张罗，还紧着问他吃晚饭没有。我忙给我妈使了个眼色，还好，老太太是明白人，寒暄两句后，就回卧室去了，还顺手带上了房门。

客厅里只剩下了我们两人。

"巧明，如云怀孕了。"陈怀安忽然开口这么说。

"呀，那是好事啊。"

"可是她不想要，她要做掉。"陈怀安说。

我懂了。是避孕失败，不小心怀上的。

"可是我想要啊，我特别想要一个孩子。我是孤儿，没爸没妈，我特别想给人当一回爸爸……"陈怀安说，"这辈子，我自己没命叫过谁爸爸，就想听人叫我一声爸，这不算过分吧?"他乞怜般地望着我。

我小心翼翼地问道:"如云为什么不要?"

"她说孩子来得不是时候，"陈怀安回答，"你还不知道吧?如云要去南方了，正在办手续。"

我大吃一惊。这么大的事，如云都不肯告诉我吗?她真的要不辞而别?从此相忘于江湖?我突然觉得伤心。

"那你呢?你也去南方?"半晌，我问。

"我不知道，"他说，"如云要我走，我心里很乱，我其实不想去。我现在开中巴，挺好的。我喜欢开车，喜欢这份工作。辛苦是真辛苦，真累，可我踏实。开车走在山里，心很静。以前我当记者、当编辑，总觉得是在演，演得很累，还不成功……"他惨然一笑:"可是，如云就是不接受现在这个我。那天在榆城，你也看到了，现在这个我让她觉得那么丢人。她喜欢那个台上的我，表演的我，很光鲜、很夺目。她希望我永远演下去、永远不卸妆，不下台。可我下台了，卸妆了，我卸了妆的这副样子，让她那么失望、伤心，觉得我一点也没出息，胸无大志，平庸、窝囊……她还想让我再扮上、再演。她逼我，说，我要是不跟她去南方，不跟她走，那我们俩，就完了。她不是在吓唬我，巧明，她说的是真心话，她真的会跟我分手！"他垂下了头，两手叉起来握紧抵在了额头上，"可我不想分手，我不能离开她。我以前有过一次分手，太痛了、太疼了，就像凌迟一样，生不如死……"他抬起头望着我，说："巧明，我只能来求你，我无人可求，你能不能去劝劝如云？劝她晚走几个月，就几个月，把孩子生下来，生下这个孩子再走？孩子不用她管，生下来交给我，她走，我来带，她在那边安顿下来，有了立足之地，我马上带着孩子去找她。到了那边，我一切都听她的，我可以努力再扮上，再演！这世上，我没有别的亲人，除了她，还有她肚子里的这团血肉，哪个我也舍弃不了，哪个我也不能不要！巧明，求你了！"

他不是在求我，他是在求冥冥中主宰一切的命运，那个巨大的未知。他眼睛里蒙上了泪光，那么深那么美的一双美目，世间的珍宝啊。我在心里说，上苍，你怎么忍心拒绝这样的祈求？

我答应了他。

"可是，如云要是不听我的呢？"我轻轻地、担忧地问。

"那就没办法了，"他摇摇头，"没有了这个孩子，我们也完了。"

说完这句话，他的脸，凝固成石像一般。

冰冷。绝望。

我去河西找如云。

还是那间平房小屋，还是那个小园。只是，园子荒芜了。冬天的缘故吧？凋零的月季和玫瑰间，摇曳着枯草。天气阴沉，预报说会有小雪。

如云开门。

"你怎么突然来了?"她很意外。

我进门,脱下外衣。她一眼就看见了我已经隆起的肚子。

"几个月了?"她问。

"五个月了,"我回答,"你呢?"

"我什么?"

"你多少天了?"

"什么多少天?"

"孩子呀,"我说,"还能是什么?"

她凌厉地望着我:"你怎么知道?陈怀安去找你了?"

"对。"我点点头。

她冷冷一笑:"我说呢,你怎么突然来了?原来是来当蒋干。"

"如云,"我叫她,"能听我说几句吗?"

"不能,"她回答,"趁早别说,说了也没用。谁也拦不住我!我要走,立刻马上!孩子我不要!脑子进水了?现在是生孩子的时候吗?"

"那你说,什么是时候?你三十了,陈怀安奔四十去了。你说什么是时候?"

"站着说话不腰疼啊,巧明,"如云突然伤心地看着我,"我要是你,我一定不会这么说话。我会对她说,就是世界上所有人都阻拦你,我不会,我懂你。我知道你不是去给自己奔前程,你是想给未来的孩子创造美好的生活。在没准备好之前，你不能把一个生命随心所欲带进世界——我会这么告诉她，巧明！"

"什么才叫准备好了？有可能你永远都不会认为自己准备好了。金鱼和渔夫的故事里那个老太婆，她会觉得自己满足了吗？"我说。

"你的意思，我就是那个贪心的、贪婪的老太婆？永不餍足？我没有那么贪心，姐姐！我只要有一套你那样的房子，不用出门去上臭气熏天的公厕，不用在早晨端着尿盆去倒尿，还一路跟人打招呼，吃了吗？冬天有暖气，不用在家里生煤炉，乌烟瘴气，还担心煤气中毒。我要我的孩子可以不羞愧地向朋友展示他的家，不自卑地跟人谈起自己的父母，可以响亮地说出父亲的职业、母亲的职业，不过就是这些而已，有点体面的生存！这么多年我就要这个，我要得多吗？我要的这些，你不是都有吗？你不是都能给你的孩子吗？在这之前，你不也一样没生孩子吗？"如云激愤又伤心地这么说。

我无语。

我不能说服她。我不能说，她的一意孤行没有一点合理之处。最让我不能抵抗的，是她的伤心。她的伤心让我心疼。

"可是，陈怀安怎么办啊？"我说，"他那么想当爸爸，想要这个孩子，你不管不顾做掉，这样伤他，想过后果没有？"

"当爸爸是个特别了不起的事吗？猫也能当爸爸，狗也能当爸爸，可我们是人。我们能做一点猫狗不能做的事，高级一点的事。理解这一点很困难吗？晚几年当爸爸就怎么了？会死吗？"

如云愤愤地说。

会死吗？

下雪了。这是那年冬天的第一场雪。

我们都不再说话。忽然有点惊心动魄。

屋里烧着一只取暖的铁炉，炉子上，坐着一把铜壶，水噗噗地开了，冒着白汽。那是一把老式的铜壶，我认识，是榆城如云家里的老物件。姨，就是你姥姥，总是把它擦得如镜子一般光亮。我盯着铜壶，看了许久，眼睛都看酸了。

"如云，"我轻声说，"要是时光能倒流，能回到那一年，我一定抓住你的手，死也不放开，不让你来槐城。"

说完，我起身，走出了房门。

我仰起脸，雪花星星点点落在我脸上。融化了，就像泪水。

榆城的岁月，我们走不回去了。

大约一周之后，我在看槐城地方台新闻的时候，看到了那一则消息。一辆中巴客车，在从古县返回槐城途中，由于雪天路滑，坠落山崖。

那是条弯道，据现场勘查的交警分析，中巴客车在出事时没有刹车的痕迹。

幸运的是，车上没有乘客，是辆空车，只有司机一人坠亡。但不幸的是，中巴冲下山崖时，对面车道上驰来的一辆农用小四轮没有刹住车，撞了上去，坠落在了半崖间。小四轮上一对夫妻，双双遇难，但母亲怀中抱了一个婴儿，则奇迹般地无恙。

司机叫陈怀安。你的父亲。

我冲出家门，就往如云家跑。

那时候不像现在，出租车十分稀少，坐出租车是件很奢侈的事。可那天我坐了出租车，是我丈夫给我叫的。他一路陪着我，搂着我。我不停地发抖，像打摆子。

如云在家。家里挤了一屋子的人。灯火通明。

如云看见我，迎上来。她炽热的眼睛里没有一滴泪，那炽热就像是被大火刚刚烧过的荒原。她说："我都认不出他来了。巧明，血肉模糊，他不让我认出他来。"

我抱住了她。她把滚烫的脸埋在了我肩头。

我和她，我和你妈妈，都清清楚楚知道，那不是意外。落葵，那不是意外。

我不用如云告诉我这个。我不想知道细节。

可后来我还是知道了。如云说，你必须知道。

她说："你要记住我造的孽。"

最后那个早晨，如云叫住了就要出门的陈怀安，对他说道："手术时间定下来了，我今天就去医院。"

陈怀安愣了一愣，说：

"如云，你不后悔？"

"后悔什么？"

他笑了笑，说："好，我知道了。"神情平静。出门时，他回头，说了一句：

"再见，如云。"

下雪，乘客不多。陈怀安对那个叫王子的搭档说："人不多，你就别跟车了。我今天在古县有点事，可能会住一晚，不回来了。"

车到古县，放下乘客。陈怀安对等车去槐城的人说，下雪，不安全，今天不跑了。对不起大家了。

他说，对不起大家了。

就这样，他开着一辆空荡荡的巴士，大雪中，独自去往一条死亡之路。只是，他没有想到，还是殃及了无辜。那辆农用小四轮，是他没有预计到的意外。

小四轮才是真正的意外。

中巴不是。

六、落葵

"我呢？"落葵问巧明，"我不是被做掉了吗？"

巧明摇摇头："没有。"她说："那天，如云去了医院，和她预约好的手术医生临时有事，改在了第二天。"巧明深深看了落葵一眼："当然没有第二天了，第二天如云改变了主意，她要生下这个孩子。落葵，你来了。"

落葵想，我是父亲的孩子。父亲的死，换来了我的生。

她把这话说了出来："巧明姨，我原来是父亲的孩子。"突然无限辛酸。

如云辞职，回到榆城，生下了女儿。那时巧明的儿子已经四个月了，她回榆城探望这对母女。如云清瘦、苍白、平静。还没满月。孩子则红润健康，有一头茂密的黑发。

"头发真像陈怀安，"如云说，"浓密。"

这是出事后，她第一次提起这个名字。

"叫什么？"巧明岔开了话题，"起名字了吗？"

"起了，"如云回答，"叫落葵。"

"好文艺啊。"巧明说。

"最后文艺一次，"如云回答，"我原先不知道落葵，是有一年我种花的时候，不知道怎么，地里长出一棵绿苗，长茎，心形的小叶片，长得还很快。我还以为是野草，要拔掉。陈怀安说，别拔，这叫木耳菜，也叫豆腐菜，可以吃。我们孤儿院里，种过这种菜，它的学名叫落葵。"如云一边说，一边低头温存地抚弄着孩子的头发："我觉得这名字挺好听，就留下它了。可它繁殖得太快，我不喜欢它夹杂在我的月季玫瑰园里，还是把它拔掉了。"如云笑笑，"所以我给她起名叫落葵。我每叫她一声，就会想起陈怀安，想起我做的那一切……"

巧明不能说话，她怕自己一说话，就会崩溃。她没想到如云对自己的惩罚是如此的残酷和极端。她用她身体里掉下来的那块血肉，用至亲的生命，用一生中的每分每秒，来铭记她对一个人的愧疚。巧明不知道是心疼她还是害怕她。如云把包裹在小襁褓中的婴儿，递了过来，说：

"来，抱抱她吧。这是落葵。"

巧明接过来婴儿，抱在怀里。孩子沉沉睡着，长长的睫毛如同花蕊。软软的小身体，奶香四溢："真好看，像你。"巧明怜惜地赞叹。

"我不会让她像我，"如云断然回答，"我但愿她永远不要知道自己好看。姐，"她郑重地叫了巧明一声，"我要拜托你一件事，你今天抱了落葵，这是最后一次。是认识也是告别。我去南方，会把她暂时留在榆城，你不能来看她，不能和她的生活发生任何联系。这个孩子，她不能和过去，和那件事，"她喘了一大口气，像是缺氧，"有一点点揪扯。她生下来的那一天，我也重生了一次。过去种种，那是我的上一辈子了，我埋掉了它。我这辈子，是和我女儿同一天开始的……你能懂吧，姐？"

我点点头。

"此生，我也不会再见你，不会再回到这里。可我还要厚着脸皮再拜托你一件事，我把陈怀安托付给你……清明节，还有，他的忌日，请你替我去给他坟上祭扫祭扫，别让他一个孤魂野鬼，没人惦记。姐，如云拜托你了！"说完，她一掀被子，跳下床，跪倒在巧明面前，俯下身，恭恭敬敬，给她磕了一个头。说："大恩不言谢，受我一个头——"

说完，她就那样匍匐在地上，长号一声，放声痛哭。出事以来，一直埋藏在、积蓄在她身体里的泪水，终于决堤，一泻千里地冲毁了她的伪装。她哭着叫出了那个椎心泣血的名字：

"陈怀安，来世，我做你的母亲，做你的亲娘，我不会让你再当孤儿——"

巧明也哭了。她不知道有没有来世。

她们果真是再也没有见面。偶尔，会通个电话。但从不写信，白纸黑字，总会有痕迹。

离开槐城时，她变卖了她所有值钱的东西。金项链、金戒指、金耳环，母亲在她结婚时送她的传家宝，一对成色极佳的翡翠玉镯，彩电、冰箱，以及好一点的衣物，等等，能变卖的统统卖掉。然后，给那个车祸殃及的小孤儿周明德，汇去了第一笔钱：500 元。

然后，她启程南下。

槐城，是如云的前世。

南方，则是她的今生。

今生，她严肃、古板、克制，毫无风情和趣味，视欲望为敌。以一己之力，抵抗着整个人类的虚荣。如同一个修道院苦修的修女。

唯一和槐城有牵扯的，就是周明德。她年年汇钱给他一家，就像今生还着前世的债。

在槐城的最后一天，巧明领着落葵来看陈怀安。

他的墓地，在槐城与古县之间的一座山上。那是一个寂静的老公墓。群山起伏跌宕，四周都是松林。山风浩荡，送来林涛和阵阵松针的清香。

陈怀安的墓碑，是一块黑色的石头，上面刻着：

先夫陈怀安之墓

妻如云携儿泣立

当年下葬时，落葵还没有出世，也不知道是男是女，但是母亲在碑上，刻字为凭，是要告诉丈夫，他成了一个父亲。

那是一个孤儿的心愿。

落葵哭了。

她说："爸爸，认识一下吧，我是你的女儿，落葵。"

【作者简介】

蒋韵，女，1954 年 3 月生于山西，籍贯河南开封。1979 年发表处女作。主要作品有长篇小说《你好，安娜》《隐秘盛开》《行走的年代》《栎树的囚徒》《我的内陆》《闪烁在你的枝头》《红殇》等，中短篇小说集《心爱的树》《晚祷》《完美的旅行》《水岸云庐》《妹妹上花楼》《失传的游戏》等，非虚构长篇《北方厨房》以及散文随笔集《青梅》《活着就有眷恋》《春天看罗丹》等。作品曾多次荣登《收获》、《十月》、中国小说家学会等榜单，曾获老舍文学奖、郁达夫中篇小说奖大奖、赵树理文学奖、《小说月报》百花文学奖、《北京文学》优秀作品奖等，中篇小说《心爱的树》获第四届鲁迅文学奖，《你好，安娜》获 2019 年度中国好书奖。亦有作品被翻译为英、法、西班牙、韩等文字。

天使与下午茶

潘向黎

下午茶是什么？下午茶是短时旅行。是现实生活的离岛。是通风良好的密室。一个人喝下午茶是清静和喘息，两个人喝下午茶代表倾诉和倾听。

喝下午茶的人，他们在这里，但他们又不在这里，他们在短时旅行中，在离岛上，在密室里——以喝下午茶为名义，现实和日常被他们轻轻地脱了下来，那件带着匆忙、局促和烟火气的外套就留在了门口。谁不知道呢？在上海，钱易求，闲难得。因此喝下午茶的人，看上去，总是多了一些从容的贵气，或者无欲无求的仙气。

比如此刻在港湾酒店喝下午茶的两个女子：杜蔻和卢妙妙。

港湾酒店的讲究，和那些巴洛克、洛可可风格的华丽色彩和繁复线条的讲究不同，这里的一切是收着来的。收敛自然是张扬的反面，和装模作样也有区别：装模作样是本色并非如此，或者只有三四分偏要装出个八九分，而收敛是因为拥有得足够，反而不想刻意显露。收敛着流露出来的讲究，往往给人印象更深，因为这不是装扮成讲究的样子，也不是表面还算是讲究，而是：一眼看上去，这就是真正的、沉静的讲究，坐下来定睛细看，更多的细节蜂拥而至，支持你最初的判断。这个隐秘的过程，这还真是令人愉快呢。那些第一次到港湾的客人，坐下来，一边用湿巾擦着手，一边环顾四周，然后发出不知是满意还是释然的一声叹息，就是这样的一个过程。

港湾的色调是和谐而雅致的，主色调是略带灰调的豆绿色和白色，正好用来衬托桌子上的来自丹麦的皇家哥本哈根或者来自芬兰的阿拉比亚花卉杯碟——春、夏、秋，这一带的街道上鲜花、绿树、各种商店的装饰足够鲜亮和热闹，所以皇家哥本哈根白底蓝纹的杯碟能让人更快静下心来，开始松弛地享受这里的一切；而到了冬天——上海著名阴冷的冬天，就真的必须用花卉图案来温暖眼眸和提振情绪了，而阿拉比亚花卉系列宝石般的色彩和毫不造作的艺术感，就是一个美妙的选择。虽然更大牌的英国货韦治伍德（Wedgwood）和日本的则武（NORITAKE）的花卉系列也美丽得无可挑剔，但是对上海人来说，前者太熟悉了，也太过著名，有时候也似乎不够让人放松；后者的产地太近了，"日本"两个字容易限制了想象，所以，芬兰更好，足够遥远，足够陌生，可以唤起更多的遐想。而且冬天比上海寒冷得多的芬兰，开在那里的鲜花也更加令人感动和唤起喜悦，所以，上海冬天的下午茶需要来自芬兰的阿拉比亚花卉系列。像港湾这样的五星级酒店，并不一定需要用"只用一个国家的一个名牌的器具"来吹嘘自己——许多事情，都是虚荣心把事情弄复杂的，没有虚荣心，事情就很简单。所以，港湾的下午茶就平心静气地用了两个国家的两个瓷器品牌，好就是好，为什么不呢？

保养得很好的刀叉，是银色的，用非常挺括的豆绿色餐巾包着，打开之后那柔和的光泽，会给餐桌增添一点点有身世感的奢华，但丝毫不影响总体的克制和含蓄。

当然，除了柔和雅致的色调，还需要合适的光线来衬托，这里的光线是令人愉快的，让人觉得眼前的世界是悦目而清新的，由于精准的设计和座位的摆放，灯光和阳光绝不可能对任何一个座位上的客人带来刺眼的麻烦，只会不动声色而非常友好地衬托来宾的服饰和女宾修饰过的妆容。这也符合"港湾"的本来意义：不需要挑动情绪，而只是令人安心，让人感到可以长长呼出一口气的那种松弛。对，在港湾，一切讲究都只是为了松弛。

杜蔻和卢妙妙，本来就只有两个闺蜜，没有男性和长辈在，到了这样的环境里，就格外松弛和自在了。二十几岁、长得不错的女孩子，用心打扮过了，自在而轻松，那就很好看了。

不要一说女性好看，就想到红玫瑰和白玫瑰。杜蔻的美还到不了红玫瑰那么浓烈和深邃，她更像一朵粉玫瑰，不过这朵粉玫瑰不是普通的温温暾暾的粉，而是一种叫"苏醒"的玫瑰，特别浓的艳桃粉、甜美得令人振奋、忍不住嘴角上扬的那种。而卢妙妙也不像纯白玫瑰那么绝对，她更像一种叫"小白兔"的白玫瑰，白色里面带着一些绝不突兀的淡黄色，花瓣像旋涡，旋涡中心还透出若有若无的粉红色，是一种有微妙的波动的白色。一朵红玫瑰和一朵白玫瑰，插在一起注定是不和谐的，但是一朵甜美的艳桃粉玫瑰和一朵有微妙变化的白玫瑰，她们在一起，就不但和谐，而且悦目，而且让两朵玫瑰都比原来更好看了。

当然，没有两个女子会真正相同。上海是中国女性最被厚待的城市，被厚待的人比较自我，比较舒展，上海的女子就更不会相同了，哪怕是闺蜜也是如此。谈得来，但两个人完全不一样。比如杜蔻和卢妙妙，她们经常一起到港湾来喝下午茶，说明她们都是单身，消费习惯也是合拍的，但一坐下来从口味到做派都不一样。

此刻，杜蔻正一边把司康饼掰成两半，一边对卢妙妙说："你看这些司康饼，腰中间这样裂开来，看了特别有食欲。"

卢妙妙说："照下午茶的规矩，应该先吃最下面一层咸的，然后吃甜的，你这样吃不对。"

杜蔻说："规矩是那么说，可是司康饼是刚出炉的，热着才好吃，得优先吃呀。反正三明治什么的，都是凉的，我还是先热后凉吧。"她把抹好了港湾自制的草莓酱和康沃尔浓缩奶油的司康饼放进嘴里，然后闭上眼睛，露出了"人生至此，别无所求"的表情。

"你这么个吃法，还说要减肥。"卢妙妙说。

杜蔻转移话题："这杯子真是精致呀！你看杯沿这里的蓝色花纹，像蕾丝一样。"

也许是潜意识里都要准备嫁妆，年轻女性往往喜欢瓷器。她们两个人都很喜欢瓷器，都是杯子控。但卢妙妙最喜欢苏西·库珀的"黑色水果"，外面是黑色的图案，笔触纤细的苹果、桃子、葡萄，杯子内侧却满满的都是浓烈的颜色。杜蔻随和，对港湾的所有杯具都赞不绝口，但是她最最喜欢这里没有的皇家阿尔伯特的"老镇玫瑰"。卢妙妙笑她："就是那种红、黄、粉三色玫瑰，还有金边的？好像有点通俗。"杜蔻说："对呀，我喜欢。""苏西·库珀更艺术，有情节性。"杜蔻笑了起来，"我没想那么多，我就是喜欢彩色玫瑰加金边，看了直接让我开心的那种调调。""你这个傻白羊！"卢妙妙伸手过来把一点奶油抹到杜蔻鼻子上。

卢妙妙和杜蔻是大学同学，但是硕士阶段两个人不同学校也不同专业，杜蔻读了金融专业，然后就工作了，在公司里是很受重视的后起之秀，现在已经是财务总监了。卢妙妙在一所著名的大学读了文艺学专业，后来又考了博士。卢妙妙不怕考试和论文，而且她心气高，似乎不愿意仅仅找一个普通的工作就急急地进入大学以外的世界。她说："我还没想好，自己适合什么。"当然，这首先是因为她家里不缺钱。虽说作为独生子女，父母早早就准备了将来结婚的房子不算稀罕，但是如果这套房子是步行就可以到复兴公园和淮海路的地段，加上是面积绝不局促的二室二厅加阳台，那还是会令人惊叹和艳羡的。卢妙妙大学毕业的时候，就已经拥有了这样一套房子。当然，现在她和父母住，那套属于她的房子租出去了，每个月的房租供卢妙妙一个人开销，这样一来，她比许多同龄人都阔绰。

如果说杜蔻是因为长得好和工作好而有资格挺胸抬头的话，卢妙妙的家世好就成了她的最大加分项，加上她也长得不错，所以她甚至都不需要好工作和男朋友来支撑自信。杜蔻的心是定的，卢妙妙的心是更定的——绝大多数上海人会想：这小姑娘，命好。别人要奋斗一辈子的房子，她还没工作就已经有了。如果说，人生真的有起跑线的话，生在这样的家庭，才是赢在起跑线上吧。

八卦是下午茶不能缺少的，比奶和糖更不可缺少。

"告诉你呀，黄教授已经向妻子提出离婚，而且搬到了自己的办公室里住了。"卢妙妙说。

黄教授是她的博士导师，和比卢妙妙高一级的师姐传出绯闻。

杜蔻问："哇，劲爆。是因为你师姐吗？"

卢妙妙说："不清楚。"

杜蔻问："你师姐那边有什么动静？"

"看不出。你以为人人都像你，心里藏不住事情，都挂脸上啊？"

"这个教授应该不缺钱啊，为什么要住办公室，不另外租房子住？"

卢妙妙说："我起初也不明白，后来想，大概是为了避嫌。"

"避什么嫌？"

"他在外面租房子住，人家容易怀疑他确实另结新欢，对他的个人形象不利，对离婚分割财产也不利，现在住在走廊上二十四小时有摄像监控的办公室，可以自证清白。"

"哇，不愧是教授，这头脑！"杜蔻说。

又啜了一口杯子中的"非洲甘露"红茶，杜蔻说："如果他真是为了你师姐，那还真是挺感人的。"

"什么感人？也许就是一个男人到了五十岁，在婚姻里闷得快死了，自我拯救的一次挣扎吧？即使有一个女人出现，也不过是被他拉来当挡箭牌的。你不会相信这是什么爱情吧？"

卢妙妙的双唇拉出发"喊"的形状，但并没有把这个表示不屑的音发出来。

杜蔻的兴趣很快转移了："唉，你说，到底有没有爱情这回事啊？那天我看到一句话，说，爱情就像传说中的鬼魂，大家都在传，但其实大家都没遇见过。"

卢妙妙停了一会儿，开始端详眼前的皇家哥本哈根，欣赏了一会儿上面纤细而清爽的蓝色纹样，然后她连碟子一起端起来，稳稳地拿起杯子，喝了一口她选的红茶，然后说："那要看你怎么定义爱情了。"

今天她选了"迪尔玛爱之跃"，却没有感觉到比平时常喝的大吉岭好。其实港湾的侍者每次臂弯上托着分成五个格子的透明小抽屉让她们选红茶，她总是说不出到底更喜欢哪一款，她一纠结，就总是杜蔻先选，然后她就在其他四款里面选一款——她不甘心和杜蔻选同一种。她想下一次应该自己先选，这样就可以在五款里面任意选择了。可到了下一次，她刚在思考，杜蔻就随便点了一款，于是又被杜蔻抢了先。跨年的那次，她终于先开了口，点了杜蔻上次点的 TWG 圣诞红茶，谁知道杜蔻居然满脸笑容地对侍者说："托马斯，请你给我推荐一款。"而那个制服笔挺的侍者，因为杜蔻叫出了他的名字，也用明显超出职业需要的灿烂笑容回答她："您要不要试试这款约克郡金牌红茶？有很好的麦芽香，建议您调成奶茶来喝。"

那杯加了温热牛奶的约克郡金牌红茶，杜蔻喝了一口就一脸惊喜，特地把托马斯叫过来，说："真的特别好喝！谢谢你呀，托马斯！"再说下大天来，也就是一杯奶茶，杜蔻的反应也是够夸张的。卢妙妙觉得杜蔻这样做，有点哗众取宠，也许还包含了对自己的巧妙反击。她还觉得这里的侍者似乎都对杜蔻更殷勤，杜蔻也享受得理所当然。是因为杜蔻更漂亮吗？但是也找不到明显的证据，有时候，侍者过来添茶，又是先给卢妙妙斟，而杜蔻在一旁依然是兴高采烈的。这时候，连卢妙妙自己也觉得杜蔻是没有心眼的，而这个叫卢妙妙的女孩子多心了。

性格也许真的和星座有关系。杜蔻是三月底出生的，是白羊座，白羊座就是比较没心眼，性子急，说好听是单纯而干脆，说得不好听就是冒失幼稚。而卢妙妙是五月下旬，是双子座，说得好听是聪明过人、智慧和感性并重，说得不好听呢，就是——双重人格。

她们两个同岁，都是 27 岁，马上要迎来 28 周岁的生日。对大多数女性而言，对年龄所代表的时间和机会的流逝，总是敏感的。连一向嘻嘻哈哈的杜蔻和气定神闲的卢妙妙，也不能完全例外。

　　有一种说法，所谓的妙龄女郎，18 岁到 28 岁，就是这十年。可是，身在其中的人，感受就不太一样。学业的压力，即使进了大学也没有缓解太多，况且还要考研究生，所以 18 岁到 22 岁，仍然是辛苦读书的日子，然后就算一口气不歇就读研，三年后毕业，也已经 25 岁了。如果工作，27 岁时基本上刚刚站稳脚跟；如果读博士，则还没有毕业，还在写折磨人的毕业论文……所谓的人生，好像都还没有真正开始，却突然就被宣布：最好的时间即将过去。这太突然了，而且也太不公平了。

　　最郁闷的是，在人们绝对合理的想象里，会像一阵雨一样，自然而然从天而降的男朋友，没有出现。根本没有。天空非常晴朗，连朵云都没有。

　　居然马上就 28 岁了。

　　上海的冬天和早春是难熬的，难熬得很著名。江南无孔不入的阴湿使温度计上并不惊人的气温变得很冷，冷得很深刻，只要在室外，整个人就像浸在冷水里，潮湿的寒意钻入毛孔、肌肤和骨缝。那确实是不好受，尤其是对苗条清瘦、腰肢像柳条儿一样的女郎们。在这种天气里，港湾是杜蔻她们名副其实的温暖的港湾，外面令人膝盖发酸、头皮发麻的阴冷潮湿，对比之下，这里的温暖和舒适让她们感受到每一个毛孔都打开、每一丝头发都顺滑。现在，港湾酒店的门童和服务生大部分都和她们认识了。

与阴冷潮湿的拖沓不同，上海春天的到来是有点戏剧化的。每一年的三月中下旬，总会有那么两三天，突然就有了"春天来了"的感觉：天空好像被擦拭过的淡蓝色玻璃，在玻璃那边，好像有无数天使在飞翔在笑，无数的铃铛在摇响，笑声、铃铛声和阳光一起从白色云朵的边缘滑落下来，唤醒了人们的五感，突然发现花都开了：迎春、连翘、郁金香、垂丝海棠、李花、梨花、杏花、樱花、碧桃、紫叶李、美人梅……人们打招呼和寒暄的内容也变了："今朝暖热来！""就是呀，花都开了！""门口头的樱花看到了吗？""看到了，从楼上看下去还要好看！"冬天的单一和寒冷一扫而空，整个界面唰地一下子切换，南风、暖阳、绿叶、鲜花，有些突如其来的，以至于人们惊讶得忘记了这是在过去的几个月中一直盼望着的变化。

杜蔻的生日是 3 月 28 日，那天恰好就是这样的好天气。她们两个人心情都很好。杜蔻从公司里调休了一天，卢妙妙已经是写论文阶段，也没有课，就十点半去了鼎泰丰吃小笼包，然后去逛街，随便买了一些化妆品——她们大部分日用品都会网购，唯有化妆品还是到丝芙兰或者百货公司的一楼买，然后到港湾喝下午茶。到了港湾坐下来，卢妙妙才拿出送给杜蔻的礼物：一条玫瑰金白贝母的四叶草锁骨链，四叶草是代表幸运的。杜蔻兴奋地马上挂上了，说："太喜欢了！妙妙，你要是男的，我就嫁给你！今天我请客！"除了惯常的下午茶，她还坚持要了两份蛋糕，一份黑森林给卢妙妙，一份重乳酪给自己。平时杜蔻很少吃蛋糕，要控制体重，不像绝对轻盈的卢妙妙，还经常吃甜品，但今天过生日，自然要放任一下。

她们碰了一下茶杯，"蔻蔻，生日快乐！你有什么心愿？"杜蔻说："我希望，父母身体健康，我自己工作顺利。""感情呢？"杜蔻笑了："这事想了没用。"卢妙妙说："想想也不收税呀。"杜蔻想了几分钟，说："我不想谈很多次恋爱，太折腾，我希望有个对的人突然出现在我面前，终身大事一下子搞定，三十岁以前生个小孩子，然后两个人恩爱一辈子。"卢妙妙说："你！"两个人都笑了。

杜蔻非常享受地吃完了现做的重乳酪蛋糕，连碟子里的蛋糕渣都费力地用小勺刮起来吃掉了。卢妙妙说："看你这个样子真可怜，我眼泪都要流下来了。再叫一块来吧。"杜蔻说："那不行！吃完这么一块，已经有点负罪感了。对了，我要到外面花园里走走，消化一下。不然，不等生日过完，我就胖两斤了。"卢妙妙笑着说："你去吧。顺便看看，说不定那个对的人就在门口等着你呢。"杜蔻说："说不定哦，你等我一会儿，我去走个十分钟。"她笑着把餐巾往椅子上一放，就出去了。

港湾的正门由中间的旋转门和一左一右两个拉门组成。一左一右的两个拉门里侧，各站一个门童。中间那个旋转门是古董，据说有将近一百年的历史。现在这个古董门不仅仅在审美层面上增添复古感觉，实用层面也有意义：需要处处和别人保持肢体距离和不愿意应对门童的问候的人可以从那里进出。今天的门童有一个是认识的，他叫布拉德，杜蔻往他这侧的门走，布拉德笑着打招呼说："杜小姐，下午好！"因为是熟人，杜蔻实话实说："刚吃了一块蛋糕，我出去走一圈，消消食，再回来喝茶。"布拉德拉开门，笑道："请。"杜蔻在花园里边赏花边散步了一会儿，重新进门的时候，布拉德说："这么好的天气，最适合散步。"这本来是一句职业性的寒暄，可是刚被春光熏染的杜蔻认真起来了："这种天气，最适合的，不是散步，是谈恋爱。呜，除了谈恋爱，干什么都是浪费时间！"这时中间的旋转门里，与杜蔻同步地转进来了一个男人，穿着一件白衬衫、小麦肤色的男人。因为杜蔻面朝着布拉德，所以他走过去，又回头看了一眼，看到了杜蔻的一半是陶醉一半是惆怅的脸，眼睛里有笑意一闪而过。而杜蔻，自顾自往前走，没有注意到他。

杜蔻回到座位，卢妙妙问："碰到帅哥了吗？"杜蔻笑了起来："理想可以照进现实，童话不会在日常生活中上演。"卢妙妙说："谁说童话啦？就是想遇到一个帅的，纯粹看了高兴高兴。"杜蔻说："你别说，布拉德就挺帅的。港湾的人都挺帅的。"

仿佛为了证明杜蔻的话，这时候大堂领班向她们走过来，他身高一米八以上，一双黑白分明的眼睛，合身的制服衬出了他的宽肩和胸肌，他以经过职业训练的英挺姿态走到她们面前，先含笑说一声："两位，打扰一下。"然后以更深一点的笑意转向杜蔻："这位女士，有人让我把这盒巧克力转交给您。"杜蔻和卢妙妙这时候才注意到，他手里拿了一个有蝴蝶结的小盒。杜蔻和卢妙妙都露出了奇怪的表情。杜蔻说："您认错人了吧?""不，那位先生说的就是您——穿白色连衣裙、长直发、刚才出去过的年轻女士。"领班一边说，一边用眼光在杜蔻身上逐项确认。杜蔻和卢妙妙领会了他的淡幽默，都笑了起来。杜蔻说："是吗?那好，谢谢啊。"她接过来，看见盒子上有一张即时贴，上面写着："春天快乐! 一个陌生人。"卢妙妙问："这个陌生人是谁啊?"领班的脸上露出了"你提了一个很好的问题，但是我无可奉告"的微笑。

杜蔻起身去问布拉德。布拉德说："就是刚才在门口你碰见的那个，穿白衬衫的，我不知道你有没有看见。他是我们的住店客人，他刚才从外面回来，正好遇见了你。"杜蔻说："你确定他是送给我的?"布拉德说："是的，喏，他就在那边买了这盒歌蒂梵巧克力，交给了我，我走不开，让领班给你送过去的，是我在咖啡厅外面把你的位置指给领班的。""他为什么送我巧克力?"布拉德笑了，说："你自己问问他?"杜蔻说："怎么问得到?"布拉德说："他是新加坡人，华裔。每次来上海，都住我们酒店，他对人都很 nice 的，我都有他微信。"杜蔻说："要不，我加一下他的微信，谢谢人家一声? 哦，是不是不太方便? 你也不好去问他的吧?"布拉德看着手机，微笑起来："方便的。他回复我了，加微信没问题。"

杜蔻回到座位，卢妙妙说："去了那么久，问清楚了吗?"杜蔻说："是我刚才在门口碰见的一个人，我正在加他微信，啊，加上了! 我该说什么?"卢妙妙说："你干吗这么紧张?"杜蔻有点不好意思地笑了："我没见过世面，没有遇到过陌生人给我送巧克力呀，而且正好是我的生日，就有点奇迹出现的感觉，我有点小激动。"

卢妙妙心想：说谁没有见过世面？陌生人送巧克力，我也没有遇到过呀。

杜蔻一边在手机上按键一边念出来："巧克力收到了，谢谢您。"

卢妙妙漫不经心地问："他说什么？"

"他说：不用客气。"

卢妙妙说："问问他为什么送你巧克力？"

杜蔻说："我也想知道。"

一分钟以后，杜蔻看着手机，眼前亮了："他回答：就是给彼此增添一点春天的快乐。妙妙，你说这人怎么这么有意思？"

卢妙妙捧场地笑了一下，但是她知道杜蔻根本没有注意到。

过了一会儿，杜蔻的表情暗了下来。卢妙妙还没问，她自己说："我大概说错话了，我想知道他是什么样子的，就和他说：要不要见个面，认识一下？然后他就不回答了。其实我就是想证实在我生日送我巧克力的是一个帅哥，我没什么意思，但是把他吓着了，呜呜呜，我真是个傻白羊！"

卢妙妙说："不是我说你，都 28 岁了，从今以后，也要矜持一点、成熟一点了。"

杜蔻说："你再给我一点时间呀！我是白羊座嘛。不过，我怎么觉得，对你来说，人生就是一场漫长的考试，所以你早早就放弃幻想，全力备战？"

卢妙妙说："那你觉得人生是什么？"

杜蔻说："我觉得，嗯，我想想怎么说哦，人生……是旅行吧。会遇到各种天气，各种不同的旅伴，各种美妙的风景，还有很多想不到的事情。"

她边说边把巧克力拆开了，是非常精致的金色方形盒子，打开一看，只有九颗，一颗一款，形状和颜色各不相同，看上去很是诱人。杜蔻把盒子递过来："来一颗？"卢妙妙说："不吃了，吃过蛋糕，再吃巧克力，晚上就得跑步了，我才懒得跑。"杜蔻就把巧克力放在一边，刚才的插曲似乎就过去了，两个人继续享用下午茶。

茶壶又续了两次水之后，杜蔻看了一眼手机，突然站了起来，说："你等我一小会儿，我走开一下。"

不到十分钟，她回来了，脸有点泛红，眼睛特别闪亮，不知为什么呼吸有点不均匀。卢妙妙问："干吗去了？"

"他刚才回复我了，我到那边的 FENDI 专卖店门口，和他见了一下。"

"啊？你居然真的和他见面了？你真胆大。"

"不知道为什么，就是想看一眼。"

"那么你看到了，他什么样子？"

"挺年轻的，长得浓眉大眼的，皮肤有点深，就是那种小麦色的，三十五六岁，中文很流利，说话有一点福建或者广东口音。对了，他穿了一件白衬衫，特别合身，一看就是私人定制的。"

杜蔻本来想说："挺帅的。"但是怕卢妙妙嘲笑，就忍住了。

卢妙妙脸上和语气里都是怀疑："那，他是干什么的？"

杜蔻看着手里的名片说："我们交换了名片的。他说他们公司什么都做，这上面写的头衔……他是总监。"

卢妙妙说："总监？这年头总监就是打酱油的。一个公司里面负责吸尘倒垃圾的，都可以叫内务总监；厨房做菜的可以叫膳食总监。"

"可是他看上去不像打酱油的人，而且他看上去特别可信，态度也很自然。他说前面他加完微信以后就午睡了，所以没有及时回复我的微信。你看，他都没有想要和我认识，那盒巧克力真的就是毫无目的、随便送送的。"

卢妙妙心想：这种欲擒故纵的小伎俩，现在还有人用吗？不想认识你，干吗送巧克力啊？

杜蔻仿佛知道她在想什么，说："一眼看上去，他就给人一种很诚实的感觉，像出身好人家，从小没有撒过一句谎的那种人。然后我就对他说：今天正好是我生日，意外的礼物让我很开心。他说：这多好。我说：所以我要当面谢谢你。你猜他说什么？"

卢妙妙说："还能说什么？'不用谢'呗。"

杜蔻笑了："我也以为他会这样说，但是人家说的是'何足挂齿'。"

卢妙妙说："你脸红什么？"

杜蔻说："不知道怎么回事，他这样说的时候，那个笑容、那个样子，特别好看，我突然觉得有点心跳，膝盖都发软了，我就赶快逃回来了。"

"你没见过男人啊？"这句话卢妙妙忍不住，说了出来。

"真的好奇怪，刚才我的感觉，就像从来没有见过男人一样。"

有一片安静突然降临。好一阵子，两个人都没有再说什么，似乎更专心地喝起茶来了。

港湾毕竟是港湾，一切都是对的，下午茶也经得起挑剔。天气暖和了，她们眼前的杯碟马上换成了皇家哥本哈根的"蓝元素"系列，说不出的细致、宁静和纯粹。

今天杜蔻请客，所以她做主，在任选的五种红茶和五种咖啡之外，另外付钱点了 TWG 生日快乐茶，"两个人都喝这个！生日嘛！"杜蔻说。这种红茶加了很浓的甜红莓和香草香，香得很甜蜜很直白，有几分像杜蔻的模样和性格。卢妙妙觉得这种加香的红茶不太自然，尤其到了现在，它的回味，令卢妙妙轻微地打了一个寒战。

卢妙妙没有想到，一个月以后，这个人会再次出现在她们的谈话中，而且开始有名有姓。他叫言家和。

"你们还真的来往了？不会吧？"

杜蔻没有接住卢妙妙语气里的质疑和不理解，说："就是就是，我也完全没想到呀！那天晚上，我在公司开会，七点了，我也没吃饭，饿着呢。突然他在微信里冒出来，说他在上海，问我有没有时间一起吃晚饭。我吓了一跳，哪有这种当天约人的？就问他明天行不行。他说明天要去杭州，只有今天晚上有空。我就说我在开会，还不知道什么时候结束。他就说：那你忙，下次吧。我想，那也没办法，是你自己当天抓人，吃不成也不能怪我。可是，几分钟以后，我突然想起了上次他因为午睡没及时回我微信的事情，我不想让他有误会，就又对他说：我应该略尽地主之谊，但我现在在开会，如果他能等我的话，那么我可以请他吃饭。反正我也还没有吃晚饭呢。"

"你这样子……不尴不尬的，有点傻。"卢妙妙说。

杜蔻说："我也觉得有点尴尬，但是他说：如果我请，他等到几点都乐意。还马上加上一句：你安心开会，不要分心。"

"然后你们几点吃上饭的？"

"有点惨，九点。"

"吃了什么？"

"他想吃上海菜，我本来想在环茂的老吉士请他的，老吉士的菜我们吃过的，味道很赞的，对吧，但是老吉士九点就打烊了。我只好在南昌路找了一家小餐厅请他，我也知道那种地方环境不够好的，但是只有这种餐厅会营业到十一点。"杜蔻说。

"第一次约会开心吗？"卢妙妙的表情里有一种控制着的东西，像是鄙视，又像是好奇。

"瞎讲有啥讲头？什么约会啊！两个人都饿了，吃了好多东西，可能是因为饿了，觉得小店的味道也很不错，都没怎么顾上多说话。吃完都十点半了，就在餐厅门口各奔东西。"

那顿饭确实不像约会，两个人都有点疲惫，而且都真的饿了，但是反倒挺放松的，两个人都认真地大吃，结果完全不像两个并不熟悉的人第一次一起吃饭，倒像是认识了很多年似的。埋单的时候，杜蔻以为言家和会客气一下，他居然没有，而是说："谢谢你。这顿饭真的很开心。"说得很认真，于是杜蔻也说："我也很开心。是我这几年吃得最多的一顿。"他笑了："我也是。就像是好不容易有人请吃饭，就不顾仪态，吃得特别多。"杜蔻被他逗得哈哈大笑。分别的时候，他坚持让杜蔻先上车，然后说："今天还有事情，不能送你了，到家了发个微信给我，报个平安。"从后窗看过去，杜蔻看见他用手机对着车尾拍了一张照片，大概是为了记下车牌号。她报平安的时候，他秒回："好好，放心了。"杜蔻回了一个笑脸，他又秒回："下次我一定送你回家。晚安。"杜蔻心想：这个人身上有一种混合了自信和诚恳的感觉，他知道只要他愿意，就一定有下次，但是他也直截了当地表现出诚意：愿意在下次付出更多、做得更好。看到"下次"和"一定"，杜蔻心里泛上来足量的安心和淡淡的甜，而且是不需要琢磨、更不会失眠的那种安心，所以她洗漱以后很快就睡着了。

就这样过了半年，言家和每个月来一次上海，每次都会和杜蔻约着一起吃饭、喝茶。现在杜蔻知道了，他和她一样，都更喜欢喝茶而不是咖啡，虽然她喜欢红茶，但是喝了言家和推荐的武夷岩茶，也觉得非常好喝。

杜蔻已经开口闭口"家和"了，卢妙妙说："叫得这么亲热啊？"杜蔻说："这事儿挺复杂。我们先喝几口茶，我慢慢说给你听。"

因为言家和叫她"杜小姐",所以杜蔻本来是叫他"言先生"的,可是言家和说他没有那么德高望重,不敢当。然后杜蔻就说,要不按照现在"满大街都是老师"的通行叫法,叫他言老师?言家和马上说他不能理解这种对"老师"的滥用,他不是杜蔻的老师。杜蔻说那怎么叫?言家和说:起名字就是让人叫的,请对我直呼其名。杜蔻说,好呀,我们上海人其实朋友啊、同学啊都是连名带姓叫的。杜蔻就叫他言家和,可是他又抗议道:"我爷爷说,不可以连名带姓叫人家,那样太不客气了,只有在骂人甚至打架的时候才那样叫——某某某,你不是个东西!看我打死你!"他们一起哈哈大笑,笑完了以后,杜蔻就只能叫他"家和"了。杜蔻第一次叫了以后,笑着说:"家和万事兴,你爷爷一定是这个意思。"

言家和笑着说:也许是朴素的心愿更会实现,言家确实和睦,也确实兴旺。言家和所在的公司是他们的家族企业,他爷爷是个华侨,从一家街边小吃店起家,开创了这家公司,起初主要做调味品和药材,后来也做医疗器械、IT和珠宝,现在的董事长是他的父亲,一个大家叫他"言先生"的人。言家和本人,生在新加坡、长在新加坡,有一个姐姐,已经结婚,嫁给一个美籍华人,生了二男二女四个孩子,现在是专职主妇。还有一个妹妹,正在英国留学,读艺术史的硕士。所以,他是这个家里唯一的儿子。另外,可能是热带的气候关系吧,他的实际年龄比看上去的要小一些,他才31岁。当然,他还没有结婚。

杜蔻断断续续说出来的这些背景和细节，卢妙妙一点点听在耳朵里，记在心里，心里的疑云不但没有消散，反而更加浓重了。这不对头，哪里不对头她说不上来，但是肯定有什么地方不对头。在这些看似天衣无缝的叙述深处，有什么现在还看不清，但肯定是惊人和危险的。她了解杜蔻，她知道，杜蔻在明，那个男人在暗。他是不是叫言家和不重要，是不是新加坡人也不重要，他对杜蔻有兴趣，这是肯定的。这种兴趣，只有像杜蔻这样的傻白羊才会认为是男人对女人的兴趣，正常人，都会认为是骗子对猎物的兴趣。

　　一个相貌不俗的单身汉，31 岁，来自东南亚，而且不是工薪族，居然是富二代，哦不，富三代。这不是现实版的"霸道总裁爱上我"吗？更美妙的是，这个富三代还是家族企业唯一的继承人。那些关于姐姐妹妹的细节，无非是巧妙地向杜蔻说明这一点罢了，而杜蔻居然会一听就相信，如此智商不在线，让人惊讶当初她怎么考上那所 985 大学，和卢妙妙成为同学的。

　　天上掉下个大总裁？而且年轻，而且帅，而且单身，来到了浪漫魔都，然后和一个小白领邂逅，两个人就爱上了。哈哈哈哈哈……卢妙妙心想：这个人，如果是国内的，大概也不是什么一线城市的，他不知道，电视剧里的爱情故事都不会这么编了，因为不敢这么藐视观众的智商。虽然不能确定这个男人的具体目的，但是卢妙妙觉得，肯定有一个巨大的陷阱在杜蔻前方的路上。也许将来某一天，这个鲜衣怒马、锦衣玉食的男人，突然对杜蔻说公司资金突然周转不灵，向杜蔻借一大笔钱，杜蔻一定会和所有"杀猪盘"里的受害者一样，几乎觉得是个表达感情和忠心的大好机会，马上倾其所有，再向亲戚朋友借来一大笔钱双手奉上。甚至，以杜蔻这样的职位，还可能打开公司的钱袋子，赌上自己的前程和名誉，来解男朋友的燃眉之急。然后，毫无新意地，那个男人就带着这些钱人间蒸发了，而杜蔻会在心碎成渣的同时身败名裂，甚至——进监狱。

另外，这种男人，为了尽快弄到很多的钱，一定同时交着好几个甚至好几十个这样的女朋友，有的是线上来往的，有的是线下见面的，所谓的"回新加坡"的日子，也许就是去和其他城市的杜蔻们见面去了。卢妙妙突然想：这种人，虽说每次出场都衣冠楚楚，但服装费意外地很省，因为大多数时候他们不用买新衣服，他们用换"女朋友"来代替换衣服，一套衣服，见十个不同的女人，不就等于十套了？

闺蜜的下午茶，突然就变了味道。原本轻松的一次旅行，突然这两个人发现自己置身山尖，四周云雾缭绕。杜蔻看到的是优美诗意和浪漫氛围，卢妙妙却有一种直觉：危险！前方很可能是悬崖。但是，这一点杜蔻完全想不到，而且因为想不到，也就听不进去。现在的局面就变成：卢妙妙眼看着杜蔻不停地赞叹"风景太美了"，然后向悬崖走去。卢妙妙觉得自己什么都不能说。人生的大部分功课，其实都要自己付学费、自己修的，亲人和朋友出于好意的忠言逆耳，往往也是于事无补，白白断送彼此的感情和关系而已。再说，她在成为一个隐秘的观察者的同时，暗暗地，心里有一种胜券在握的优越感和对自己都难以承认的期待。

诉说和倾听，对女性来说，是重要而且神圣的。这一点，男女显出很大的差别。女性好友之间，交流个人生活和内心感情的程度，常常令男性惊叹或者引起排斥。"你们怎么什么都说?"说这种话的男性，经常会很快迎来被排斥的下场。

两个闺蜜之间，一个恋爱了，而另一个没有，她们分享的程度，在某个阶段几乎是三个人在谈这场恋爱。这个男性，如果不能同时获得"女友的闺蜜"的好感和信任，那么这场恋爱就会像上海冬天的雪一样，下是下了，一到地上就融化了，根本积不起来。

但是，卢妙妙这个闺蜜从把关者暗暗抽身出去成了单纯的观众，这样一来，在杜蔻的脚下，地面温度悄悄发生了变化，于是杜蔻和言家和的进展，就像一场很快就在地面积起来的雪，越来越像一场真正的恋爱——

言家和每次到上海，他都租一辆车，自己接送杜蔻，再也没有让她打过车。杜蔻的结论是："第一次吃饭以后，他就说要自己送我的，我以为是打车送我呢，没想到是他自己开车送。"卢妙妙看着她满脸的信任和满意，心里暗暗叹了一口气。

杜蔻和言家和一起顶着高温去松江看了荷花。她对卢妙妙说："那天，我突然说起来好几年没有看过荷花了，他就马上开车带我去了。那天最高温度40℃！两个人太阳底下看荷花，看完了浑身衣服都湿透了！我说像两个神经病，你知道他说什么，人家说：人不轻狂枉少年。然后马上飞车回宾馆，洗澡，洗完澡他泡茶给我喝，哎呀，出了那么多汗以后，在24℃冷空调里面喝热的牛栏坑肉桂，真的好舒服啊。"杜蔻眯起眼睛，好像那种享受是宿醉，到第二天还没有醒。卢妙妙心想：已经到这个地步了，那就快了。

"妙妙，你知道他这次带了什么来？他居然带了把吉他来，是自己亲手做的吉他哦，他特地带来，是因为他自己写了一首歌，是送给我的歌，他要自弹自唱给我听。他真是和我们平常接触的男人很不一样，他很天真、很单纯，像个大孩子！"杜蔻现在只要说到言家和，表情总是这样甜蜜和膜拜，卢妙妙想：也许，这样被骗一次，也不是完全没有价值？

话虽如此，毕竟这么多年的姐妹，心里放弃了，面子上也不能完全刹车，卢妙妙还是冒险戳了一句："你弄清楚了，他到底是单身吗？"

杜蔻有点奇怪，眼睛瞪大了说："是单身呀。我不是老早说过了？当然是单身，不然他追求我干什么？不过他说了，他凡事都自己做主，所以结婚的事情他父母也不催他。"

卢妙妙心里长叹一声：追求你？你倒是想得美。但她觉得自己问过这一句，已经仁至义尽了，从此不但不会再提醒，而且到谜底揭晓、杜蔻大惊失色的时候，内心也不用有任何负担了。

杜蔻也随手给卢妙妙看言家和送给她的礼物：都是口红、香水、丝巾、太阳镜之类的东西。这个卢妙妙早就料到了，所以看了只是淡淡地笑起来，杜蔻似乎知道她的心思，解释说："他说，都是小礼物，怕我有压力。"卢妙妙问："那他要你送什么吗？"杜蔻说："没有，有时候吃饭和喝茶，他会让我埋单。"

卢妙妙想：别说，演世家贵公子，还演得挺好。

卢妙妙问："约会开心吗？"杜蔻叹了一口气，说："又开心，又不开心。"卢妙妙说："怎么了？"

杜蔻说："我从来没有经历过，就是听他说每句话都觉得很有意思，我说的每句话他都很爱听，我们在一起，真的每分钟都很开心，时间过得特别快。我以前以为这些都是文艺作品里的描写，没想到人家没有骗我们，都是真的，是我自己没有经历过。"

"那怎么又不开心？"

"每次见几天，他又要回国，又要一个月见不到了。在一起的时间永远太短。"

"你完蛋了。"卢妙妙知道，杜蔻不会懂得这句话的真正含义。

"是呀，我完蛋了。我那天问他，你是不是会催眠？要不然我怎么会这样。结果他反过来说我对他施了巫术。我说不过他，就打他，结果他说他要召警察来，告我无故殴打外国友人。对啊，我居然忘了，这家伙是外国人。"杜蔻说完笑了起来。

女孩子到底是女孩子，一恋爱就像换了一个人。此刻杜蔻笑起来的样子，更像一朵"苏醒"玫瑰了。

秋天的上海是迷人的。

凉爽的重点，是这个"爽"字。经历了酷暑的人们，格外能体会这一点。清爽、舒适的气温和湿度，宜人而且稳定，让最不爱出门的人们也乐于在室外逗留，叶子开始变黄的法国梧桐林荫下，所有的人都穿上了一年之中最好看的衣服，举止也变得从容和文雅了。带着糖炒栗子、桂花香味的风吹过来，行人的脸上会无缘无故地出现模糊的笑容。

但是港湾的闺蜜下午茶，气氛却像台风将至，气流很乱，气压有点低。这天一坐下来，什么都还没点，杜蔻当头就是一句："妙妙，我怎么办啊？"

卢妙妙想：终于来了！也只得明知故问："出什么事了？"

"他向我求婚了！"

"什么？"卢妙妙吃惊不小。求婚？这个出乎意料。这个男人大概是个完美主义的骗子吧，还要演全套吗？看来杜蔻面临的凶险比自己想得还要复杂。一定是有什么，在法律上成为夫妻关系，才能进行的阴险企图。比如，婚后某一天，这个男人突然消失，丢下一大笔债务和一批杀气腾腾的债主给杜蔻。

无底的深渊。要说吗？当然不。一开始不说，现在已经没办法说了。而且，她不是像灰姑娘遇上了王子吗？不是一提到言家和就满脸笑容，连嘴角都是甜蜜、眉梢都是得意吗？如果说破了，绝对不会被领情，只会让她觉得自己少见多怪、无中生有，或者直接被认为心理阴暗，想破坏闺蜜的幸运与爱情，因为——妒忌。女孩子之间，不要说真的妒忌，只要有妒忌的影子，那么友谊的小船可是说翻就翻的。卢妙妙才不干这种蠢事。

"那你想和他结婚吗？"

"哎呀，妙妙，你明知故问，我想呀！我让他等我几天，其实心里巴不得马上答应。一方面我总归要矜持一点吧，另一方面我总归要和爸爸妈妈，还有和你商量商量，对吧？对了，我妈妈一直不放心，这几天说要托一个律师，通过这个律师在新加坡的朋友，帮我们查查言家和的底细。我觉得我妈妈真是杯弓蛇影，你说是不是？"

"她是内心拒绝你嫁到外国去，所以找借口吧。"

"你这么看？"

"应该是。如果她是这样的出发点，那么肯定会查出点什么对言家和不利的，这个在心理学上叫鸟笼效应，她先有了一个鸟笼，早晚会找到一只鸟关进去的。"

"那你的意思，是不要去查？"

"如果你连最基本的相信都给不了他，那就不要考虑和他结婚。要考虑结婚，不是已经完全相信他了吗？"

杜蔻说："我当然是完全相信他的。两个人在一起，有些东西是骗不了人的。可是妈妈的担心也不是没有道理的，她说我要是和言家和结婚，那可是孤身一人，嫁到那么远，万一有点什么差错，叫天天不应叫地地不灵……"

杜蔻用求助的眼神看着卢妙妙，卢妙妙却看着杯子若有所思。今天杜蔻要了"非洲甘露"，卢妙妙却要了从来不喝的美式咖啡，此刻她发现，黑咖啡真的一点都不好喝，就是苦，很单调很直接。

卢妙妙的语气里似乎也带上了黑咖啡的味道："这个……好像应该你自己决定吧？"

杜蔻说："妙妙，我现在心里有点乱，你给拿个主意，我和我妈妈一人一票，她说要查，我说不能查，你来投一票关键票。你说应该去查一下，我就让我妈妈托人去查；你说不要查，我就坚决不许妈妈托人去查。"

年轻女子在说笑和安静的时候，真是完全不同的感觉。秋天午后的阳光透过树叶和窗纱照进来，两个女孩子今天都穿了裙子，杜蔻是一件米白色长袖连衣裙，和言家和遇见她的那天差不多的式样，但质地不同，那天的是随意洒脱的亚麻，今天却是看似矜持其实柔弱的真丝。卢妙妙则穿了一件淡灰紫的连衣裙，上半身是简洁的七分袖，下半身有清晰而规整的褶子，含蓄地显出了柔美的线条。不远不近地看过去，有点像某一部艺术电影的场景。

卢妙妙终于开口了。因为想了一会儿，所以声音特别平稳，她说："不好吧，偷偷查人家这种事情，对方早晚要知道的，那种人家，怎么受得了人家怀疑，肯定要生气的。到时候你进退两难。"

说完这句话，卢妙妙喉头突然有点发干，生怕听到杜蔻反驳："可是，他要是从头到尾是骗我的，怎么办？"

可是，杜蔻不愧是白羊座，而且是恋爱中的白羊座，她马上如释重负地说："对，不能查。坚决不许我妈妈胡来。"

卢妙妙也如释重负了。她这么快就作出决定，那么，一切都是她自己选的。

卢妙妙知道自己将来也不需要解释，因为等到真相像石头一样朝杜蔻砸过来，杜蔻肯定头破血流、大惊失色地来哭诉，根本想不起来要兴师问罪。万一她居然想起来质问自己，卢妙妙就说："我那阵子受你影响，也昏了头，居然也相信是什么爱情呀。唉唉，你说丢不丢人啊，一把年纪了，不知道怎么会那样。"

这样想着，卢妙妙露出了微笑，拍了拍杜蔻的脸。杜蔻按住了她的手，"谢谢你，妙妙。你真是我的天使。"

上海的秋天，真是凉爽宜人的。港湾的下午茶，果然是一向讲究的。在这里喝下午茶，就是特别松弛和愉快，怀着某种无须说破的优越感。

想避开人生中所有的惊吓和羞耻，是正常人都会有的愿望。可惜并不那么容易实现，事实上也没有一个港湾可以帮助人完全做到这一点。

杜蔻嫁给了那个人。他真的就叫言家和，是新加坡言氏企业的独生子、唯一继承人。他从未结过婚。他在上海的港湾酒店门口遇到了杜蔻之后，他所说的每一句话都是真的。

他是秋天出生的，所以，当他们在这年冬天结婚的时候，他已经 32 岁，而杜蔻还是 28。

结婚之前，杜蔻和父母受言家的邀请去了一次新加坡，在言家的别墅里住了三个星期。杜蔻的父亲非常喜欢言家和，发现和言家父子有共同爱好——书法，于是相谈甚欢；杜蔻的母亲和言家和全家熟悉了以后，顿时不担心女儿要孤身一人到海外，而是惊叹女儿傻人有傻福了。

　　言家和送给杜蔻的求婚戒指是一枚 3.8 克拉的哥伦比亚绿宝石戒指，项链同样是以哥伦比亚绿宝石为主石，几乎有 6 克拉，不同的是群镶了钻石，杜蔻问："这要多少钱？"言家和说："说不清楚。这是我们自己家珠宝店的设计师专门为你设计的。我知道你喜欢绿宝石。"杜蔻说："这种绿，太美了！第一次看见，真的惊呆了。"言家和说："这两枚绿宝石相当纯净，配得上你。"杜蔻说："这里和这里，好像有点杂质。"言家和笑了："哥伦比亚绿宝石里都有矿物包裹体，有一点包裹体很正常，有点杂质反而证明是真的，这样纯净的已经很难得了。"

　　言家和的父母，送给他们的结婚礼物是刻着"言氏"篆体字的一个小箱子，打开一看，里面都是金条，杜蔻吃惊地说："这——"言家和说："还好啦，在上海，这些还不够买一套房子。"另外给杜蔻一套南洋珍珠首饰，项链、戒指、耳环，金色的珠子，一颗一颗都又圆又大，杜蔻当场对言家和耳语："天哪，这套太夸张了，非得等五十岁以后才能戴。"

　　他们并没有和父母一起住别墅，而是在离公司不远的地方买了一套复式公寓房子，厨房在一楼，每层各两间起居室、各一厅一卫一浴，外加二楼一个衣帽间。公公婆婆见儿子和儿媳要独立，赶紧派来了调教好了的一个女仆。

杜蔻婚后第二年生下了儿子，言老先生看到孙子，心满意足地将公司交给了言家和，言家和在公司的身份从总监变成了总裁。

假想中的骗局根本不存在，大家族内部的宫斗剧也没有上演，公公婆婆好相处得令人惊奇。婆婆总是说："做梦也没想到，家和能娶来一个这么漂亮的上海姑娘，他那么老实的一个孩子，没想到运气这么好。"公公则是说："聪明、温柔、大方，还有学历，能让我儿子安定下来，还给言家生了孙子，这个儿媳妇，天下第一好。"

他们对杜蔻的疼惜和偏宠，到了让杜蔻都经常不好意思的地步，杜蔻偷偷和言家和说："可能是东南亚的文化和我们不一样，他们对人真的特别宽容特别热情，不由分说对你好的那种。相比之下，我们上海的好多父母，疼起小孩来都是有保留的，有时候好像还要讲条件，你做到了哪些事情，父母就多疼你一点；做不到，就给你点颜色看看。"言家和笑了起来："可怜的蔻蔻，难道你是这样长大的？那我这辈子都要对你好，不讲条件。"

孩子一岁半的时候，断了奶，杜蔻对言家和说想回一趟上海。言家和建议把孩子留在新加坡爷爷奶奶身边，再把平时照顾他的保姆也一起安排过去，他们两个人来一趟轻松的上海之行。

令卢妙妙心里很堵的是，两个人想都不想，就住在港湾酒店。本来港湾也是她的港湾，现在完全成了杜蔻和言家和的。而且，港湾见证的是他们的好姻缘的开始，对卢妙妙，见证的是什么呢？

都过了三十岁了，偏偏杜蔻还是傻白羊的脾气，她第一时间就来约卢妙妙喝下午茶，"好想你呀！家和也想见见你，他一直说要感谢你呢！""谢什么？""谢谢你在我们谈恋爱的时候，始终投他的赞成票啊。他说在上海，第一要谢谢港湾酒店，第二就要谢谢你。我对他说，你是守护我的天使……"杜蔻在微信里发了一长串的玫瑰花和爱心。

卢妙妙把手机往沙发上一扔，骂了声："没脑子！"

【作者简介】

潘向黎，女，文学博士，专业作家。生于福建泉州，12岁移居上海至今。现为上海作家协会副主席。出版有长篇小说《穿心莲》，小说集《白水青菜》《十年杯》《我爱小丸子》《轻触微温》《女上司》《中国好小说·潘向黎》等多种，专题随笔集《茶可道》《看诗不分明》《梅边消息：潘向黎读古诗》，散文集《万念》《如一》《无用是本心》《茶生涯》等多部。获鲁迅文学奖、《上海文学》优秀作品奖、《青年文学》创作奖、庄重文文学奖、朱自清散文奖、花地文学榜年度散文作家等文学奖项。小说五次入选中国小说排行榜。作品被译成英、德、法、俄、日、韩、希腊等语种，出版英译小说集《缅桂花》及俄译随笔集《茶可道》。

落日晚照，为谁温柔

叶兆言

1

2000 年春天，新世纪应该从哪一年开始计算，引发了一场讨论。专家的意思从 2001 年开始，这一年，按照中国历法的传统，是 21 世纪元年，然后才能接着有二年、三年，如果从 2000 年开始，一切也就乱套。新世纪究竟从哪年开始，对于郑敏来说并不重要，重要的是与小聂那次正式谈话。之所以说是正式谈话，因为郑敏与小聂熟悉已久，见过无数次面，聊过无数次天，要说谈话内容的正经八百，要说谈话态度的严肃认真，这可是第一次。

这一年郑敏四十三岁，离婚五年多，儿子正在上高中。谈话刚开始，小聂还有些气势，不说气势汹汹，起码也是有些底气。她红着脸，好像准备好了一肚子的话，一肚子的谴责，说着说着，很快就结结巴巴，很快就语无伦次。小聂个头不高，有点小肥胖，三十岁出头，长得不好看也不难看，女儿在上小学。她以退为攻，说，郑姐我知道这是我们家小蔡不对，是我们家小蔡不好，我知道小蔡他不是东西。

"你们家小蔡是不是东西，跟我有什么关系，跟我有关系吗？"郑敏打断了小聂，很不耐烦地说，"你说了半天，到底什么意思？"

小聂不吭声，看了一眼郑敏，郑敏正看着她呢，正在迎接她的眼光，脸上毫无惧色。这时候，应该心虚的人不心虚，不应该心虚的人就会心虚。两人对视了一会儿，小聂把眼光转向别处。郑敏说，你不就是来跟我摊牌吗？有什么话，不用藏着掖着，你尽管说。郑敏说，你把想说的话都说出来，不用担心不要怕，我都听着呢。郑敏和小聂其实心里都明白，都明白她们正在说什么，或者说正准备说什么。小蔡是小聂的老公，小蔡是郑敏雇的司机兼助手，小蔡是郑敏公司的副总。现在，小聂还是以退为进，继续控诉自己老公，继续数落小蔡的不是，郑敏再次不耐烦地打断，直截了当问了一句：

"小蔡跟你说了什么？"

小聂不说话，在琢磨应该怎么说。

郑敏干脆来个简单粗暴，又问了一句：

"小蔡是不是跟你说他跟我有过什么？"

小聂被郑敏强大的气场给镇住了，被郑敏夺人的气势给打垮了，声音压在了喉咙口，说，小蔡他也没这么说，说他也没敢说得多清楚，说男人的这个嘴吗，总归是没有什么好话，反正不管怎么说，说一千道一万，我们家小蔡肯定是不对的。

郑敏勃然大怒，怒不可遏地说：

"这样吧，回去跟你家小蔡说，把话说说清楚，明天不用来了，不要来了，事情就这么定了，我付你们三个月工资，他不用再来上班！"

小聂灰溜溜地走了，小聂不走也得走。她还想说什么，还想申辩，还想讲道理，郑敏挥了挥手，已经不准备跟她再谈下去。第二天吃晚饭时，小蔡打来电话，道歉说，郑姐你千万不要生气，这个事呢绝对是我不好，绝对是我们做得不对。我跟你说郑姐，我可是绝对没有瞎说什么，一点都没瞎说，这是我们家小聂她误会了，女人嘛，她就是容易多心，你说是不是？小蔡说，郑姐我真没说什么，你要是不相信，我让小聂给你说话，让她跟你解释，我真的什么都没说，什么都没说。

郑敏十分不屑，懒得理他：

"我不想跟你老婆说什么，我不想说。"

那头的电话已塞到小聂手里，她怯怯地说着：

"郑姐，你不要生气——"

对方服软和认输的语气，让郑敏心气顺了许多：

"我当然生气，我怎么能不生气？"

"小蔡是什么也没说，都是我瞎猜的，你不生气好不好，郑姐不生气好不好。我们家小蔡也说我了，是我不好，我不好，我不该胡思乱想。"

"你也太把你男人当个宝了，好吧，你没有胡思乱想，你想得对，我跟你男人确实是有一腿，你要怎么想就怎么想，你爱怎么想就怎么想。你让我不要生气，你说我怎么能不生气，怎么能够不生气？我都快被你们气糊涂了，我已经被你们气糊涂了，喂，你们打电话给我是什么意思？"

2

几乎是同样的对话，几乎是同样的场景，在郑敏的一生中已是第二次。第一次只是扮演的角色不同，正好与这次调换过来。往事不堪回首，好多年过去，郑敏仍然还能记得自己当时的尴尬，还能记得当时的狼狈。很显然，通过与小聂的这次正面碰撞，她明白了一个非常简单的道理，就是在这样的对话中，一个人的气场很重要，一个人的气势很重要。输赢并不重要，气场和气势才重要，它们能够决定胜负。

小蔡是个说谎话都不会脸红的人，绝对有本事把小聂骗得团团转，有足够的能力把小聂搞定。有些事明明做了，有些事肯定错了，他完全可以做到仿佛什么都没发生一样。小蔡擅长打死不认账，他的心理素质不是一般人所能拥有，他的脸皮之厚，绝对可以与袁美珠相比。袁美珠是郑敏前夫鲁强烈现在的妻子，当年还没与鲁强烈离婚时，她跑来与郑敏摊牌，要郑敏赶快与鲁强烈离婚。袁美珠开门见山，袁美珠镇定自若，说，郑敏你好好想一想，如果你们不离婚，鲁强烈天天和我睡在一起，我们天天睡在一张床上，你不觉得难受吗，你不觉得那个吗？

郑敏觉得那天自己输就输在气场上，输就输在气势上。一种被打败了的感觉非常不好，袁美珠与郑敏年龄相仿，她并不比郑敏年轻，没有郑敏漂亮，身材也没有郑敏好，皮肤还黑，用鲁强烈的话说，袁美珠与郑敏相比，没有一处比郑敏好。离婚签字不久，鲁强烈偷偷给郑敏打过一次电话，在电话里他几度哽咽，痛哭失声，说自己对不住郑敏，对不住儿子，一口气说了好多个对不起。说他没有管控好自己，说他活该遭了报应，说他最后之所以同意离婚，所以愿意在离婚协议书上签字，是觉得自己太亏欠郑敏，是觉得自己配不上她。

事实真相当然不完全是这样，鲁强烈的致歉电话，让郑敏多少感到一些安慰，让她多少也挽回了一些脸面。鲁强烈与袁美珠的故事，说起来十分狗血，说起来极其简单，两人在同一个单位，在同一个办公室，平时眉来眼去，一起出过几趟差，然后就有了点事，然后便弄假成真。都是有家庭的人，一个有儿子，一个有女儿，袁美珠先离婚，她离了，逼着鲁强烈离。这是个破罐子破摔的厉害女人，鲁强烈不想离，也得老老实实地离，在她的淫威逼迫之下，必须乖乖地就范，非离不可。

郑敏与鲁强烈的婚姻，开始时还有几分浪漫。他们是小学同班同学，也是中学同班同学。无论小学还是中学，鲁强烈都不是很起眼。大约在初一的时候，有一次鲁强烈与同学戏耍，掉转身猛跑，一头撞在了郑敏怀里，那时候，鲁强烈还没开始发育，个子很矮，仍然像个小学生。意识到快要撞人，连忙伸手保护，想保护自己，也是为了保护被撞的人，于是自然而然地就碰到了郑敏的胸部。郑敏的胸本来就大，正值青春期，那时候的女孩子既没胸罩，也没紧身衣，因为害羞，越是胸大越觉得难为情，她平时都不好意思挺胸抬头。

郑敏觉得自己胸部被人撞到了，或者是被人捏了一把。不是疼，还来不及感觉到疼，只是极度的慌张，非常的紧张。鲁强烈也非常害怕，因为他知道自己的手触碰到了什么，知道自己这样是属于流氓。在那个年代，男生女生非常保守，都互相不说话。郑敏出于本能地喊了一声"不要脸！"她本来是要喊"流氓"的，当时的男生女生，经常会用到流氓这个词，流氓可以是特指，也可以泛称，可以是某个行为，也可以指某个人，然而郑敏有意识地避开了用"流氓"这个词。鲁强烈在众人的哄笑中扭头就跑，他听到了郑敏的那一声"不要脸"，当时心中确实也觉得自己有些不要脸，很流氓。

鲁强烈和郑敏成为夫妇后，重新回忆起这一幕，大家都觉得很可笑。鲁强烈说这是他第一次意识到女人那个东西很大，很有弹性，他是第一次触碰到那玩意儿。郑敏斥责说什么叫第一次，难道还有过第二次第三次？她说，你可真是不要脸，当时人家被你给弄得都快吓死了，我吓了一大跳。鲁强烈笑得很开心，说不要说你吓死了，我也吓死了。回忆是美好的，回忆很温馨，热恋以后结婚之前，郑敏相信鲁强烈是真的喜欢自己，相信这个男人的心中只有自己。

男生也好，女生也罢，在青春期都会有个初恋对象，都会产生最初的朦胧爱情，郑敏没想到鲁强烈暗恋的女生竟然会是自己。当年男女生虽然不说话，心中却各自有主。郑敏暗恋的是江阳，江阳是班长，班上很多女生都喜欢他。初中时期的郑敏非常敏感，她有点自卑，很不自信。自卑和不自信的原因十分简单，就是她父亲因为流氓罪，前不久刚被公安机关逮捕，差一点被判刑。这件事很快传开，弄得家喻户晓，同学们都知道，都在背后议论。当时并不是很明白什么叫流氓罪，郑敏只是知道这罪名不同寻常，很下流、很丢人、很无耻，非常的不要脸。

郑敏的心中从此有了阴影，流氓罪太难听，它和通常的家庭成分不好还不一样，家庭成分大多是新中国成立前的事，你是地主，你是富农，你是资本家，你是四类分子，这都和万恶的旧社会有关，都是所谓的历史原因。流氓罪则是现行，就发生在当下，就发生在今天。郑敏作为女儿，有这样一个流氓父亲，有这样一个下流的爹，顿时觉得抬不起头来。她甚至都没有勇气再偷看江阳的脸色，害怕会在他的眼神中看到某种不屑。有个犯了流氓罪的爹真是太糟糕，郑敏相信江阳根本就不会看上自己，她根本就配不上江阳。

中学毕业后，有的同学下乡当知青，有的同学留城当工人。郑敏和鲁强烈进了不同的工厂，两个厂挨得很近。有一天，鲁强烈出现在郑敏面前，说，我知道你在这个厂，我就是到你们厂来玩玩。自小学中学以来，因为男生女生互不说话，互不交流，这是郑敏第一次与鲁强烈单独面对单独聊天，她感到很意外、很惊奇。以后又有过几次接触，都是鲁强烈主动来郑敏的工厂玩，他也邀请她去他们厂做客。郑敏没答应也没拒绝，只是觉得有点可笑，没事去他们厂干什么呢？他们厂又能有什么好玩的。几次接触后，她意识到鲁强烈对自己很有好感，从他犹豫躲闪的目光中，从他不怀好意的微笑中，仿佛能看出那种想和自己处朋友的意思。

郑敏也没太往心上去，那时候大家还很幼稚，她的心目中仍然保留着江阳的位置，虽然毕业离开了学校，她还是忘不了江阳，心中对鲁强烈真没什么感觉。在工厂里当学徒，不知不觉就过去了两年。鲁强烈突然来找郑敏，突然出现在她面前，递给她一封情书，红着脸说，等我走了，你再打开看。郑敏有些莫名其妙，说，既然人都来了，有话干吗还要在信里说呢？说着就要拆信，鲁强烈急了，坚决不让她拆。郑敏似乎也意识到信里会写什么，心跳有点加速，脸也有点红。等鲁强烈走了，打开来看，果然是封情书，话有些肉麻，留了地址让她回复。郑敏几乎没有犹豫，立刻偷偷地就把信撕了。

这是她第一次收到这样的信，第一个想法是不能也不应该让别人知道。进厂第一天，负责接待新学徒的师傅就告诫大家，学徒期间，要好好跟师傅学手艺学技术，不可以谈恋爱。三年后满师，不久高考恢复了，很多年轻人想考大学，郑敏也跃跃欲试。厂长在大会上发火，说，现在某些人不安心生产，好高骛远，想考那个什么大学，我看未必就能考上。郑敏本来也不自信，问了问身边几位同事，都不准备报名，于是也就很自然地放弃了。再不久，马路上遇到高中女同学，说起高考，说谁参加了，谁也参加了，当年的班长江阳没考上，成绩最好的徐露露没考上，成绩很一般的鲁强烈，反倒让他考上了。

郑敏听了心里咯噔一下，想到他给自己写过情书，想到自己后来就没理他，忍不住笑了起来。女同学觉得奇怪，问，你笑什么？郑敏连忙掩饰说，我也跟你一样，没想到他竟然考上了。

3

郑敏觉得自己人生的第一个翻身仗，是与鲁强烈的婚礼。人生的道路是曲折的，她和他确定恋爱关系不重要，第一次发生那事不重要，一起去领结婚证也不重要，这些事都是水到渠成，自然而然地发生，发生也就发生了，按部就班并不意外。真正重要的是那场婚礼，那场婚礼开始颠覆了郑敏的人生。

婚礼在离郑敏家不远的一家饭馆举办，当时南京没有什么大酒店，婚礼场面都很小，这家饭馆已经属于最大的。鲁强烈家经济条件并不好，操办婚事，拿不出太多钱来办酒席。郑敏的父亲老郑站出来发话，说，我就这么一个宝贝女儿，不能亏待她，所有的酒席开支都我来出好了，需要多少我给你们掏多少。他这么说这么做，男方会很尴尬，鲁强烈家的人心里不愿意，可是老郑执意要这样，就是要讲究排场，一定要自己掏钱，也没办法拒绝。于是婚礼办得很隆重，非常隆重，整个饭馆都被包了下来。

这场婚礼给郑敏挣足了面子，来了很多人，能喊的人都来了。事实上，那天婚礼的真正主角，不是新娘和新郎，而是郑敏的父亲和母亲。老郑小时候学过戏，学的是武生，虽然没在演员这条路上继续走下去，但是自小练功，站有站样坐有坐样，一招一式都可以引人注目。郑敏母亲薛芬曾经也是个不错的演员，唱青衣的，一辈子没大红大紫过，后来一直在戏校当老师，这一年也还不到五十岁，气质非常好，可以说是光彩照人。大家挨个儿地走过来，给新人父母敬酒，与郑敏父母相比，鲁强烈父母完全就是没见过世面的土包子，年龄看上去也要大许多。

自从父亲出了那事以后，虽然父女居住在一个屋檐之下，郑敏一直不太愿意面对老郑，她很少跟他说话，能不说话就不说话，基本上没什么交流。印象中，有一段时间，老郑也是经常不在家住，他在单位里有一个工作间，经常躲在那儿写字作画，干自己的事。新婚之夜，郑敏忍不住要对鲁强烈感慨，说她从来没有想到自己父亲会那么帅气，会那么潇洒，从来也没这么想过。郑敏父母在婚礼上显得很有身份，显得很高贵，显得很高雅，一时间，竟然让郑敏产生一种公主的感觉。多少年来，她一直觉得自己是个灰姑娘和丑小鸭，一直为有这么个被称为流氓的父亲感到自卑，感到抬不起头来，同时也对母亲薛芬没什么好感。在郑敏心目中，自己的父母实在是糟糕透了。

严重的自卑和不自信，也成了当初没给鲁强烈回信的最好借口。考上大学不久，鲁强烈又一次去见郑敏，有一点趾高气扬，有一点小人得志，胆子也大了，脸皮也厚了。他继续向她求爱，并且宣布自己能够考上大学，很重要的原因就是她没给他回信。鲁强烈说，我要感谢你让我卧薪尝胆，感谢你让我悬梁刺股。他说自己受到了强烈的刺激，自尊心很受伤，人生变得非常暗淡，说他们就算是不能成为那种特殊的男女朋友，难道还不能成为那种最普通的朋友吗？你随便回几个字就那么难吗？面对鲁强烈的责难，郑敏略略感到有些歉意，她叹了一口气，语重心长地说：

"我爸的事，你难道不知道？"

鲁强烈不吭声，不吭声，就意味着他是知道，他怎么可能不知道。

"有这样一个父亲，我觉得自己不配享受什么爱情。"

鲁强烈感到很释然，说，我知道你爸的那事，我当然知道，同学们都知道，可是这又有什么关系，我是说跟你有什么关系呢？你爸是你爸，你是你。鲁强烈说，郑敏你想一想，照你这么说，照你这么想，我爸还是右派呢。郑敏说，这个不一样，这个怎么可比，右派现在都平反了，越来越吃香。郑敏说的还真是事实，当时拨乱反正，社会上有些人根本不是什么右派，可总是喜欢把右派挂在嘴上。鲁强烈的父亲就不是什么真的右派，只是当年的思想有些右倾，只是被批判过，受过一点处分。郑敏表示她爸不一样，老郑犯的是流氓罪，他做的那些事难以启齿，这完全不一样，怎么都翻不了身，而且说出去也难听死了。

鲁强烈说，我才不管那么多呢，反正我只在乎你，你就是魔鬼的女儿，我也会喜欢。郑敏听了非常感动，真的很感动。她相信鲁强烈是真的喜欢自己，真的喜欢就应该是这样，真的喜欢就应该这样不顾一切。她觉得自己一直也是这么想的，郑敏情不自禁地又想到了自己的暗恋偶像，想到了当年的班长江阳，想到他站讲台上带着大家朗读时的样子。暗恋只能永远是暗恋，暗恋只能是胡思乱想，郑敏曾经是那样地放不下江阳，为了他，她可以做任何事，无论江阳遭遇多大的难，不管江阳是什么样的出身，只要他喜欢自己，她都会无条件地喜欢他。

事实上，郑敏只是被鲁强烈感动，她并没有一下子就接受他的追求，并没贸然确定恋爱关系。她仍然还在犹豫，或者说还是放不下江阳，当时的状态是既没答应，也没拒绝，从很久不联系，发展到了有联系。郑敏母亲薛芬知道有这么一件事，知道有男孩子在追求女儿，便好心规劝郑敏，说，这是挺好的一件事，男孩子能够喜欢你，远比女孩子喜欢别人更好。女人很容易看走眼，譬如她就是个现成例子，薛芬说，自己当年就看走眼了，我就是喜欢你爸，可是你爸那时候他根本就不喜欢我。薛芬以切身体会开导女儿，说，如果是你喜欢的男人，如果他不喜欢你，这样的男人并没有什么好，你跟了现在的这个小伙子，起码是他能喜欢你，他能爱你。

于是两人继续交往，开始处朋友。不管怎么说，郑敏有个男朋友是大学生，还是挺有面子。一来二去，关系飞速发展，越来越往前走，越来越深入。说起来同学十多年，正式交往后才渐渐熟悉。随着年龄增长，很快到了谈婚论嫁，郑敏说她有点想不太明白，不明白他为什么会看上她。鲁强烈说他也想不明白，想不明白为什么会看上她，可能还是因为当年的那次撞击，他一头扎在她怀里，也就掉进了她这口温柔的陷阱。郑敏听了就笑，鲁强烈说，那时候觉得你个子真高，恐怕比我高出一个头都不止。郑敏说，知道我当年为什么没看上你吗？为什么？你太矮了，你那时候怎么会那么矮，又瘦又小，完全是长成了一个歪瓜裂枣。

鲁强烈有点不乐意了，笑着纠正：

"歪瓜裂枣是指人长得难看，我那是还没有开始发育。"

鲁强烈最后的个子并不矮，他当年只是年龄偏小，只是发育偏晚。很多年以后，中学同学在玄武湖公园聚会，共同回忆中学时代，拍了许多照片。男生和男生在一起拍，女生和女生在一起拍，男生和女生合在一起再拍。转眼大家都成了中年人，当时还没进入数码时代，照片还要印出来一张张看。郑敏与鲁强烈一起欣赏照片，看着照片上的江阳，心想自己当年怎么会那么没眼光。照片上的江阳看上去比鲁强烈要矮半个脑袋，头顶已经开始秃了，一点精神都没有。同学中考上大学的不多，然而还是有几个，混得最好的，最气宇轩昂的，显然就应该算是鲁强烈，他已经当上了副处长。

鲁强烈看着照片，忍不住有些得意，说自己真的是很有眼光，当年班上的那些女生，毫无疑问是郑敏最漂亮。鲁强烈说，郑敏,不是我要当面拍你的马屁,讨你的好,你看看照片上的你,是不是比她们谁都好看。郑敏说,你少来这套,我还能不知道你的心思,还能不知道你心中在盘算什么?你无非是想夸自己,无非是想说我真有眼光,在这么多男生中,挑中了你鲁强烈,喂,你是不是这个意思?

鲁强烈继续得意,笑得很开心:

"我就是这个意思。"

4

无论人生多么得意,少年时代不快乐的记忆,时不时还会出现在郑敏脑海里。最不能忘怀的是父亲突然被捕,那是1970年,她正好十三岁。老郑被公安机关抓了起来,罪名是"偷听敌台和坐污鸡奸"。前一项是反革命行为,很反动;后一项是流氓行为,属于坏分子。偷听电台容易理解,大家都知道怎么回事,这个"坐污鸡奸"很难弄明白,反正是很坏,肯定不是什么好词。

再后来,隐隐约约有些知道,知道"鸡奸"大概是怎么回事,知道是男人和男人,怎么男人和男人,怎么叫"坐污",还是想不明白。郑敏一生最想不明白的是父母关系,自她懂事以来,老郑只要在家,必定与薛芬睡在一张大床上。几乎是从不吵架,也不争论,说他们是对相亲相爱的夫妇,绝对没什么问题。薛芬对老郑足够体贴,老郑对薛芬绝对温柔。大致说起来就是这样,年轻的时候,薛芬对老郑更关心。到了老年,特别是薛芬的身体不好以后，老郑对她更照顾，嘘寒问暖无微不至。

当然这些可能只是表象，只是表面文章，只是做给别人看，只是做给郑敏看。早在还是个小孩子时，郑敏就觉得父母之间存在问题，有一种难以言说的不明不白。作为这个家庭中唯一的孩子，郑敏享受着父母的宠爱，无论是父亲老郑，还是母亲薛芬，都把女儿的感受看得很重。很长时间，郑敏家住的是那种筒子楼，中间一条长长的过道，一家一间或南或北，大家都在过道上生煤炉，都在过道上煮饭做菜。邻里之间挨得太近，免不了会有口舌，免不了会有冲突。有一次薛芬为什么事，与过道那头一户人家女主人吵架，吵得很激烈。郑敏在房间里做功课，外面声音忽然大起来，大到了不得不出去看一眼。

原来是正在做菜的老郑，为了帮薛芬吵架，竟然拎着炒菜的铲刀冲了过去。大家都觉得可笑，事后议论起来更可笑。女人之间吵架，本来也不需要男人帮忙，男人帮忙也可以，拎一把铲刀冲过去，高高地举着，还做出要砍杀的样子，吃相太难看。老郑这人看上去一向都是很斯文的，虽然学过武生，也就是花架子，一招一式都是演戏，都是为了摆给别人看。他这么奋不顾身，连薛芬也觉得不合适，她拦住了老郑，觉得丢人，演得太过了。

老郑与那种能打架斗狠的男人，根本挨不上边，完全不是一个路数。用薛芬的话说，老郑这一生，最大问题是他不像个男人。事实上，郑敏当时所见也只是议论中的场景，她出去时一切已经结束，看到的是母亲在埋怨，看到的是父亲垂头丧气。

薛芬把老郑往家里拉，回到家里关上门继续埋怨，怪他不该掺和，说他越帮越忙，仿佛这事是老郑引起的，是他在跟别人吵架，薛芬反倒是成了局外人。郑敏看着母亲喋喋不休，看着父亲一声不吭。

这事发生在父亲被公安机关释放以后，老郑头上还戴着一顶坏分子的帽子。那时候，也是郑敏内心深处对父母最怨恨的一段时间，父亲被抓被放，对她伤害很大，然而在心灵深处，还有一件事让郑敏更受伤。老郑被抓，郑敏母女相依为命，忍受着别人的白眼。记忆中，虽然父亲被抓，罪名又是那样让人不堪，薛芬却好像什么也没发生一样。郑敏曾经问过她，问父亲是不是个坏人，是不是很坏？薛芬很认真地想了想，回答说，你爸这个人呢，当然不是什么好人。过了一会儿，她又补了一句，真要说他是坏人，也谈不上。这回答模棱两可，郑敏的感觉就是母亲不说真话，真话是什么，不知道，可以肯定的是薛芬在回避在躲闪，郑敏需要一个答案，偏偏谁也不给她答案。

有一天下午，只上了一节课，老师有事，接下来的课不上了。很多同学留在学校玩，郑敏不愿意与同学们在一起，便独自回家。夏日的筒子楼里十分安静，长长的过道无声无息，郑敏来到自家门前，从书包里拿出钥匙准备开门，感觉房间里好像有动静，便低下头来，通过钥匙孔往里看。当时还是那种老式正反都能打开的门锁，钥匙很大，钥匙孔也很大。郑敏发现薛芬正蹲在浴盆里洗澡，那年头的筒子楼只有公共厕所，没有公共的浴室，大家都是用木澡盆在自家房间里洗澡。她不明白母亲为什么会在家，为什么选择了这个时候洗澡？正寻思着，薛芬已从浴盆里站了起来，一边擦身体，一边笑着在跟什么人说话。

郑敏也没有多想，她直接拧开门锁进去了，进去以后，赶快把门带上。薛芬吓了一大跳，没想到女儿会突然回来，她完全傻了，她完全蒙了，目瞪口呆，手上拿着一块花毛巾，用毛巾捂着胸，看着女儿不说话。这时候，已经进屋的郑敏意识到了蹊跷，突然发现屋子里还有别人，她注意到大床床沿上竟然坐着一个男人，一个半裸的胖男人，粗粗的大腿，黑黑的汗毛，那个男人回过头来，很吃惊地看着郑敏，也是目瞪口呆，也是一句话不说，很慌张的样子。郑敏认识这男人，他是薛芬单位的一个领导。时间陡然就停止了，大家都不知道应该怎么办，都僵在那儿。接下来，郑敏似乎听到母亲喊了一声，她看见薛芬张开嘴，对她喊了一句什么。

这一句话究竟是什么，从来就没搞清楚，反正郑敏出于本能地知道，自己应该立刻离开，必须赶快离开。她知道母亲是在让她出去，知道母亲希望女儿赶快消失。薛芬的声音压在了喉咙口，根本听不清她说的话。说什么已经不重要，郑敏仿佛被人在脑门上敲了一记，脑袋里嗡嗡作响，眼泪情不自禁便淌了下来。毫无疑问，她只能说是大概猜到了怎么回事。父亲老郑因为流氓罪被抓，让女儿很受伤，现在母亲薛芬的所作所为，让她更受伤。一时间，郑敏真是连去寻死的念头都有。眼前的一切太让人无法接受，老郑的事是巨大的丑闻，薛芬的行为暴露在光天化日之下，显然会是更大的丑闻，大家会怎么议论这事呢，同学们背后又会说些什么？

那天郑敏最大的愿望，是自己能够真正消失，希望自己变得无影无踪，希望所发生的一切，都是一场梦一场噩梦。如果她不是一个人，是一只鸟就好了，这样就可以远走高飞，飞得远远的，再也不用回来。郑敏知道这不是梦，绝不是梦，这是现实，这是十三岁的她必须要面对的现实。现实就是这么无情，现实就是这么残酷，薛芬与胖男人之间究竟发生了什么？郑敏并不完全清楚，很多事她还不懂，在那个特定年代，在"文革"的大背景下，性是一种禁忌，性的知识是一片巨大空白。郑敏所能知道的，她所能判断的，就是这肯定不对，这肯定是个错误。她只知道这事非常严重，她只知道这事非常流氓。一个女人怎么可以当着男人的面赤身裸体，那个胖男人也太不要脸，太下流了，他怎么可以偷看女人洗澡呢？

在后来的岁月，郑敏母女之间一直保持沉默，小心翼翼地维护着这个秘密。谁也没有捅破那层窗户纸，也许互相之间都在等待，一个等对方可能会说，一个等对方可能会问，结果却是谁也没说，谁也没问。"文化大革命"结束，改革开放，各种冤假错案得到平反，获得了纠正，郑敏也做过一些假设，想象过一些颇有戏剧性的情节。她希望父亲是被冤枉的，母亲为了父亲的案子，为了救老郑，不得不向权势低头，不得不舍身喂虎。胖男人是单位里的革命委员会副主任，薛芬是因为对父亲老郑的爱，才不得不牺牲自己。

想象和假设永远代替不了现实，在郑敏和鲁强烈的婚礼上，那个头发已经全白了的胖男人，带着自己老态龙钟的太太，过来给新人的双方父母敬酒，为新娘和新郎祝福，堂而皇之若无其事。在当时的气氛下，郑敏根本来不及反应，很多人过来敬酒，觥筹交错推杯换盏，必须要等婚礼结束，才能转过神来慢慢咀嚼，才能静下心来仔细回味。事实上，当时不只是胖男人夫妇镇定自若，郑敏父母也是坦然处之，郑敏看见老郑很高兴地与那个胖男人一边干杯，一边还说着什么。胖男人老婆牙都掉得差不多了，右手拿着酒杯，左手半遮着嘴，咯咯地笑着跟薛芬说话。

5

很多年以后，郑敏最想不太明白的，是自己怎么突然就成了一个有钱人，怎么就成了一个不折不扣的小富婆。所有这一切都发生得很自然，与鲁强烈结婚时，她还是个普通工人。记得鲁强烈上大学期间，大学生都很穷，反而是工人很有钱，那时候工厂里效益好，加班奖金很高，收入相当稳定。鲁强烈自己也承认，自从与郑敏确定恋爱关系，包括后来结了婚，他再也没感到过缺钱。郑敏的下海纯属偶然，老郑有个来自香港的表弟，在南京新街口开了家电器店，倒卖录音机和磁带，需要一位漂亮美女去帮站柜台。当时除了老郑，几乎所有人都反对郑敏辞职，都认为不该放弃铁饭碗，然而她根本不犹豫，说辞职就辞职，说下海就下海了。

这也与老郑分到一笔巨款有关，郑家是南京城里的世家，城中心有栋非常漂亮的小楼。郑敏的爷爷1949年前去了香港，在20世纪50年代，房子被充公没收，到80年代落实政策，归还给原来的房主，完全可以说是一笔意外之财。房子被房管所代管多年，已住进了很多人家，要归还也不容易，最终方案是政府拿出四万元钱，又给了两套房子的居住权。当时万元户就是非常有钱的人，郑家一下子有了四万元钱，有了两套房子，当不当工人真无所谓。郑敏的工厂后来倒闭了，厂房也卖了，工人全部下岗，这都是后来的事，在她下海时绝对不会想到。

除了卖电器、卖磁带，郑敏还卖过服装，卖过珠宝，卖过字画。然而最好的买卖，最大的成功，竟然是买房子。下海这些年，她赚过大赚过，也赔过大赔过，只有买房子稳赚不赔。鉴于这个经验，她给自己司机小蔡的最好建议，就是赶快贷款借钱买房，要买就尽量买大房子，要买就尽量买好房子。小蔡夫妇来自农村，跟着郑敏干了好多年，因为买房，买了还不错的房子，俨然已是标准的城里人。小蔡的老婆小聂也不用上班了，歇在家里照顾孩子，打麻将，她所住的小区，有很多歇在家里的家庭妇女。进入新世纪，生意越来越不好做，郑敏的所谓公司基本上是个空壳，只剩下生意还算凑合的、取名"杨柳依依"的茶楼，维持公司运营全靠房租。好在房价最低迷时，她尽其所有，出手买下两千多平方米的门面房，后来成了黄金地段，房价数倍增加，房租也跟着狂涨。

　　要说离婚后的郑敏，从未想过再婚，这个当然不确切。不过要说对再婚有多大兴趣，恐怕也不是事实。一个有钱的女人，对男人的要求会相当复杂。有些男人一眼可以看出来，他就是奔钱来的。当然也不乏看中她姿色的，郑敏虽然不再年轻，徐娘半老风韵犹存，依然还足以让男人动心。好在生意场上摸爬滚打了许多年，要想在她身上，骗钱骗色绝非容易之事。刚离婚的那段时间，郑敏曾感到非常沮丧，她并没觉得失去鲁强烈是多么了不得的遗憾，让她感到不痛快的只是失落，与做买卖赔了的感觉差不多。

　　他们有个儿子，儿子与郑敏一起生活，离了婚的鲁强烈偶尔也会过来看望，商量儿子出国读书事宜。这孩子读书本来一直都是好的，父母分手，成绩直线下降，郑敏担心这样下去考不上大学，决定送儿子去澳大利亚上高中。儿子送走了，按说鲁强烈也没什么借口再过来，但是仍然会厚着脸皮上门，理由是想找郑敏说说话、诉诉苦。郑敏也不太拒绝，想法很简单，就是要给他再婚的新太太添堵，就是要让袁美珠不痛快。鲁强烈诉说袁美珠跟自己结婚后，与前夫藕断丝连，动不动还有来往，他掌握着确凿的证据。郑敏便冷笑说，你跟我说这个是什么意思，你老婆的事你自己管好就行了，我这儿你可不要再有什么别的念头，不要动别的心思。

　　郑敏的身材很好，到了一定年龄，女人的身材很重要。最初并没怎么注意到，人不会老是去注意自己的体型，也是经人提醒，才发现自己既不肥又不瘦，该丰满的丰满，该紧俏的紧俏。这一点恰好与郑敏母亲一样，家中的女佣给晚年的薛芬洗澡，老太太有点老年痴呆，赤条条坐在淋浴房的凳子上，一动不动，然而她的皮肤还是光滑的，身材还是很说得过去的。郑敏有时还会想到从钥匙孔中偷看到母亲洗澡的那一幕情景，薛芬站在木头浴盆里，那个胖男人坐床沿上，流着无耻的口水，欣赏着薛芬美妙的身体。一想到那胖男人，郑敏就会感到浑身不自在，就忍不住起鸡皮疙瘩，就为母亲感到可惜，好白菜生生让猪给拱了。

儿子在澳大利亚高中毕业，上大学前回家探亲，去父亲家吃饭。回来跟郑敏汇报说，鲁强烈让他带信，现在生意不好做，没必要太冒险，够吃够花就行。郑敏便对儿子说，你那个爹纯属放屁，什么叫够吃够花，你问问他，你在澳大利亚留学，他有没有拿过一分钱？儿子不吭声，郑敏又问，你那个爹还说什么，还放了什么屁？儿子说，也没说什么，他们就是在一起议论，我爸和那个女的也就是随口说起，说你肯定会有男人追。郑敏听了又好气又好笑，说，儿子你应该给你妈带个信，告诉你爹，告诉你那后妈，说你妈我活得好得很，说我日子不要太好过，有好多小白脸在后面追着呢。儿子说，我就是这么回答的，我说我妈那么优秀，当然有人会追。郑敏纠正说，你应该告诉他们，不是什么小白脸追我，我干吗还要别人追，我为什么不能主动追小白脸？你应该告诉他们，你应该好好地气气他们，说你妈高兴了就养小白脸，说我养得起。

有了国内买房子的经验，郑敏在澳大利亚也买了房子，以后儿子要在那里工作，有现成的住房肯定不是坏事。有了房子，郑敏只要愿意，也可以去澳大利亚养老。当然这都是未来之事，暂时还不用考虑那么远。进入新世纪后，最迫切的还是郑敏父母的养老，老郑和薛芬说老就老了。说起来，小蔡是郑敏公司的副总，其实也就是她家的司机。他老婆小聂最初是郑敏家的小保姆，结婚前一直在郑家照顾两位老人，后来回乡结婚，生完孩子断了奶，把女儿交给婆婆带，自己出来打工，兜了一大圈，又再次回到郑敏父母身边。那时候，小蔡在南京开出租，小聂来南京当小保姆，很重要的一个原因，就是为了能和老公在一起。小聂和小蔡的家乡都是安徽无为，这地方到南京来打工的人很多，刚开始，为了送薛芬去医院，用过小蔡的出租车，用了几次，都觉得小伙子人不错，干脆就招他为公司开车。郑敏的公司一开始就没几个人，后来人更少，私人公司怎么称呼都行，郑敏是法人代表、是总经理，手下的人都是副总经理。

　　小蔡跟在郑敏后面跑腿做下手，有一段日子生意好做，行情好的时候，也跟着赚过一些钱。他能听郑敏的话，应该乖巧时很乖巧，应该胆大时很胆大。郑敏待他也不薄，有一段日子，小蔡曾试图离开郑敏，觉得离开了她也能过，也能自己做生意。没想到离开了还真不行，没有郑总和郑姐的照应，他什么都做不好，他什么都不是。贷款买了房子，看着房价呼呼往上涨，只能是纸面上的高兴，毕竟房子是自己住，贷款还得真金白银地去还，说句不好听的话，就是有了房子，反倒被房子给套住。

小聂也不工作，她什么都不会，要工作只能再去当保姆，好歹也算见过世面见过钱，这保姆的差事自然不想再干了，反正男人养自己天经地义，就歇在家里天天打麻将。

结果便是小蔡夫妇离不开郑敏，郑敏也离不开小蔡。生意越来越不好做，生意越来越难做，公司的人越来越少，可是小蔡这个人还是需要，离开了他还真不行。郑敏也有驾照，也会开车，她撞过一次车，心里有了阴影，于是怕开车不想再开车。公司总是要用车的，老人动不动也要去医院，加上这个那个因素，郑敏嘴上很凶，动不动让小蔡走，动不动喊他滚，其实心里都知道，双方都明白，都是在演戏，都是说着玩，真相是谁也离不开谁。世上哪有白花的钱，说起来是郑敏养着小蔡一家，小蔡偶尔还会在外面拈花惹草，小聂一旦发现，气鼓鼓地到郑敏这儿来告状，希望能帮着管管，希望她能管好他，郑敏便会说：

"老公是你的，凭什么要我来帮你管呢？"

6

母亲薛芬去世后，郑敏发现自己头上有了白发，眼睛开始老花，看手机必须戴眼镜。她开始染发，开始做各种各样美容保健，人一过五十岁，生活节奏慢下来，时间却突然变快了。前前后后也短暂交往过几个男的，都是不了了之，都是有上文没下文，有开始没结果。时过境迁，商场上的打拼仿佛都是过去之事，现在她完全靠吃老本过日子，公司的生意就剩下"杨柳依依"这个茶楼，自己的房子不用缴房租，基本上是个不赔不赚。

到了最后，郑敏的实际身份，也就是"杨柳依依"茶楼老板娘。和男人的关系时旱时涝，说不上是缺，也说不上是不缺。电视台一档"黄昏之恋"节目，专门为中老年人做红娘，郑敏的茶楼被推荐为指定约会场所。很多事就在眼皮底下发生，她都是看在眼里，屡见则不鲜，见怪则不怪，见多了便看开了，想明白了。更年期之前，她还不算很放得开，担心再次怀上孩子，闹出什么笑话来；更年期以后开始尽性，变得为所欲为肆无忌惮。

郑敏的儿子大学毕业，在澳大利亚找了份说得过去的工作，女朋友换了好几个。都说时代不同了，观念也要跟着改变。在别人眼里，郑敏正过着快乐的单身日子，这年头有钱就行，有钱都好办。郑敏的母亲薛芬逝世，小蔡很认真地劝过郑敏，让她为老父亲再找个伴，理由是老郑老两口生前很相爱，是非常模范的一对老夫妻，老郑对妻子的照顾也算尽到责任，可是人死了不能复生，为自己老父亲着想，帮他再找个老伴相陪，显然不能算是什么坏事，郑敏还能更省心，何乐不为？

小蔡这么说，这么劝郑敏，还有个更直接原因。就是她让他去帮老郑洗澡，帮老人家搓搓背，正打着肥皂液，老爷子的那玩意儿突然变得不老实，很顽皮地从白色肥皂泡沫中竖了起来：

"郑姐我跟你说，真吓了我一跳！"

小蔡觉得这事应该说一下，应该说出来，应该提醒郑敏注意。郑敏说，你跟我说这个是什么意思，你把话讲讲清楚好不好？小蔡说这还不简单，这还不够清楚，我的意思就是，该避免的，还是要尽量避免，跟你说郑姐，你爸真是人老心不老，你是没看见，没看见那雄赳赳气昂昂的样子，万一他老人家老不正经，我是说万一，万一有个什么为老不尊，万一他对小王动手动脚，这可不太好，郑姐你说是不是这个道理？小蔡说的这个小王，是郑敏为父母聘用的住家保姆，年龄与郑敏差不多，老公生病死了好多年，在郑家当保姆也很多年，小蔡担心孤男寡女别弄出什么事来，最后闹出一个反客为主的笑话。

郑敏忍不住要笑，笑得十分开心。小蔡很严肃，有点想不明白，不知道为什么要笑。他说，你干吗要笑，这有什么好笑的？郑敏说，我不能不笑，怎么能不笑？我都要笑死了，你呀，实在操太多心了，真是不该你操的心，也操了，你说你操这心干什么？小蔡说，好吧，我想多了，想多了，你就当我什么也没说，你就当我是放屁好了。小蔡显然是想多了，有些事他不知道，因为不知道，难怪会胡思乱想。郑敏安慰小蔡说，你放心好了，我说没事就没事，事情不是像你想得那样，也不会像你想得那样。

“那当然，你爸的事，当然还是你最了解。”小蔡心里还是有点不服气，继续保持自己的看法，继续给予郑敏暗示，“不过话要说回来，郑姐你毕竟是个女的，男人的有些事，你恐怕也未必了解。”

“我肯定比你了解。”

"好吧，你比我了解。"

"我是说我肯定比你更了解我爸。"

郑敏与小蔡之间，早就到了什么话都可以说、都可以聊的地步，但是她从没有跟他说过老郑的事。事实上，无论小蔡说什么，她都不会太生气。譬如小蔡说，郑姐你干脆带我去澳大利亚吧，我们一起到那儿去养老，到那儿去安度晚年，就我们两个人，你看好不好？这话明摆着是讨好，可以当真，也可以不当真。郑敏听了，明知有假，仍然还是有几分动心。她知道这家伙也没什么真话，因为没真话，就是说了真话，也不能太当真。她说，我凭什么带你去澳大利亚，你又不会说英语，我也不会说英语，我们去干什么？

薛芬在世时，不止一次劝女儿再找个人，她说，我知道这话你现在听不进去，不过你一直这样，也不是个事。郑敏知道，母亲对她的现状，不可能一点都不知道。大家都心知肚明，都心照不宣。郑敏从来不跟母亲谈起她与胖男人的关系，薛芬也从不过问她和小蔡的事。然而她们却可以很认真地谈老郑，讨论和分析他的内心世界。薛芬说，你爸从来就没真正地爱过我，他爱的不是我，而是另外的别人。郑敏知道父亲有过不光彩的历史，她印象中，父亲一直是爱母亲的，他们起码在表面上，还是一对非常恩爱的夫妻，老郑对薛芬始终是照顾有加，向来细心体贴。薛芬的这番话，不得不让郑敏在记忆中拼命搜索，她想找到母亲说的那个"另外的别人"。

那个"另外的别人"会是谁呢？记忆中，除了她们母女，老郑似乎很少与别的女人说话。老郑在女人面前总是害羞的，总是腼腆的，郑敏一直觉得老郑这么做，这样的处世态度，是害怕妻子多心，是担心薛芬吃醋。没想到，最终还是薛芬解开了郑敏心中的疙瘩，薛芬告诉女儿，她父亲喜欢的不是女人，她父亲真正喜欢的是男人。郑敏无法形容自己刚听到这话时的震惊，她以为母亲在开玩笑，在说笑话。当然不是开玩笑，当然不是说笑话，为了证明自己说的话，薛芬交给女儿一个不厚的档案袋，说，你爸一生的秘密，都藏在这里面，你看完也不用还给我，记住了，记好了，我死了以后，必须把它跟我一起烧掉，记好了，你一定要这么做。

郑敏没有把档案中看到的内容，告诉任何人，她经常会想，如果母亲将这些该死的档案烧掉就好了。郑敏并不想知道档案袋里的内容，她并不愿意面对档案中保留的真相。世界上并不是所有的真相，都应该存在，都应该保留。档案袋中的触目惊心，莫过于老郑亲笔书写的交代材料，详细得过分，逼真得让人不敢相信。白纸黑字，不相信也得相信。那些可怕细节给郑敏带来的冲击，丝毫不亚于她少年时父亲被公安局逮捕。现在，费解字面背后的含义终于明白，多年困扰的谜团终于解开，郑敏终于知道什么叫"坐污"，知道什么叫"鸡奸"。父亲老郑竟然还留下了这样一段文字，"1970年夏天，曾以开玩笑等手段，把本院一名中学生骗至防空洞中，在他肛门涂上凡士林进行鸡奸，该学生被鸡奸后大便不止，都拉到裤子里了"。

老郑交代自己历史，说他作为一个富家子弟，在学戏的时候，被一个学青衣的师傅诱奸了，那人欺负他年幼不敢反抗，于是就让他受到了坏作风的沾染和影响。他说自己当时年幼无知，受了害，却对这种关系不以为然，只是认为无聊而已。正是在这种认识不足的情况下，受到了坏影响而中了毒，思想深处打上了资产阶级腐朽思想的烙印，堕落成为思想上落后、生活上腐化、政治上糊涂的坏人。交代材料中，老郑不仅坦白自己的种种罪行，对他在"生活作风上的犯罪事实"作了一个系统交代，还特别强调了组织以及妻子对他的挽救，是"党和妻子"给了他重新生活下去的勇气，最终让他取消了自杀的念头。

郑敏读初中时，如果老郑没被公安局逮捕，如果没偷看到薛芬和胖男人之间的那一幕，如果母亲后来没把父亲的档案袋交给她，郑敏的人生很可能会有点不一样。可惜，如果这玩意儿并不存在，事实上，世界上从来就没有什么如果，根本就没有什么如果。真相有可能被屏蔽，也可能被揭露，并不完全以人的意志为转移。郑敏和薛芬母女之间，曾有过几次非常认真的谈论，关于老郑的故事说得越多，越不明白，郑敏记忆最深的，是母亲谈起父亲时的无奈。

"我这一辈子呀，真的是很爱你爸，发自内心地喜欢他，"薛芬说着说着，会非常悲伤，"就是一门心思地爱他，而你爸呢，我实话告诉你，他只是想爱我，他只是不断地在做出爱我的样子，他这一辈子都是在演，都在演戏。"

7

如果说郑敏父亲的一生都是在演戏，老郑的这个戏演得也真是太好了，他太会演。薛芬的脾气并不好，郑敏印象中，母亲确实爱父亲，可是她经常对老郑发火，动不动就埋怨这埋怨那。因此看上去，显然老郑更爱妻子，起码在旁人眼里是这样。他一直在试图保护她，老郑这人并不强悍，薛芬在日常生活中很容易跟别人吵架，只要一遇到什么争论，他总是不顾一切地帮着薛芬，会无原则地帮着她一起吵，不管是跟什么人，不管有理无理。这对看上去非常恩爱的夫妇之间，自始至终都存在着一些说不明白的东西，薛芬病重时住院，老郑天天下午要去医院陪她，他总是搬一张椅子，直直地坐在床头，很深情地望着薛芬，一坐好几个小时。

病房在楼道西南端，每到黄昏时分，冬日阳光从窗外照射进来，印在薛芬苍白的脸颊上。她像一朵盛开后正枯萎的鲜花，病恹恹躺床上，额头上浅黄色的光影在流动。老郑含情脉脉守护着薛芬，坐在床边一动不动。医生和护士看了这情景，都感动，都叹惜，都羡慕。他们主动与郑敏闲聊家常，都说你们家这一对父母，可以说是我们能看到的最恩爱的夫妻。管床医师朱医生是个非常阳光的小伙子，人长得很白净，头发梳得很整齐，医学博士毕业不久，说话细声细语，他看着老郑的时候，眼睛闪闪发亮，老郑看见朱医生，眼睛也会放光。这时候，薛芬就显得不太高兴，她的脸色立刻变得很难看。

有个姓刘的小护士为薛芬打针，打完针，瞪着一双大眼睛，很天真地对郑敏说：

"你妈的皮肤真好，太好了，你看都到了现在这个地步，还是那么光，还是那么滑，还是那么柔嫩，你妈年轻时肯定非常漂亮，肯定是个大美女。"

这位姓刘的护士还说：

"你爸年轻时，肯定也是帅气得不得了，你看他现在的样子，都是个老头了，还是那么潇洒。"

甚至连小蔡这样的男人，都会很感慨，都会感到惋惜。他叹着气跟郑敏描述着自己眼里的老郑，说老太太这真要一走，老爷子实在太可怜。小蔡天天要开车送老郑去医院看望薛芬，搀扶着走上走下，经常电梯口一等就是很长时间。虽然老态龙钟，老郑总是西装笔挺，头上戴一顶很时髦的帽子，手上挂根拐杖，非常有风度。和姓刘的护士一样，小蔡也觉得人还是老派的好，老派的人更传统、更靠谱、更讲究。

薛芬的最后遗愿，是将自己骨灰撒入长江。生前曾对女儿交代，说她并不后悔这一生与老郑厮守，只希望死后分开，在未来世界各奔东西，分道扬镳再无纠葛。母亲逝世，郑敏征求老郑意见，把薛芬的最后心愿告诉父亲。老郑沉默良久，叹了一口气说："还是等等吧，等我死了，到那时候，再把我们骨灰一起扔入长江，我现在还没死呢，你先不要着急。"

郑敏当然要听老郑的话，必须尊重父亲意见。薛芬的骨灰后来一直放在老郑卧室，放在遗像下。遗像是老年时期的薛芬，很慈祥的一张彩照。骨灰盒是黄花梨的，很精致，旁边长年放盆鲜花。在郑敏家楼下，有家很大的花店，每隔一段日子，郑敏便让小蔡买盆盛开的鲜花给老郑送过去。

【作者简介】

叶兆言，1957 年出生，南京人。1974 年高中毕业后，进工厂做了四年钳工。1978 年考入南京大学中文系，1986 年获硕士学位。20 世纪 80 年代初期开始文学创作，主要作品有三卷本短篇小说编年《雪地传说》《左轮三五七》《我们去找一盏灯》及八卷本中篇小说系列，另有长篇小说《一九三七年的爱情》《花煞》《别人的爱情》《没有玻璃的花房》《我们的心多么顽固》《苏珊的微笑》《很久以来》《刻骨铭心》《仪凤之门》等。

味甘微苦

鲁敏

1

薄薄的渔网抛撒到半空，好似巨大的花瓣，张开，渐慢又渐快，悬浮，呈饱满的大圆，瞬时罩住水域。闪闪发亮的铅坠，咕噜噜潜入。略显混浊的微澜中，小鱼儿们吐出它们最终的几口泡泡。

多美啊。徐雷看了足有几百条这样的短视频，完全入了迷。尤其一个自称小西湖的，撒得特别圆满。徐雷第一次线下约人，就是跟的小西湖，兴头头地初试撒网，姿势便十分之漂亮——只是把腰扭过了头，一下勾动原有的腰椎间盘突出症，其痛若穿，当即石化。送到医院，得动一个椎板切除手术。躺在病床上，成了死鱼。

金文拖着的脚步老远就能听出。她烧了乌鱼汤过来，没用保温盒，已半凉，徐雷勉力喝了半碗，一边掀起眼皮留意金文。她还是满身的魂不守舍，替他摇床时忽高忽低，倒碗汤泼洒得满地，去水房拿个拖把，回来竟然走错到隔壁病房。徐雷悄声长叹，她的心，真是在外头了。还以为这病房，多少会唤她想起些往昔。

十三年前，他们就是在病房认识的。一个大房间六床病友，他们算挨着，中间只隔一个胃切除的老头，镇日昏睡。徐雷和金文都是急性阑尾炎，同病，又同龄，自然就近了。病房本就没有男女，护士什么不看到，医生哪里不摸到，查房也不像现在讲究，还拉起帘子隔开，就是开放的，腰腿全露。金文初时还有羞意，到术后第二天，就跟徐雷互相掀开衣服，比较伤口形状与刀口软硬，聊医生刀法，追念阑尾的功能。徐雷突然说道，他是第一次看到女孩子肚皮，没想到她的肚脐眼那样秀气，女孩儿都这样吗？金文一下结巴了，答非所问，说她可没乱看他的肚脐眼，随即也脱口而出，说，真没想到，男人到处都是毛啊，连肚皮下面也有。此话一出，两人都愣住，又争抢着讲起别的。就此，更近了。包括一周后拆线，也是约了同去，彼此帮忙数针脚。到针脚长到皮肉里，模糊不清了，他们还在见面，并共同探索起身体上别的部位。直至结婚，直至生下小雷，直至像许多夫妇那样，没有了浓烈的感情，当然，他们还没有阑尾。

也许她想见识一下有阑尾的男人？徐雷让自己这样想，尽量轻松。这世上，变心之事，最是司空见惯不是吗？就像撒网，一万个祷祝着，全心全意地抛下去，拉上来，十之五六都不如意。能想得通的。

"你下午，不用特为做汤，也不用过来了。我让隔壁床家属替我打个饭就行了。"他主动这样讲，重音放在了隔壁床，想再试探一下。

金文是机房值夜班的活儿，白天其实时间很空，但这半年多，她总没头没脑地往外面跑，一跑大半天。啥事呢？高中同学聚会。部门政治学习。帮助残疾人的义工活动。免费瑜伽课。郊区奥莱中心大打折。徐雷随意验证过几次，都是明晃晃的说谎。真是叫人心灰，都不能好好掩饰下吗？等到徐雷差不多适应、默认之后，金文都不再费心编什么理由了，随时一抬脚，就走了。

金文默然点头，并无愧色，然后从徐雷手里接过碗，就着他的碗筷，把余下的鱼汤倒出来，就着早上徐雷没吃完的馒头，木木地吃喝起来。不小心卡到一根刺，拉着舌头干咳了几声，"有点淡了，也忘了放姜。你不觉得腥吗？"

"还好，我吃着还好。"心里有点感念，她还愿意吃他的残菜剩羹哪，那，就还是亲的。

他们一起动阑尾手术的那天，姨娘巴巴地给他送来鸽子汤，说是大补，鸽子可贵哪，姨娘一边催他喝一边讲。这样的时候，徐雷难免还是会想，到底是过继儿子，要是妈妈还活着，要是送鸽子汤来的是亲妈，怎么可能强调鸽子有多贵呢。举起勺子往嘴里送，觉得毫无滋味。那金文隔着一张床，倒眼巴巴地嘀咕起来，说长这么大还从没喝过鸽子汤呢。徐雷有点发窘，叫她拿碗来，金文大咧咧地，捂着小腹下床就过来了，用他的勺子尝几口好了。徐雷犹豫地，只好替她托着碗。看她噘起两片俊俏的唇，粉红舌头伸出来一带，轻啜进去几口乳白。一时心烦意乱，浮念滚动，像被魇住了，想要凑上去与她同饮，更有种长久的渴望，渴望与她同锅同灶、同席同枕，成为亲亲热热的人。而后确乎成真，成真久矣，却是两样情形了。

“小雷在姨娘那边，都挺好。你放心。”金文洗好碗筷便有点坐卧不宁，嘴里没话找话，笼统地说起小雷，像说邻居的孩子。也是看金文恍惚，不放心，才请姨娘帮上两个月的忙。小雷，真能“挺好”吗？那小子整天想一出是一出。前不久，突然嫌弃起自己的名字，死活要改。其实当初徐雷是费了心思的，想了有半张纸的，都觉不够特别，上户口的时间又到了，烦恼与毛糙中，只得急就章了。徐雷给小雷讲道理：“许多大艺术家都是这样取的，你不是喜欢孙悟空吗，六小龄童，就是这样的。他爸爸叫六龄童，他哥哥叫小六龄童，小六龄童还被周恩来周总理给抱在手里上新闻的呢。”“可，你又不是六龄童，你啥也不是啊。”儿子尖利地指出问题。徐雷一时失语，随即自豪地把这段对话挂在嘴上，转述给别人，也转述给金文。别看是小孩子家，反应多快。金文也笑了，安慰他，一样啊，谁都“啥也不是”。可她脸上显出一种茫然，那是她最常有的表情。

金文对小雷，还是上心的，原先都是她接送上学，嘘寒问暖，买帽买裤。但这半年，儿女心上，她也一样的疏淡了。一出去就没了点，根本接不了小雷。早上，又困睡不醒，起来就急忙忙拖起小雷，跑到学校才发现，不是落了水壶，就是没戴红领巾，没带手工作业。算了，还是统统由徐雷管吧。金文这样子，让徐雷觉得分外亏欠儿子。他自己打小由姨娘带大，有所短少，心里总念着，在小雷身上，三口之家，能尽可能的"完整"，不能因为金文这样，就一下破散了。

不过小雷很难缠，因改名不成，他翻了脸，莫名其妙地，只肯穿迷彩服、外套、衬衣、鞋袜、帽子，配齐了各种迷彩色。然后动不动就躲到路边上，尝试用灌木丛掩护起自己，怎么喊都假装听不见。这让徐雷想到他自个儿这么大时，那时妈妈才走了一年，刚跟姨娘一起过活，他也是整天想着，要能把自己藏起来就好了，叫姨娘再找不到才好。这一想，便纵由着小雷，如此折腾月余方罢。可最近，又闹起新花样了——风筝。

完全中了蛊，一放学就趴到网上，各处搜"风筝"二字，工艺说明、古鸢图集、日式绘本、童话传说、玩具摆件。每到周末，必纠缠着徐雷，带他跑公园跑郊区，跑大桥跑山坡，一路跟着风筝高手跑。还想跟卖风筝的老头儿学手艺摆摊子。徐雷只得见招拆招，勉力地奔命作陪。

这还不算完，小雷提出，要去风筝博物馆看一看，不远，日本就有。当然，这被徐雷一口回绝。小家伙这才将就似的，提出潍坊，那里也有博物馆，还有风筝节呢。他把一本年历拍到徐雷面前，翻到下个月，上面早已用红笔标出一串红圈圈。

也不用全程，去三两天，也可以。他那口气，像是退让了好几大步。打那之后，上学放学路上，就天天儿的聒噪潍坊之行。徐雷面上未置可否，但一想到前因后果，就心疼——小雷什么时候开始瞎折腾的？就是打金文"外头有人了"那前后哇。小孩子才不傻，肯定的，知道妈妈心里没他，冷落他了。这样一想，心里是早就松口了，正准备着张罗起来时，他撒个网躺倒了。又不可能指望金文，她这心不在焉的，搞不好连大人带小孩，能一起搞丢了。

"没什么事，我就走啦。"捧着手机硬坐了五分钟，金文还是起身了。她穿了件样式陈旧的外套，蓝色发了灰，腰身难看地勒紧，可能是生小雷前买的。徐雷忍不住提醒道，"过年前我给你买的那两身，也算有牌子的，怎么不穿？越是贵的衣服，越要穿，才拉低成本。"

金文扭回半边脸，眼角似有水亮一闪，"甭管了，我就想穿这。"她那样子，似也在忍辱负重一般。这又何苦，她也不开心嘛。

想起差点儿看到的那个男人。对，他尾随过一次金文，也没有怎样的谋划，金文实在粗枝大叶，戴着口罩和头盔，一身旧衣旧衫，好像这便是改头换面，不可能被认出似的。她急于赶时间，破电动车开到有四十码，偶尔还闯红灯，抄近路逆行。徐雷远远跟着，不停地踩他摩托的油门，并且替金文的安全担心，心里愈加成了黑洞，黑洞里还有可恶的好奇。那家伙，除了阑尾，还有什么呢，能让金文这样分秒必争？

金文最终进了一处老小区，铁丝网在空中缠扭，露天楼道斑驳发黑。她熟门熟路停好电动车，又歪着身子拎下充电电池。是靠路边的第二个单元，就在一楼，没有敲门，她一靠近，铁栅防盗门就从里面自动开了。隔得远，暗乎乎中，能看到一个男人的侧影，身量不高，似也是久等的样子。伸出手来，拎过电池，把金文让进去。

　　他们那动作很简单，不像是有什么，反倒带些哀戚的家常之意。徐雷使劲扭过头，破烂的院子尽头，一株歪脖子老树，叶子都落光了。

2

　　老展每次都早早地在门后候着。一关门，就上下打量一通她。嗯，不仅外套是旧的，裤子、鞋、包，也是过时的、难看的、要坏的。挺好。老展点头表示满意，然后才张罗着给她的电池接上电源。

　　金文也溜一眼老展，还是那猥琐矮小的模样，就算在家里，仍然半提着裤子，像刚从马桶上起来，或马上就要坐到马桶上去。

　　老展有屎频之症，尤其在吃饭前后，临要出门，上车前后，稍微一点时间上的压迫，或空间上的移动，他就会发生强烈的便意，马上就要去蹲马桶。据他说，是痔疮手术做坏了，反落下这毛病，但凡出门，一大半的时间都在找厕所。他第一次跟金文搭话，就是打听哪里有厕所。当时，他们正聚在那个据说是胡大住处之一的欧亚别墅区外头，看人多势众能不能"冲进去"。那是"胡大卷款失踪"讨债群的一次失败行动。第二次、第三次的搭话，依然是讨债苦主的大集合，他一开口，也都是为了问厕所。

你怎么回事，吃错东西了？闹肚子？金文没好气地问。周围所有人都是情绪恶劣，大家交换被胡大骗掉的数目。30万、60万、83万。听到比自己多的，好像心里多少就好一些。金文问过别人，也反过来被问。她前后两次，投给胡大的，总共是13万。怕讲出来叫人家糟心，便胡乱翻了三倍报出。

从厕所回来，老展仍是那种时刻提着裤子的模样。为表谢意，他对金文小声吭哧道，我刚才跟你讲40万，其实不是，我20万。本想着，投到胡大这里，起码能翻个小跟头的。你想，我快退休的人了，还能赚几个呢。你不理财、财不理你。

金文一听到"你不理财……"胸口就直犯恶心。就这八个字，被胡大那几个助手，整天挂在嘴边。金文听啊听的，听顺了，便动了贪念，掉到这大坑里来了。我13万，她恨声地，也跟老展小声更正了自己的数目。

老展眼色一闪，意思是两人都要替对方保密，然后嘴里接着诉苦，其实我不方便出来的。也不顾忌金文是女的，也不顾忌讨债队伍左右的吵闹，他指指自己下身，详详细细讲起他的屎频，诸多的痛苦与不便。可群里一招呼，我还是来啊，多个人多份力嘛，能叫上面多重视一些。

其实上面又能怎么重视呢？他们每回出来，都是按讨债群主的指令，到政府东门、到公安机关大楼、到金融监管局，类似这样的地方。并闹不成什么，好不容易聚拢齐了，分分钟就被劝退解散。最好的情况，是有次出来个处长级别的干部，拿着扩音筒跟他们说了几句。胡大跟你们讲 20、30 的利，就信了？前面每个月给分红，你们不也美不滋滋地拿了。哪能尽想好事儿呢。别说胡大这几千万了，外头卷了几个亿十几个亿的，照样跑路。真要是天灾，政府会替你们兜，可这是你们自己惹的人祸，得愿赌服输……这话说得，他们也有些哑然了，尤其是群主，给戳得跑气了，再不肯出来牵头，不久还心灰意冷退了群。也有人四处串讲，说群主的那 150 万，通过第三方说和，私下里给解决掉了。所以……

群里余者一片号啕，骂上面骂下面骂胡大的娘，也有互相劝慰的，用外头更苦的命来自解——做生意还赔本呢，一赔能赔掉几套房子。想想地震台风洪水，但凡碰上一个试试？还有股市，一夜睡过来，几百万没了。就我楼上邻居，得个癌，治得倾家荡产啊。要是养个不成器的小孩，或赌或吸毒，那是多少的血汗钱养老钱也架不住啊。没看新闻吗，好好走在路边上，还能被跳楼的给砸死呢——人就是这样，人比人气死人，有时也能救活人。大家比赛似的，找来各种道听途说的坏消息，弄得外面全像悲惨世界一样，可这么一来，心里真就好一些了。算了，咱们也不能算最惨的。

金文实在不能够算了。13 万，确实不算顶多，还没老展多。

可这是她的私房，绝对的私房。从能赚钱以来，那时还没谈恋爱呢，所有明面儿上的进出用度之外，但凡有些小零碎，蒙住别人也蒙住自己的眼睛，只管悄咪咪往一个账户里投。对这笔私房，她有一个小清单，并随着时日变迁，在不断涂涂改改的增删之中：全功能按摩椅。外教一对一学英语。鹅牌羽绒衣。歌诗达豪华邮轮。紧肤抗衰热玛吉。美国黄石公园。最贵的和牛霜降牛肉。女表一只，牌子还没想好。无非吃喝玩乐用，挺自私的，全是给她自己一个人打算的。可这，不就是私房钱嘛。

现在她知道了，这是报应。她发誓——只要能从胡大那边讨回13万本金，就立即向徐雷坦白，并把脑子里那张狗屁清单撕个粉碎，然后把13万都用在别人身上，家里、徐雷、小雷、姨娘、失学儿童、网上求助、赈灾。一分半厘也不会跟自己有关。不仅这13万，这辈子、下辈子，再不做任何关于自己的大头梦了——咒越狠，找回的可能便能大些吧。

老展，看来也跟她一样的难以释怀，发现整个讨债群再无动静之后，他约金文私下里见了一面，就在他家，方便跑厕所嘛。金文没多想，一听就来了。她太苦闷了，得有个人一起说说，起码在老展面前不用瞒不用装的。老展那矮矬样儿，也安全得很。

老展倒了一杯白水，开口便向金文分析。大部分人都是起码投了50万以上的，像他们两个，这十几二十万的，实在是小虾米。但小虾米也有小虾米的一丝优势和希望。你想，连群主的150万都能解决掉，他们两个加一块儿，33万，绝不算多。

耐心地等一阵，等大家的潮水退了，他们再悄悄地独自行动，不放弃，一直走到底，走——苦情戏。

讲到这里，他提起裤子跑了一趟厕所，然后才搓搓手，郑重地打开一间紧闭的卧室门。那房朝南，窗户下坐着个人，背对着他们，阳光太强，金文一时都没看清。老展等她眯着的眼睛渐渐适应，才稍带点夸张地，像献宝，也像揭秘，把那人转过来。是个轮椅，吱溜溜推近到金文跟前。

叫双全，是老展女儿，生下来就是小脑偏瘫。她妈妈呢，早就跑南方去了。

金文忙站起身，脚步滞住，不敢近前。双全样子挺怪，手腕和手指都向内倒卷，脖子短且缩，头和嘴巴向左歪。最触目的还是胖，把个轮椅挤得满满登登。双全压着眉毛，却又往上翻抬眼睛，瞄了两眼金文，然后伸过来她那肥肥的内卷的右手，摸摸金文的衣襟，算是打了个招呼。继而又扭动脖子，嘴里含混滚了几个音节，冲老展把脸上的肉挤皱起，又松开。那算是笑吧，金文认为。

不是哎，丫头，别替老爹操心了。老展摇摇头，又冲金文解释，家里从没外人过来，她挺喜欢你。我家双全其实啥都明白。可瞧她这，也28了呀，能有人要她吗？我既是生了她，就得管她活着，管她到死。所以才把钱投到胡大那儿呀，想着，能多一点是一点。现在好了，全玩儿完。他摸摸双全脑袋，不避不让地讲着，语调里并听不出痛苦，反倒有几分兴奋似的。多好的牌啊多好的牌。他面露一丝微笑，手里把轮椅又吱溜溜转了回去，仍然让双全坐到窗户下的太阳里去，好像她是一株什么植物，就得晒着。

多好的牌啊。他关上门，更加大声地感叹，有点陶醉于自己的机智。

双全会乐意的，这也算取之于她，用之于她。你想想，要把她推出去闹事，会多么引人注目啊，效果是要翻好几倍的。老展给金文续白开水。可这么好的牌，他打不出手，不是有该死的屎频吗，还没出巷子呢，恐怕就先得跑回家两趟了。所以，我请你过来——老展随后详详细细提出了他要与金文合作的动议，强强联手，不，弱弱联手，由金文推着双全和轮椅出去跑，而且吧，金文是妇女，有优势，随便怎么撒泼，工作人员也不至于太动粗。

工作人员？金文当然已经猜到了。其实从双全的轮椅一转过来，她的心就被捏成了一团。老展太惨了，比她可惨一百倍。想想她那张浮华的小资产阶级清单，简直不要脸。愣是谁，看到这样的双全，能不羞愧吗？要是能叫胡大看到、叫外面所有人都看到这样的双全就好了。老展真是宏图大略啊，舍不得孩子套不着狼。她心里又从疼痛转为喜悦，像一下子被拯救了，从快要触底的深渊里又往上提了起来。事情还不是完全的绝路。

这是我们两个的秘密同盟。老展脸上显出老男人的谋算模样。这不刚转过年嘛，一年之计在于春，市里大活动可多呢，每有好事，必然都有市长、书记、区长、局长什么的出来，剪彩啊，讲话啊，握手啊，采访啊，都是大场面，都会组织群众现场鼓掌什么的，不仅会有记者，现在还时兴搞直播。这些，我自会去打听，我在上头呢，有个老乡朋友。你呢，只要按我指定的时间，到我给你指定的地点，推着双全，去哭、去跪、去打滚、去喊冤、去求青天大老爷为民做主。我想上面肯定有他们的办法，最起码能给胡大或什么中间人捎到话。你想想，哪怕就给咱的33万打个九折八折呢，也值当了。成败关键，就在于苦戏。你呢，要受点累，我家双全，是有点重的。

金文使劲儿点头，把桌上的白开水一饮而尽，像喝了一杯烈酒，心里轰地烧起来。她往闭着的房门那边瞅了一眼，别说推个轮椅，别说双全胖，别说扑地哭闹，什么累活丑活，她都干，越是没皮没脸，越好。

今天在徐雷那儿耽搁了，来得迟，老展都没来得及给她倒白水，"两点半就得到，你们现在最好就出门。"径直地就去推双全出来，"是二把手副市长，姓杨。区里的书记，姓季。两个都胖胖的，都戴眼镜子。你注意听身边人的称呼。一定要带着姓，带着官职，大声叫唤出来。"老展一边相送，一边絮叨着进行老一套的战略性指导。

是啊，下午她确实也没办法替徐雷做饭送饭，得去城西的桃园市民广场。那里原先有一截子最脏最臭的护城河，现在给整成了治污排污的民心工程，有音乐喷泉，有格桑花丛，有荷花池，有健步跑道，漂亮得不得了。今天搞正式的开放仪式，领导们要去"与民同乐"。徐雷在医院里流露出来的种种心思，她都看得清清楚楚。他越是这样，她越是无法忍受，越是急于出来"行动"。继续憋着气深潜吧，直等她要回 13 万来，再从头交代，给他一份惊，也给他一份喜，那才是赎罪补过的时候。市里二把手市长、区里书记，够大的了，没准是特别好的一个机会，她热切地想着。

老展提着裤子送她们出门，突然想起什么，又回身取了一小包东西塞到金文包里，她用手一捏，明白了，双全来月事了。她量特别大，就算是成人尿裤，也撑不了两小时。今天这一仗不好打，双全每到这几天，脾气坏不说，还会加倍的沉，要抬她上公交车，得求两个大男人帮忙的。可也有好处，真要被驱赶了，双全会冲他们吐唾沫，吐得又远又准，真是不容易近她的身。

3

帮着照管两三个月小雷，对姨娘来说，实在不算个事儿。徐雷过继来时，差不多就这么大。徐雷的生母，是姨娘的表妹，出车祸走的，表妹夫后来另娶。姨娘本也是老姑娘，这等于现成有了儿子，又有了儿媳、孙子。挺好。

把小雷送上学校，姨娘照旧出她的门。看过这一周的天气，今儿最合适了。保温水壶，折叠小马扎，消毒纸巾，吃食干粮，双肩包塞得满满，管够她大半天的。徐雷成家后，她等于又成了单门独户，最恨日长呆坐无事，总千方百计出门转悠，身上还有一股子风风火火的老姑娘劲儿。

去哪儿呢？不是瞎来，姨娘可都有分教，隔段时间来个主题。寺庙道观，爱国主义教育基地，文保遗址，博物馆，图书馆，市民绿地广场，名人故居或纪念馆，新开楼盘。不拘，以不花钱、有看头为主要原则。有了这些类型和范畴上的大致计划，跑起来就有趣多了。

比如寺庙道观，不走不知道，城里的且不论，光是五郊六县，跑一圈，就得费时大半年。小山包上，老街顶里头，桥头水边，老远打听过去，慢慢近到眼前，就看到个老庙或小观，不惊不乍地蹲着，里头供着尊土像，香火也还续着呢。她跑一家拜一下，心里勾掉一家。到晚上双腿酸胀，挨枕头便着，这一天便过去了，十分充实。

楼盘也好的，且常跑常新，四面八方都在扩张嘛，过跨江大桥过江底隧道过绕城公路，姨娘喜欢这样地不断加码，越甩越偏。有时她也发笑，她这巡游路线大概跟规划局局长或城建局局长什么的也差不多吧，只是没公务车，得靠公交地铁一路转换过去。因路途迢遥颇费周章，去了就特别认真。容积率，楼间距，样板房，二期、三期规划，物业情况，周边菜场超市，学校配套。嘿，能瞧上大半天呢，有时还管盒饭。她心里也算小账，还有三年就满70岁了，到时有敬老卡了，公交、地铁全免，也差不多等于坐公务车了。

最近这些时日，姨娘看的是墓园，听起来有点瘆人吧。其实无妨，平心静气想想，跟楼盘的道理是差不多的。

其实她从没想到要转这样的地方。只因年前有个老同事去世，原先都在同一个车间，感情深厚，于是四五个老姐妹约起，找个好天气，一起去墓上小祭。也不是太伤心，老了哪有不死的呢？因而她们有些像郊游。那墓园不大，但清爽紧凑，边角旮旯都利用起来做成墓地，见缝就插地栽着绿油油的小柏树，挺拔地在墓侧站岗守护。把个姨娘，瞧得直咂嘴。她挺喜欢。

切，这算什么呀？别几个七嘴八舌聊起来。四车间的老段长，埋在西北郊那公墓，我去过，拾掇得更好。另一位不同意，要我说，最好的要数殡仪馆边上的西天寺，我替我家老头子，也是替我，就选在那儿。听口气，她们都很熟悉，早有打算的。姨娘听着，有点着急和好胜起来，心里生出迫切的想法。怎么早没想到这个呢，大可以好好地转一转，关键还实用——她不也老大年纪了嘛，能指望谁呢？她这辈子的所有事情，都是亲力亲为的呀。跟老姐妹们打听了一圈，心中便排下了这个系列的计划。

墓园一般都在城郊外廓，且爱傍山而建，像今天去的这处，便在岱山脚下，跟她以前去过的一家老庙，是一个方向，转三趟公交，摇摇晃晃两个小时，也就到了。

确实比上次那家宽绰多了，有个大草坪，一圈子果树，有各种雕像，仙鹤、天使、观音。还堆了个镂空假山，着实讲究。指示牌上扁扁地写着，仁字区、润字区、天字区。一一指示分明。姨娘避让开几家前来祭奠或下葬的小型队伍，选了人少的润字区，往深处走。

一路瞧着墓碑上的字文，名字其实很耐看，她会轻声念一下，像是打个招呼。还是三个字的多，大部分取得很端庄、上进。也有的名字，读起来拗口。同穴夫妇是最多的，她喜欢算他们的年纪，看彼此相差几岁。又比较各自走的时间，看留下来的那个，独自撑了多久。有的还贴着烤瓷的照片，丈夫是年轻时的戎装，妻子却是老来白头。也有跟自己差不多年纪的，倒死了，不免要替那人算算，是错过了多少年的人间。就这样一路走着瞧着，姨娘都出汗了，这墓地像梯田那样，越往里越是高出几分，一直高到绿树葱郁的岱山，岱山再往上，扬起脖子瞧，便是蓝莹莹的高天。好哇，上有照，后有靠，姨娘半通不通地在心里念叨一句，满意极了。相比上周和上上周看的两处，她最喜欢这家。

时近晌午，正好饿了，她就在那蓝天之下，岱山近边，把随身带的面包给吃了。切片面包配涪陵榨菜，两只茶叶蛋，热烫的红茶水，都是原食滋味，姨娘吃得很舒服。一边吃，一边闲闲地想着小雷。

这小雷，吃喝上不挑，接送学校也简便，公交车直达。可就是没精神头儿，小脸闷得黑瘦。问他怎的，闷声不讲。

前天夜里，听他在梦里呜咽，姨娘披衣服去瞧。见他书桌上摊着本年历，翻开的那一面上打着一行红圈圈，看看日子，倒是近了。姨娘大感好奇，主要也是不放心，想了想，轻轻摇动小雷，还在梦里抽咽的小雷都没等她动问，就开腔讲起风筝、风筝节、风筝博物馆，说了满心要去的潍坊，说了好不容易讲动爸爸答应请假……小雷撇开嘴大哭。

何至于呢。你爸腰坏了，叫妈妈带着去呀。姨娘觉得这根本不是个事。不提妈妈则已，一提，小雷哭得更凶了，绝顶伤心，像触动最大的一个烦恼机关。

"我去——不了——潍坊——看——风筝——"抽抽噎噎，真要背过气去了，那种梦里的背气。姨娘轻轻拍肩膀，让他重新躺下，复又盖好被子。小可怜儿的。这金文，也真是，那机房夜班，有当无的，叫人代个班嘛。不过，她突然想起来，徐雷动手术那天，在医院看到金文，讲话前言不接后语，是不得劲，也难怪，谁能在医院笑哈哈的呢。除非像十来年前，他们两个割阑尾，那倒是眉来眼去的。姨娘有一搭没一搭地想。

一边抬头看看天，蓝得比刚才空了一些，这样的天上，要是飞几只风筝，肯定再好看不过。别说小孩子，就她这把年纪，也想看的。一边收拾背包，东西都吃光啦。双肩包上身，分外松快。挺圆满，可以打道转回了，直接去学校等着小雷放学也行。

岱山到学校，绕点路，转三趟；不绕路呢，得转四趟，都可以。这么些年奔走下来，姨娘对公交线路最是熟稔，尽管这样，每到一个公交站点，一边等车，总还要顺便校验一番，看有无线路或站点的变动。到第二个转站点时，哟，突然发现，301路站牌上，新改了一个桃园广场站，白底上五个簇簇新的绿字。姨娘记得清楚，这一站原先是叫精工电子管厂。

啊，是了，早就听新闻说过，那里在搞个大的市民广场，但凡这样的去处，可正是姨娘的巡视范围啊，看到这新冒出来的桃园，很想即刻就去补上这一篇，眼下也正好顺路。不不，少安毋躁，不必要这么急忙忙的。得专门去一趟，好好地待上大半天，正经坐在树荫下的长椅上，不急不忙地吃东西，看景儿。不就是要打发时间的嘛。

301路开到桃园广场时，公交车堵上了，姨娘也就伸长脖颈瞧了瞧。广场那边果然正热闹呢，乌泱乌泱的全是人，大气球、彩旗、横幅，黄黄绿绿的演出服，四处挤着过马路的人与车，真是堵得一团糟。亏好今天没有上赶着去。姨娘靠在座位上，挺闲适地隔窗看景。

忽见一团人球，从广场大红横幅下头，向十字路口这边滚动过来，像有一只屎壳郎在后面没头没脸推动着。公交车是密封空调，听不清外头声音，却也有种尘烟滚滚声浪喧嚣之感。只见那人球，一路滚，差不多都要滚到慢车道这边，两个戴白手套的交警扎进去，又见白手套伸出来四处挥挥，人团才慢慢稀了，小蚂蚁似的，各自往不同的方向爬散。

公交车上的人此刻都拥到朝向路口的这一侧窗户，看那显露出来的人团的核心。确实，有好看的。

一个被拉扯得歪扭的轮椅，陷坐着一个极胖大的女人。看年纪倒是轻，歪头儿，手指蜷缩，头发披散，衣衫上全是灰，还有水渍。脏裤子被撕扯出个大口子，里头的白秋裤时隐时现。呀，作孽，姨娘一眼就看到，那秋裤的大腿处，细长的血印子正慢慢洇成大红花。歪头女人也不自知，正鼓着腮帮积攒口水，然后撮着嘴巴往四处吐。力气不够了，吐不到任何人，全落在她自己脚面上、轮椅上。看得大家都发笑起来，纷纷猜测，这女人多大了，是个瘫子还是个痴子还是装疯卖傻。总之注意力全在轮椅上。

有人在推那轮椅，因轮子歪了，推得很吃力，姨娘稍微搭看了一眼。立即认出来，又觉得认不出。是金文？

姨娘跟金文确实也不亲，尤其不欣赏徐雷跟她的姻缘背景，哪能在医院里头一见钟情呢。但那是拦不住的，也不好拦，到底不是亲儿子。金文嫁过来，也不是亲儿媳，更是客气避让。最主要的，是这金文，同样是一般人家出身，身上却有种莫名的骄矜气，好像她只是暂时将就着，过过凡人的生活，她实质上是不一样的。就那个意思吧。

可这会儿的金文，简直比轮椅上的歪头女人还不如。虽则好手好脚，却更加的上下邋遢、没法落眼。可能是跌在哪处水洼里了，衣角湿了一大块，没湿的地方，沾着各样的纸屑儿树叶子塑料彩条，还有痰与口水，灰堆里爬出来一般。更没法瞧的，是她那泼皮死狗一样的疯癫，撅着屁股，难看地矮着身子，一手使劲推那歪歪的轮椅，另一只手巴掌腾出来，冲人群挥舞，嘴里在不歇地龇牙咧嘴，冲人群喊个不停，叫喊什么呢？姨娘听不清，只见她歪开的领口里两根筋暴胀。

亏好听不清，也不忍听，姨娘实在看不懂这一出。金文怎么成这个样子了？想起跟小雷提到他妈妈时，梦里的孩子哭得那样的憋屈。啧，就说徐雷最近犯怪，还冷不丁跑出去看人撒什么网。原来家里有事。

屁股下一晃，301 车慢慢挪动起来，要向路口左拐了。姨娘最后看一眼金文，她低下头，好像才注意到轮椅女人秋裤上的大红花，跺跺脚，艰难地改变轮椅方向，一边四处张望，看来是要找个地方收拾下。哼，这么大个十字路口，一走岔，能多出两里路。姨娘蹦起来，摇摇晃晃跑到前门司机那儿，"师傅帮个忙。我内急。可别弄脏您车子。看我年纪分上，开个门，赶紧的。"

4

金文突然觉得手上一轻，姨娘的老脸出现在边上，绷着脸，眼皮塌下，牙缝里短促道，"向左，过斑马线，上那小台阶，进到穆家巷，里头有个公厕。"

金文忽然感到浑身上下跟熟虾子似的，火烧火燎地红了，恨不能弯起来，藏头抱尾。头一次啊，被人瞅到，还是姨娘。这下可有好说的了。

姨娘仍旧不看她，"那边有个穆状元故居。边上就是厕所，示范级的，装了小电视，有残疾人专用，还有母婴房和淋浴间。可好使了，全都免费。"

金文硬着头皮，张嘴介绍，"嗯，这是双全，老展家女儿，身体不大方便。双全，这是我姨婆。"姨娘冲双全咧咧嘴，双全把嘟到嘴边的唾沫咽下了。脚下正好到台阶了，她们合力抬起轮椅。姨娘像干农活似的，六级台阶，她"吭唷"了六声号子。别说，有效果，连双全都跟着哼哼。她一上劲，秋裤上的红花更大了。

台阶后又是一截子石板巷，轮椅歪了不说，又有姨娘在侧叫她烧心，金文直走得满身大汗，抵达终点却是个大安慰。端的好一个厕所！四处锃光透亮，绿植错落有致，一排镀铬椅子虚席以待，并有隐隐熏香扑鼻，简直天上人间。整条巷子，连同边上的穆状元故居，都寂无人声。这么个绝顶气派的厕所，就是她们三个的天下了。

金文也顾不上双全了，先自钻到淋浴间去，哗啦啦收拾，这才看到自己身上头上的不堪，一阵子干呕，恨不得连嗓子眼也翻出来洗上一番。

然后搞双全。果然，纸尿裤在闹哄里给撕裂开，都成开裆裤了。金文气得抱怨，"这老展，什么都挑最便宜的。"亏得有姨娘，两个人手脚并用好一阵折腾，才替双全把下半身给冲洗擦干替换上了，外裤的长裂口，姑且用双全的一根皮筋给扎拢。

"老展，谁啊？"姨娘这才慢悠悠地问。可能是金文多心，她觉得姨娘的口气是伺机而发的，也是瞧不下去了。

这才意识到，自己已好几次脱口提到老展。确实也是这样，每次一浸入到讨债闹事的情境里，就觉得她跟老展、双全、轮椅，是完全一体化的，是整个儿的捆绑，那种彻底的交付，倒让她放松。反而是回到家里，在徐雷、小雷身边，三心二意的，人裂成几瓣，很不舒服。有可能……她真是把老展当自家人了。可，老展，他算谁啊？金文咳了一声。

双全身上清爽了，脸上几块肉凑紧，算是露出笑，又晃晃她的歪脑袋，意思是要搞头。也好，手上能有事最好。没带梳子，金文就用手指替双全慢慢地梳，尽量地顺拢。脑子里盘算着，怎样跟姨娘交代。

对，就好好介绍下老展吧。金文十分详尽地铺陈开来。屎频、轮椅、老婆跑了、胡大、20万、卷款、讨债群散了、四处扑找大人物。确实没一句谎话，只没提她那13万。涉及自己的参与时，她含糊带过，像只是出于同情，一种见人有难的出手相救。

姨娘听得直咬腮帮子，嘴角纹加深了好几道。几次张嘴，又几次合上，"哦，老展。那不容易。20万血汗钱哪。"她小声重复着，看一眼双全，把眼睛挪开，往上看，似乎让自己用力跳过什么东西，并往更高的方向爬升，"你别看我这一辈子，从来没个男人……可我能懂。"姨娘居然脸红起来，带点热情地，她轻轻地点头，飞快看一眼金文，"你帮帮他，也对。我不会小家子气的。"

金文愕然。姨娘显然误会了，可这误会似又不容去辩驳、推翻，那会是对老人家的理解力，乃至整个情感能力的某种否定。

她本来是想着，反正不是亲婆婆，平常走动也少，就拿老展这么抵挡一番，大概支吾过去，就得了。她不愿提她的13万。那不只是秘密，还是自私与愚蠢，以及说不清的耻辱，能瞒下，还是瞒下吧。可现在路数不对了，姨娘怎会从她这支吾里想到私情呢，老展那都什么样儿呀，姨娘这还叫"懂"？还这样大义凛然的，表示她没有替徐雷争面子。这太荒唐了，哪儿跟哪儿啊。瞥一眼姨娘脸上还未褪的晕涩，她不得不祭出她的秘密了。姨娘越是自认为她"懂"，越是要给出足够的证据。

双全头发很厚，握在手上重重的，厕所门厅的玻璃擦得像没有一样，阳光透来，直接照在双全的头发上，多亮啊。金文梳拢起它们，又放下，磨蹭着，像一直退到墙角，这才清清嗓子，更为详尽地道出她这一半的原委。

"……你看，这么多年，攒下这13万，没人知道，突然一天，这私房没了，也没人知道。现在姨娘你，全都知道了。"金文难看地笑了笑，这就能解释啦，她为何要跟老展混一块儿了。想想也蛮久的了，金文对姨娘轮流竖起两三根指头。从胡大事发，前面连着两个多月的大群行动不算，光是跟老展的这个秘密联盟，也有三个多月了。垂死中扑棱，拖着死沉的双全，满大街地丢人现眼。她可实在，是有些疲沓了。

尤其今天。没想到桃园广场这样的大，前面的节目表演那样的长，也没想到，杨副市长还是区里头的季书记，根本就没坐到前排看节目，也没剪彩或讲话，说现在不搞形式主义了。等节目差不多快完，不知从哪里站出四五位蓝黑夹克，看上去也没什么大派头，就随便四处走走看看、笑笑说说，跟人亲切握手。金文蹲在双全边上，一直守在大红横幅附近盯着舞台方向，等她觉悟过来，被簇拥着的那几位已走到后面几排，一时凑不近前了。金文这个急啊，忙放开手段，扯起嗓门叫起冤来。既想说清事情首尾，又想着得言简意赅。她语不成句又舌头打架，并且慌急地低头端轮椅下台阶，就这霎时的工夫，再抬头，那一群蓝黑夹克早一阵风地全都不见了。

万事皆是迟了。领导走了，秘书们走了，摄像机也走了。金文这声嘶力竭的一番吁号，该听的没听到，反招来一大帮子闲客，正好演出结束，现在统统都掉转眼睛来看双全了。前面的凑近了问长短，后面的要往前面推。挤挤搡搡中，把金文都给绊倒下来。这一倒，众人哄叫，更往前挤了一浪，把她们两个活活地给挤逼到小花圃里去，两排新栽的、根还没扎牢的月季花丛哪里禁得住，被侧翻的轮椅和双全的胖身子给碾倒一地。这还了得，刚开放第一天的市民绿地广场！有人叫来了管理人员，后者先是痛心地检点损失，说要罚款，看她们两个，头发、面皮、衣衫上各种的勾勾戳戳，实在也是狼狈，挥挥手。"你们赶紧的，走吧！"

这回，算得上是一次特别的重创吗？也谈不上。一直都是屡战屡败吧。老远就被拦下，被保安拖走，被看热闹的人群围挡住，时间没掐准，地点搞岔了，领导有事临时取消——到最后，差不多都是这样收尾，被人们的好奇和怜悯捆绑住，驱动着，艰难地滚离现场。

金文一口气地讲，讲得太急了，还急里偷闲笑了好几次。她和双全一起跌跤，像大小两个肉球一样滚动。双全的独门武器：吐唾沫，害得看热闹的人想近也近不得。公家人凶狠地气喘吁吁赶来，一见她们两个，反会张口结舌、束手无策。不都挺可笑的吗。她自己可能都没有意识到，她的语速像泥石流一样，带着灾难的气势，而泥石流中的笑，可真有点儿硌耳朵。

姨娘一直闷头听着，脸上一会儿太阳一会儿阴天的变化不定。能看出来，起码有三四成的，她并不太接受金文新讲的这一段儿，的确也是，她算是好不容易从情感上说服了自己，大义灭亲了，怎么搞，又来了这么一大嘟噜子。

"可你，搞私房钱干吗呀？"姨娘最后这样问，语调痛心，更主要是迷惑。好像她能想得通私情，但想不通私房。

都已经讲到这一步了，金文觉得整个人都完全散架子了，再也收拾不起来了。她在心里冲自己嘲笑了一声，索性，把她那自私的清单也给供出来了。在厕所里，对着老姨娘讲这些个东西，真有点别扭。这都是她最美好的寄托，并且好像只有保留在内心，才更有那种慎重的美好意味。这一讲出来，就等于是永久的道别吧……可姨娘真不省事啊，她特别认真，如同参加什么推广咨询会，不时地打岔。

"这样贵的？鹅牌是个什么，就凭狼毛领子？非得穿它才能去南极？你一定要去南极吗？

"按摩椅我坐过的，健康讲座时，我们排队坐过。你这也是带红外降压的吗？更高级？那能到什么程度？哟，哟。说得我都想试试了。

"整容医院你也敢去的？还线雕，以为你是个石膏像吗？还热玛啥吉，皱纹能像个熨斗似的，给烫平吗？

"豪华邮轮。外教一对一。黄石公园。和牛霜降牛肉。世界前十腕表。"

姨娘越听越来劲，像是突然被启蒙、被开化了似的，满脸的嗷嗷待哺，要知其然，还要知其所以然，知其所以不然，把个金文常常给问住，好在百度也方便，不行就现查呗，好家伙，越查越多，有的连她也不知道。

再说还有双全在边上呢。双全平常看电视多，啥都懂，歪脸儿上撑出最大的笑，粉红牙龈全都出来了，两只手东捏西摸，老想发表意见，但她注意地克制着，只在听到歌诗达邮轮时，没忍住，含着舌头，两手爪子直抽，嘟嘟嚷嚷一串，迫切表达了她的意见。

姨娘听不懂，直着急。金文不得不岔开来，讲解下那部美国大片，解释了冰山，并转述双全的劝阻。她着急的是，金文又不是露丝，万一出事，哪里会有一个杰克来给她生的机会呢。这个险不能冒。姨娘听得身子直往后仰，赞赏地直冲双全点头。

而等金文终于开始讲到她本人特别向往，因此都不需要用任何百度的黄石国家公园时，姨娘却又拉回去了，要重新讨论，表示异议。泰坦什么号，那不是一百年前的老邮轮嘛，现在不可能出那种事了。再说，她那被皱纹层层包裹的眼睛，像大屏幕上的老年露丝一样，闪烁着平静的深思熟虑。要是我，能死在豪华邮轮，死在大西洋还是太平洋里，我觉得挺好。总之，她用慎重的口气让金文重新考虑，清单上，还是保留邮轮吧。

金文苦笑着点头，接着讲回黄石公园的超级火山。姨娘又连声呷嘴，"活火山我知道啊，我看过地质博物馆。你，连活火山都要去看啊。"带着几分佩服，恍然大悟地直拍巴掌，"怪不得，就说你身上总是傲滋滋的，原来整天憋着这些个。有意思呐，你真有意思。"

姨娘的拍手有点突兀，在空荡的厕所前厅回荡，疲劳中一惊，金文突然有种午夜梦回之感。干吗呀，是在哪里？这个白发老太婆，轮椅上肥胖的歪头女人，她们是谁？在聊什么呢，她们脸上为什么带着那样兴奋的笑意？金文惊讶地瞪视，一边在心里用力地唤喊自己。得了，醒来吧。她的 13 万，她的私房清单，统统不存在了。金文听到自己语速慢下来，耳边的笑声也压了下来，那些刚刚被热烈讨论的邮轮、黄石公园、霜降牛肉，重新又成为漂浮着的名词了。她的兴致与力气，也一并统统退潮了。就看姨娘吧，她反正，是完全地交代了。

姨娘在拍完巴掌之后，手里倒突然找到活儿了，正非常仔细地，替双全把粗呢外套上的碎树叶片和断头发，一点点摘掉，神情严峻而专注。摘完了还反复检查了一遍，然后才把抿着的嘴松开，吁一串气，开了口。

可她说的是什么呀，简直没头没脑，好像根本没有先前的这一大段，好像她刚打公交车下来，才碰到金文，"我主要，就是来给你指一下厕所的。这么大个十字路口，可不好找。不早了，我得接着坐 301 车，去接小雷。"

也是，外面的天色，不知啥时已暗了下来，巷口里开始有了回家的车声人声。金文嘴里发涩，浑身骨头酸痛，她听出姨娘的意思了，老人家在一番不知是怎么样的斗争之后，决定要替她保密了。

可这并不让她感到高兴，她在心里复盘姨娘今天的所有反应，感觉心里有了个疙瘩，也可能这疙瘩一直就有，可被姨娘这么一点出来，就涨大了，堵在心头，堵成个大石头了。她真是没办法领姨娘的情。姨娘这样，让她觉得自己不仅蠢，还有点脏，脏得像片大乌云，揣着即将裂开的暴风雨，而徐雷，将要毫无防备地被浇个透。

她跟老展，真没什么吗？

其实老展并不是每天都给她任务的，可没任务她也常去，准确地说，是天天去。是实在没法跟徐雷踏实待着，尤其徐雷那种忍让的、装糊涂的样子，还有他烧好饭菜，带着小雷愣是不动碗筷，等她回家才开饭的样子。看不了，还不如去老展那儿。

老展也就是一杯白水，有一搭没一搭地跟她叨咕。没什么话题，主要就谈钱上的事儿。当然了，钱，就能扯到所有的事。比方说，会扯到双全。这双全，打小到大，从瘦子到胖子，从女宝宝到大姑娘，父女俩，可真是闹出太多的尴尬与狼狈。老展呢，讲话有点啰唆，老爱打没用的手势，听起来很吃力。可他模仿起双全来，倒是有一套。冷不丁皱巴起脸，把手里毛巾往头上一搭，缩起脖子翻起手足，嘴里口舌打架唾沫子涌出来。可实在太像了。三个人会没心没肺地笑上好一会儿。尤其双全，因为吸了太多空气，笑得都打起嗝来。

双全笑完了，就会从眉毛下抬起眼睛来，极其期待地睃着金文。金文能谈啥呢。除了那倒霉的 13 万，她跟老展可实在没啥共同语言。老展把毛巾从头上取下，给她续上白水，提示性地问："你，到底怎么攒的呀，不就是机房值班的嘛，能搞出13万？"欲扬先抑的赞赏口气。

"所以才小零小碎的呀。"金文倒有点不好意思。讲实话，她没任何的本事，同时也不愿太明火执仗地吃苦力。所谓的零碎，其实也是她自己的一个算法。比如替同事代班。白天嘛，她并不喜欢在家里拉上窗帘死睡。那太浪费了。只要有同事一喊，她就跑去替人代个半天班。这钱，她是留下的。

再比如买东西的差价。这算她特有的巧劲儿，再怎么地明码标价谢绝还价，她也能设法跟营业员谈出总店优惠、员工折扣或样品折打之类的好处。有次家里换热水器，是跟徐雷一块儿去买的，都已约好周末上门安装了，想想不服气，转天就去退了，换了家商场，同牌同款，她跟厂家驻店代表攀出一段老乡关系，生生抠下350块。

有年夏天，工会组织到"农家乐"，看到有家蓝莓农场急招采摘工，那挺好玩啊，田园色彩嘛。金文暗中记下号码，问明条件，次日就悄悄晃荡过去，防晒帽加墨镜口罩把脸遮得严严实实，十天不到，落下小小一笔外财，顺带还吃个肚儿圆。

有时也是个赌气。要过年了，人人做头，店长总监亲自出来，烫个花定个型配个色，优惠价，只要你500块。洗头小伙计在耳边说出花来，什么一年忙到头啦、对自己好一点啦。她冷着脸只管一抬手，你们显示屏上滚着呢，洗剪吹，40一位。完了，她把那460，也自欺欺人地，给昧进她的小肥猪账户里头了。哼，什么叫对自己好啊，她打算集中起来，大大地好一番呢。

这些个，实在也是提不上筷子的，可双全特别爱听，因为她并没什么机会花钱，更没什么能力赚钱，随便听个什么，都是好玩得不得了。金文明白她的乐趣所在，就更加仔细地，把每笔钱的前因后果、细枝末节都给讲上一遍，直把双全给说得满意了，老展再推她回南屋窗户下晒太阳去。"13万。不容易哪。"老展回来，把白水往她跟前推了推，一张老脸显得更黑了。金文喝一口白水，舌上似有滋味，觉得她刚才，是把那些钱，又重新赚了一遍。

有次聊得差不多了，她在老展家里兜兜，四处瞧，想找出张双全妈妈的照片。老展一直跟着她，走到末了，冒出一句：原来有的，她走了，就一张没留。钱之外的闲话，也就谈过这一两句吧。反正她这里，可打死也不想说起徐雷或小雷，只要一出口，她的13万就更加可耻了。

当然每一趟闹事完毕，她送双全回转来，也会在老展家逗留一阵子，把满身的脏污收拾好，并且跟老展倾倒她们的惨败，或是抱怨策略上的失误。这通常跟几个小时前的作战动员有所呼应，像是高开低走的后戏和收尾。相濡以沫的低沉情绪中，她会接受老展简陋的慰问，还是一杯白水。他从来没拿出比白水更好点的招待。可这刚刚好。你想，她怎么还配喝别的呢，只有老展明白她的疾苦，以及处置这种疾苦的方式。

慢慢消化完当天的糟糕之后，老展又会以他那种自以为是的谋算，有鼻子有眼地讲起下一次的战斗计划。老展会做出点领头人的气派，一边一只手，搭在她和双全的肩上，替他们这个联盟打气：苦肉计嘛，持久战嘛，就得这样，得吃99个苦头，直吃到最后一回，才能苦尽甘来，得到一块小糖。金文也会尽量振作地拉起双全那变形的肥肥手，满嘴附和：是啊是啊，就凭着我跟双全这样的辛苦，这样的没皮没脸，最终肯定能摇动到那不知在哪里享福的狗胡大，从他那干巴了的良心上掉下一点屑子来，33万最好，33万打九折，也行。

其实这个时候，金文是最绝望的。她知道这一切都是白费，99场苦头一定会有，但最后那1块糖绝对没有。这样的绝望使她产生了某种敏感，一阵古怪的激情，感到肩膀上老展的手很重很热乎，她于是也更加用劲地攥紧双全的手，脑里闪过自甘堕落的画面，一头蠢猪抱着另一头蠢猪，它们在泥水里打滚，永远翻不了身。她甚至不合时宜地想到了她跟徐雷的最开始，不就因为两人都刚刚割掉了阑尾吗。她和老展被割掉的，可远远不只是那截子无用的小肉肠。人们啊，都会因为失去而共同沉陷吧。

双全在耳边哼哼，很不高兴姨娘的提前撤退，又叫她回家，离开这么漂亮的示范厕所，她更不乐意了。金文劝了好一通，慢慢推转轮椅又参观了一圈，脑子里也各个角落里搜罗检查——其他没了，她跟老展，也就这些，并没啥。可老展于她，确实又是个什么，算是个洞口吧，小小的，但能透气，或者，是另一只破罐子，烂兮兮的，一样的有疼有痛，反倒可以彻底交付。金文越是想，越是感到脑袋沉重起来，浑身酸痛之外，还加上了头疼，脚下走一步，太阳穴就疼得一跳。

赶紧的，把双全给送回去，今天绝不在老展那边逗留了。提了电池就回家，蒙上头，狠狠睡一觉。明天，等明天她能够再聚起力气了，再好好想这个问题。她甚至巴望着，也许一夜过去，姨娘改变主意了，一大早就跑去，统统告诉徐雷了。能那样最最好了。省得她想，也省得她讲了。

5

小西湖心重，其实徐雷跟他，也就线下见过那么一次，打过几次电话要来看，劝不住。今天一大早就在楼下等，直候着医生八点半查完房，夹着两只脚进来，局促地丢下两尾草鱼，还有一提袋小杂鱼，有的还在吧唧嘴儿呢，病房里立时一股子河腥气。未等徐雷表谢，小西湖影子一闪，已是走了。徐雷倒给他弄得挺不过意，心想，光是视频点赞不够，等伤好了，再去跟他撒一回网才是。

只有喊姨娘拿回去烧了，正好给小雷补补脑。就不劳烦金文下厨了，她，从昨天那碗温暾的乌鱼汤，到现在，连信儿都没一个。真是堤崩水泄啊，收不回来了。徐雷躺着，盯着天花板上一盏日光灯、一盏紫外线消毒灯，浮想。想到当初结婚的细节，也想到将要离婚的细节，想到家具物用的处置，想到如何跟小雷解释——要给他的"完整"，还是不能够了。

姨娘没一会儿就到了，脸色红彤彤。"真巧，我正好出门早。

来，趁热的!"她从保温桶里倒出滚烫的汤，又从怀里掏出手绢包，里头一层塑料袋，袋子里两只小烧卖，"喏，老陈包子铺的。"

热香气裹住眼鼻嘴，徐雷往隔了一张的病床看看，金文从前就是那个位置。那里是空的，腿骨折的男人昨天出院了。真是多少年没喝过姨娘的鸽子汤了，也多久没吃到老陈家的烧卖了，松子在牙齿里隐香，心里起了一阵软弱。他跟姨娘，情分上是亲的，但又不敢当真的去亲。那年他都10岁了，妈妈的音容笑貌，记得太清楚了。

姨娘替徐雷把细汗擦拭掉，重新把床放平。闲聊了几句腰部保养的偏方，接着很随意地说，"我呀，最近想出趟门耍耍，跟你借下小雷，算陪我。你给孩子请个假吧，周五一天就行，连上周末，耍三天也够了……"

"啥？您这，打算去哪儿？"徐雷大为惊奇，这话从何说起，怎么冷不丁地突然来了这一出。他身边的人这都怎么啦？

"不太远，就潍坊。小雷没身份证，恐怕要去你家拿个户口本。我先回家收拾你这堆鱼，然后去你家，再去火车站。这不年不节的，估计买票都不用排队。"姨娘一口气地讲，不容徐雷打断，像已考虑得极为周全。

明白了。徐雷心口大堵，"这哪儿成。你这都67岁了！死小子，还以为他放下这事了，怎么纠缠到你那里啊。"徐雷从枕上昂起头，"就算买票，网上就能买。哪里还要跑来跑去。"

"火车站离大润发就两站路，顺便，我天生要去那边买特价筒子骨的。行行，你别动，网上买就网上买，"姨娘摁住徐雷，"小雷他可没跟我闹半个字。这孩子，太招人疼了。不是为他，是为我自个儿，你想想，我出去玩过吗？"

徐雷心里明镜似的，一百个着急地要拦下姨娘，"所以说啊，你老人家从没出过远门，何况还带个孩子。你外头随便问问谁去，绝不能够的。"徐雷讲到这里，舌头却也打起趔趄。他好歹也算是过继儿子，怎么从来没想过要带姨娘出去转转呢？莫非姨娘所讲的，也真是心里话，她想出去见见世面？这想法一冒出来，觉得好受点了，也很惭愧，等腰全好了，他要陪姨娘出去走走。

嘴里还是在劝阻，"退一万步讲，就算姨娘你，能跑到潍坊，可那边你完全不认识啊。风筝节，什么概念，全是人，本地人、外地人、外国人，多乱。旅馆肯定爆满，你连叫车软件都没有吧，地图导航都没使过吧，哪能摸到风筝博物馆呢？你知道小雷多皮吗，他撒丫子跑起来，我都追不上的，一身迷彩钻到路边，找也找不见，唤也唤不出。"他有意说得语无伦次，病人式的拍床，手总能用上劲的。

姨娘不为所动，等他静下，才笑嘻嘻的，不掩得意，"那我，倒是问问你，就我们这城里头的，兵器博物馆，气味博物馆，直立猿人博物馆，中华指纹博物馆，失恋博物馆，知道在哪儿吗，去过吗？"

徐雷哼哼着，不明所以地摇头。

"我，都去过。就我一个人，不上网，也没叫车。怎么着，鼻子下面不就是路吗？区区风筝博物馆算什么。小小潍坊又算什么。别瞧不起老阿婆。"姨娘摆出老姑娘那种过时的飒爽。

徐雷仍在使劲摇头，幅度很小，因为一摇头就摇到了尾骨，疼。但尾骨还没心口疼。都是金文给弄的，她哪怕能有半片肚肠在家里、在小雷身上，怎至于要让老人家出门奔波？他开始打乱拳，"姨娘你不是胃不好嘛，还有眩晕症，万一在外头咋的，可是大麻烦。别理小雷，小孩就这样的。还吵过要改名字呢，闹一阵其实就好了。"

"谁还没个想头呢，别说小孩子了。就你，不也瞎折腾着，要去看人家撒网嘛。一样的。小雷给我看过潍坊的照片，满天的都是风筝，真是看一眼，就赚了。哪像你这撒网，看一眼，腰坏了。"姨娘顺带着嘲笑起他，气势完全占了上风。

徐雷给她说得惭愧，勉强分辩，"你是没看过，其实撒网有意思的，抱在怀里，相当于个大面团子，撒得好呢，摊成一个大饼；要技术不行呢，只能撒成包子、锅贴。"好一会儿，他回过神来，狐疑起来，"姨娘你跑那许多博物馆，干什么呢？"

姨娘嘎嘎大笑出声，显然乐于进一步地解答，"别说博物馆了。12床睡着呢，咱别吵着人家，我就大概其跟你说说吧。"小声地、带点吹嘘地，姨娘把这些年来的几个巡游系列摆了一大通，讲到最后，还挤挤眼睛开个玩笑，"就这么说吧，你随便讲上面哪个地方，桃园广场、魏源故居、乾清观，你问我一个好了，那附近的公厕，我全都熟，都上过。"机灵地拉回主题，"我这啊，等于在家门口拉练，拉练成老手，再出市出省，就不在话下了。将来搞不好，我都能去日本、韩国呢，能去歌诗达邮轮，能去黄石公园呢。"她嘴里冒出些半洋不土的词来，讲得有点费劲，可也很带劲。她虚拟地拍一拍包，进一步地豪放补充，"左右不过十来万块钱的事儿嘛，哪天回家数数看，也不是拿不出。"

听听姨娘这牛，都吹到哪里去了，徐雷苦笑着，尽量刁难地又追究了几个问题，姨娘一一对答，显得成竹在胸。徐雷心里真有点儿妥协了，他也情愿姨娘这一趟能成行的。这次腰伤，自己吃苦倒在其次，真正的痛，在两桩事情，一是带小雷看风筝的事，黄了，对不住孩子。二是金文这外心，连手术与病房也不能唤回了。他与她，彻底完了。

"那，实在您坚持的话，车票我来买。旅馆网上替你们订好。各项花销，也由我来出，出门不能省。支付宝你有吧？小雷倒也是会，我再教教他，那个方便。"徐雷嘴上铺排着，说服自己往好里想，不管怎么说，这算圆了小雷之梦，可等一等——他终于后知后觉地想到，姨娘这一出戏，是不是演得太过了？她怎么就不想到问问金文呢？照理说，他这里躺倒了，理当是金文带小雷出门啊。莫非连姨娘都知道金文变心了吗？就像常说的，所有人都看到绿帽子了，只有戴绿帽子的人最后才晓得。

这样一想，心肝肺脏里又加倍搅动起来。他巴望着姨娘早点走，把小西湖的鱼尽快拿走，那腥气实在逼人。他想专心让自己痛苦一会儿。看看，事情都到这么个人人尽知的地步了，金文还躲闪着。这算什么？她不也把自己给拖累坏了嘛，看她昨天那灰不落拓的，早年的好样子全没了。有话直说，离就离，他不会死拽着不放的。

姨娘的大屁股纹丝儿不动，眼神尖尖的，"你哪里不对噻？养伤的人，心里可不能有事。不论有什么难处，"直盯着，颇有意味地顿一顿，"跟姨娘说说，别拿我当外人。"

不说。就是亲娘他也说不出口。说了有用吗？这可不是跑一趟潍坊的事儿。"没，只是在想打鱼的事。可惜，我只撒了一手，都没能玩到收网。收网更好玩，就跟猜谜似的。那水面，像是死的，啥也看不出，偶尔咕噜冒个泡。小西湖说过，这时就全靠手感了，轻轻地、但最好加速地收拢。水下的力道怪得很，好像有一群鱼在跟你拔河。有时紧，有时松，有时左，有时右，有时它们突然全都松手，网一下轻了，拉来看，缠了几把水草。空军，他们管这叫空军。"徐雷讲讲也有点失笑。他到现在还觉荒唐，他一直是优柔寡断的性子，怎么突然就抽风了，在小西湖的抖音下互动，立时三刻的就要跟着去耍。这人哪，要霉起来，真是奔着跑着，急先锋似的也要赶着去倒霉。

姨娘盯着他，脸上全是话，嘴角嚅动，像在寻找化解他的突破口，以及突破后的好词好句。真是叫人紧张的沉默。别说，求您老人家什么也别说。徐雷在心里一个劲儿地祷告。快点走吧，让我独个儿待着吧。

外头一阵拖着的脚步声近了，听出来是金文。徐雷先是吁一口气，随即胸口一阵灼热，恐惧地预感着，拖到这么迟才来，看来终于是想妥了？要来说出她的决定了。得赶紧地打发姨娘走，遂又抓紧补了一句，"您老人家就别操心了，权当我点儿背吧，啥都凑一块儿了。"

姨娘早已收起神情，面带春风地招呼金文，"来得早不如来得巧。记得你也喜欢喝鸽子汤的，正好还有小半锅。"说着，已麻利地盛出一大碗，快步往茶水间打了一个来回，那里有微波炉。

金文脸色灰蒙蒙的，盯着姨娘好一会儿，好像才认出是她，徐雷看到她眼皮明显跳了一下，不大自在地招呼，"这一大早上的，您就过来了？"她两手空空，啥也没带。连衣服都没换，还是破旧兮兮的苦刑犯样。

"是哎，我这不要出趟远门嘛，想请小雷陪我。来跟徐雷商量的。"姨娘不等金文发问，又啰唆了一遍她四处奔走的大能耐，"刚才，就一直讲的这些个。"姨娘摊着手，好像要向金文证明什么。

很怪，徐雷看到金文显出失落的样子，身体变得更加硬撅撅的。"风筝，去潍坊？"她看来是头一次听说，惊怔地用两只手推揉着腮帮子，推成一个接近于笑的表情，"那敢情好呀，一老一少，挺好。"脸上其实看不出多领情的样子，只是在推动牙齿和舌头寒暄。

看看，她对姨娘所说的，根本没往心里去。她甚至都没反应过来，不管小的，还是老的，应当是她带着出门才合适。徐雷忍不住了："不知能不能劳驾你，抽出一点空，去跟小雷班主任讲一下？最好当面请假，毕竟是出去玩。"

金文没听出徐雷讽刺的口气，犹豫一下，推卸，"我也怕见老师的，还是你打电话吧，就说小雷生病好了，横竖老师都会不高兴。"

"呸呸，好好地说什么生病。有徐雷一个躺着还嫌不够啊。对，我突然想起来，放风筝还有个大好处，老话怎么说的，就是放晦气放倒霉嘛，祛病祛毒消灾。不光我跟小雷放，你们想，整个风筝节，小十天，所有人都在放呢，那得放掉多少的倒霉啊。看看，我这头一趟出门，可真是出着了，家里什么事情都会好的。"

徐雷这回是真的发笑了，"照这么说，那所有老百姓、所有的长官，直至联合国官员，就整天放风筝好了。"看一眼金文，她黄巴着脸儿，也笑了一下，可身上仍然紧张得像块铁板。

姨娘还以为得了他们的赞赏，更加乐滋滋地一拍手，"我还没跟小雷讲呢。真是等不及要看他什么反应咧。那小臭东西，总不会嫌弃我这老骨头吧。"

远远听得微波炉"叮"了一声，姨娘跑去端回，卷起衣角端来，直送到金文嘴边，"热乎的，赶紧吃喽。"热气升腾，金文的脸，摇晃着让了一下，凑近。

姨娘重又稳稳地坐下，嘴里哂了一下，脸上使劲克制着，张张嘴，闭上，最终还是开口了，"正好都在。讲个好玩的，你们不要怕，其实这阵子啊，我还逛了好几处的公墓呢，清清爽爽的，挺好。尤其那些枝叶繁茂的老夫妻，左下方的挤挤挨挨一长溜红色名字，都是儿媳子孙哪，排着、陪着，大太阳照着，瞧着可真舒服。也难得有个别的，碑石上空落落就一个名字。我要看到这，才会猛然想起，哟嗬，跟我一样，光秃秃的独门独户嘛。"姨娘挤眉弄眼地笑起来，好像这是多滑稽的一个事情。

徐雷赶忙接话，姨娘很少谈及此事，嘴上也顾不得避讳了，"姨娘你不是有我们嘛。到你百年之后，我、金文、小雷，一样会排在碑上，太阳下陪着你老人家的。"心里却是一记闷痛，谁知道金文的名字那时还会不会跟他排在一起呢？

"倒也不是一定要这样。不过，能有你们这一家子三个陪我，当然是我的大福分。"姨娘显然很受用，看一眼正埋头于鸽子汤的金文，她把上身抬直，凑近二人，"我其实是想说，也怪，我怎么挺喜欢逛墓园呢，逛上一次，心里就会很好。嗯，也不能叫好，怎么说呢，就觉得活着吧，挺了不起的，挺不错的。除此以外，都不能叫个事情。你们两个，也想想呢，我说得对吧？能有什么过不去的呢，还有比生死更大的吗？"姨娘放慢语速，像在宣讲天下独一份儿的人生要义。

这无非就是，老年人的老话儿，根本抵挡不了心里正漫涌上来的伤感。徐雷还是点点头，"姨娘讲得对。没什么事算大事，没什么过不去的。"他有意重复着，倒是希望金文能听进去，别再闷葫芦摇了，说开来吧，放过她自己，也让他死心算了。他看一眼金文，汤已喝得差不多了，高举着汤碗挡在脸上。可她另一只搁在桌上的手，正紧紧捏成个干拳头，好像憋不住了，马上就要挥起来，对着空气搏打一通。

姨娘这才抬起她的大屁股，收拾好保温壶之类，提起小西湖的两袋鱼，窸窸窣窣地往门外走了。

"我，要跟你讲个事。"金文的拳头依然捏着，都没等它松开，就急急忙忙小声开口了。

姨娘的声音忽又从门外传来，她招手唤出金文，十分要紧似的，撑开两只塑料袋，极为满意地与金文分享，"差点忘了给你看，瞧，腥得多新鲜哪！直冲鼻子的泥塘味。这个叫小西湖的，也是个好孩子，我还差点怨怪他。"她生硬地拽着金文，直往走廊深处去，声音越来越远，徐雷听不大清了，"加个老太太，效果肯定更加好……不是吹，起码各处的厕所……那清单如果能……我倒也要入个伙呢……"

【作者简介】

鲁敏，女，1998 年开始小说写作。江苏省作协副主席。现居南京。已出版《奔月》《六人晚餐》《梦境收割者》《虚构家族》《荷尔蒙夜谈》《墙上的父亲》《取景器》《惹尘埃》《伴宴》《纸醉》《时间望着我》等三十余部。曾获鲁迅文学奖、庄重文文学奖、冯牧文学奖、《人民文学》奖、《十月》文学奖、郁达夫文学奖、汪曾祺文学奖、《中国作家》奖、中国小说双年奖、《小说选刊》读者最喜爱小说奖、《小说月报》百花奖原创奖、"2007 年度青年作家奖"，入选"《人民文学》未来大家 TOP 20"、台湾联合文学华文小说界"20 under 40"等。作品先后入选中国小说学会 2005、2007、2008、2010、2012、2017、2019 年度排行榜。有作品译为德、法、瑞典、日、俄、英、西班牙、意大利、阿拉伯、土耳其文等。